中国神话

李娟◎主编

中國華僑出版社
北京

图书在版编目（CIP）数据

中国神话 / 李娟主编 .—北京：中国华侨出版社，2017.12
（世界经典神话丛书）
ISBN 978-7-5113-7295-6

Ⅰ . ①中… Ⅱ . ①李… Ⅲ . ①神话—作品集—中国
Ⅳ . ① I277.5

中国版本图书馆 CIP 数据核字（2017）第 318673 号

中国神话

主　　编 / 李　娟
责任编辑 / 黄　威
责任校对 / 孙　丽
经　　销 / 新华书店
开　　本 / 787 毫米 ×1092 毫米　1/16　印张 /18　字数 /240 千字
印　　刷 / 三河市华润印刷有限公司
版　　次 / 2022 年 2 月第 1 版第 2 次印刷
书　　号 / ISBN 978-7-5113-7295-6
定　　价 / 48.00 元

中国华侨出版社　北京市朝阳区静安里 26 号通成达大厦 3 层　邮编：100028
法律顾问：陈鹰律师事务所
编辑部：（010）64443056　　64443979
发行部：（010）64443051　　传真：（010）64439708
网　址：www.oveaschin.com
E-mail：oveaschin@sina.com

前言

在绚丽多姿的世界文化史中，神话故事是现代文明灿烂发展的起点，对世界各地文学文化的发展和繁荣产生了深刻和久远的影响。它如珍珠一般闪闪发光，在世界文学宝库中成为一朵不可多得的奇葩。神话故事构思奇特，风格多样，其丰富的内容和无穷的艺术魅力展现了该民族的历史与价值观。

本丛书以世界范围内广泛流传和为人关注的八大神话派系展开，包括希腊神话、罗马神话、埃及神话、印度神话、北欧神话、非洲神话、俄罗斯神话和中国神话。

各文化派系的神话故事各有特点。如希腊神话中，无论是人是神，都有善良和感性的一面，同样有欲和恶的一面，和凡人很相似。因为这种相似，让他们在理智和情感之间，在神性与人性之间，在公正与偏私之间，留下了广阔的想象空间。

再如北欧神话。北欧神话中的世界不是永恒的，神不是万能的，像神王奥丁，他也需要以一只眼睛为代价穿过迷雾森林，从而得到大智慧。另外，北欧神话相信当万物消亡时，新的生命将再次形成，世界上的一切都是无限循环的。

……

不同的特点造就了这些神话的多彩多样性。

本丛书立足不同神话的特点，通过搜集整理大量资料，根据中国读者的阅读特点，进行了细致认真地选编和译注，在保证原神话故事民族文化特点的基础上，让阅读更符合国人的习惯，从而加强可读性。

本丛书内容丰富多彩，故事引人入胜，语言精练有趣，人物栩栩如生，是读者了解世界古代文化与文明的窗口。

目录

Contents

盘古开天辟地

据说，世界之初，天地就像一个巨大的鸡蛋，混为一体。在这个巨大的鸡蛋里，漆黑一片，伸手不见五指，更别说分清楚东、南、西、北了。在这漆黑的混沌里，根本没有天地之分，没有太阳、月亮和星星，更没有人类的存在。

在过了很长一段时间后，在这个混沌的大鸡蛋里，孕育着巨人盘古。他在混沌中生长着，呼呼地睡着觉，一直经过了一万八千年。当他醒来时，睁开眼睛却什么也看不见，眼前只是模糊的一片，这让他很是烦闷。

盘古感觉无形中好像有一根绳子束缚了自己，这让他很痛苦，在他眼前除了黑暗还是无边的黑暗，没有一丝的光明。沉睡了这么久的他，想站起身来舒展一下筋骨，却不想被这个大鸡蛋紧紧包裹着。盘古在这个黑暗的地方感觉越来越难受，浑身燥热难耐，就连呼吸都变得困难了。

盘古不知道在这样恶劣的环境下，他该如何生存，更不知道最终会有怎样的结果。他试着伸展开两条胳膊，腿脚用力一蹬，没想到这个巨大的鸡蛋竟被撑破了。可当他放眼望去，四周仍是模糊一片、混沌难分。

见此情景，盘古很是着急，抡起自己的拳头一通乱砸。接着，又用自己的双脚乱踢。盘古生就一副铜身铁骨，经过他的这样一番踢和打，这个沉睡了一万八千年的黑暗世界，慢慢开始晃动起来。

慢慢地，这漆黑的一片开始发生了变化。轻的东西缓缓升起，飘上上空，最后变成了天；而较重的东西则逐渐下沉，最后变成了大地。从此，宇宙间便有了天和地。

在这空旷的天地之间，盘古尽情地呼吸着新鲜的空气，尽情地舒展着自己的四肢，他暗想：如果能站直身体，一定更舒服。于是，盘古便慢慢直起身，可他刚想站起，却碰到了上面的天。

他知道，想要在地上生存下去，就必须让天升到更高的高空去。于是盘古用尽全力，用双手将天空高高举起，为了不让天压到地面上，他就用双脚用力蹬着大地。就这样在盘古的托举下，天空升得的越来越高，大地也变得越来越辽阔，这时的天和地才真正分开了。

盘古看到如今的天地情况，舒心不少。但他仍是担心天地会重新结合在一起，于是，他站直了身躯，分开双腿，稳稳地踩在地上，将头颅高高抬起，紧紧地支撑着天空。然后，他施展法术，在一天内使自己的身体不断发生变化。他的身体每增高一尺，天空就会随之上升一尺，而大地也会增厚一尺；而他的身体每增高一丈，天空就升高一丈，大地增厚一丈。每天他的身体都在增长，就这样，天空越升越高，盘古的身体也越来越长，最终天地被撑开了九万里，这时的盘古也变成了一个有着九万里身高的巨人。

时间就这样慢慢流逝，又过了一万八千年。在这一万八千年的时间里，盘古就以那些能够飘进嘴里的雾作为粮食。在这段时间里，他为了把天空推向更高，一刻也没有休息，刚开始累的时候，他就会用胳膊肘撑着，伏在膝盖上稍作休整。等到天地终于分开的时候，他感觉疲惫极了。

盘古抬起头，看了看头顶上的天空，又看了看脚下的大地，他知道这时的天地已经有了相当大的距离，应该再也不会重合在一起了，他也是时候休息休息了。这时的盘古已是精疲力竭，他睁开疲惫的双眼，看了看自己一手创建的天地。这一切真是太奇妙了，自己竟然创造了一个全新的世界！看着这个崭新的世界，盘古安心地躺了下来，长长地吐了一口气，然后便睡着了。然而，他的这一睡却让他永远离开了这个新奇的世界。

为了这个新的世界，盘古耗费了全部的心血，流尽了所有的汗水。在沉沉的睡梦中，盘古还在想：这么大的天地，只有天空和大地是不行的，还需要一些高山大川，日月星辰，更重要的是还需要有人类万物。可一想到此时的自己已经精疲力竭，已无力创造这些，于是他决定，为了这个世界再尽最后的一点心，把自己的身体留给这个世界！

于是，盘古的头、脚、左臂和右臂分别变成了东山、西山、南山和北山，并且用这四座神山确定了天地的四个角。而他的躯体变成了中山，变成了大地的中心。这五座神山就像五根巨大的石柱，高耸在大地之上，各自撑起一方天空。

同时，盘古的两只眼睛，左眼变成了太阳，大大的、圆圆的、明亮亮的，高高地挂在天空，输送给大地无限的温暖。右眼变成了月亮，时而圆圆，时而弯弯，在夜晚的时候给大地带来光亮。而他的头发和眉头变成了满天的星辰，一边伴随着月亮，一边在深邃的夜空中闪闪发光。

而从他嘴里呼出的气，变成了春风和云雾，这样，世间万物才能健康地成长。为了给世界增添色彩，他的声音变成了雷霆闪电。他全身的肌肉变成了肥沃的土壤，给万物提供了生长的环境。而他的骨头和牙齿渐渐沉入地底下，变成了丰富的宝藏，等待着人类的发掘。他的汗水变成了滋润万物的雨水和甘露，为万物提供生存的希望。而他的汗毛，变成了各种各样的花草……

从此，这个全新的世界便真正开始了，天上的日月星辰，地上的山川树林、花鸟鱼虫，构成了这个美丽的世界。就这样，盘古开辟的这个新宇宙，不仅有了形状，而且还有了各种各样的物质，给后人留下了取之不尽用之不竭的宝藏。

女娲补天

女娲是人世间一位善良的神，她为人类做的善事不计其数。她不仅为人类制造了一种叫作笙簧的乐器，还教给人们婚姻。而她为人类作的最大的贡献就是利用她的智慧和勇敢修补了被毁坏的天空。

自盘古开辟天地后，女娲便用泥巴创造了人类。这样，随着时间的流逝，人类日复一日地在大地上辛勤劳作，无拘无束地生活着。

可没过多久，一场可怕的变化突然降临在天地之间。原因是擎天柱受到了共工氏的撞击，导致山体崩塌，同时还发出了震惊天地的巨响。顿时天空被撞出了一个大窟窿。这时的大地出现了一道深深的沟壑，因为大地整体向西北方向倾斜而去。烈焰滚滚的岩浆从深深的沟壑里喷涌而出，这岩浆将地上的树木都烧毁了，导致了大地一片火海。江河湖海里翻滚着巨浪，向大地涌去，所有的房屋和牲畜都被洪水吞没。

这场大灾难，对人类来说几乎是灭顶之灾，因为在这场灾难中，有的人被洪水淹死；有的人被大火烧死；有的人被崩塌的山石砸死，还有的竟被一些凶猛的野兽给杀害了……这场灾难后，人类所剩无几，面临着绝迹的危险。

看到人类遭受着如此大的灾难，善良的女娲看此情景很是着急，不分昼夜地想办法。看着人类一天天减少，女娲只能又找来了黄土，继续用黄土制造人类。这样，人类在灾难后才能得以延续。后来，女娲为了给人类创造更好的生活条件，想来想去，最终决定炼制石头，用炼制的石头把天空的大窟窿补好。

女娲想到这儿便立即行动起来，她翻过大山，穿过田野，终于确定了一个山高顶阔，水足石多，最理想的炼制地点——天台山。选好地点后，女娲便一心扑在炼制石头上。她从高山和河流里捡来了五彩石，然后把这些石头堆积起来，再用森林里燃烧的大火把石头烧成石浆，最终用石浆补好了天空的窟窿。

经过女娲修补的天空，虽然不如之前那样光滑，却还是恢复了原来的面貌，呈现出一副五彩缤纷的景象。看着被补好的天空，女娲开心地笑了。为了使天空不再出现窟窿，女娲就想再加固一下，就在这时，刚好游过来了一只大乌龟，善良的乌龟看到女娲正在为人类补天，便也想出一份力，于是贡献出自己的腿。女娲觉得不好意思，就扯下自己的衣服把它送给了乌龟，从此乌龟游泳的时候更自如了。

乌龟的四条腿被女娲拿来做成了支撑天边的擎天柱。因为西北方向的柱子有些短，于是就有了“天倾西北”一说。自此，天空再也没有发生过坍塌的事情。

女娲为了拯救身处水深火热中的人类，还收集了大量的芦草，烧成灰烬，阻止了危害人类的洪水。那残害人类的黑龙也被女娲擒杀，制止了龙蛇对人类的残害……

在女娲经过了这一番辛苦劳作后，天上的窟窿被补上了，大地也被填平，洪水也被制止，就连那些伤害人类的龙蛇猛兽也被击退了，生机重回大地，人类的生活又开始安稳自由了。但这场灾难也留下了无法弥补的痕迹，天空整体向西北倾斜，这就导致了所有江河湖海的水都向西北流去。

在女娲补好了天空之后，洪水重回了大海，烈焰熄灭，人间一片喜庆，人类为了感激女娲都齐聚天台山脚下，迎接她。看到人间一切太平、人类生活安然，女娲也十分高兴，开心地吹起了笙箫。

精卫填海

传说有一座山，名叫发鸠，山上长满了茂密的柘树。有一种很奇特的鸟就栖息在柘树上，这种鸟长得像乌鸦，但在头上却有着许多花纹的羽毛，它有一双红色的小脚，白色的嘴，它的叫声好像在说："精卫！精卫！"这种鸟就是精卫鸟。精卫鸟常常会把发鸠山上的树枝和石块，噙到东海去，有人说：精卫这是要把东海填平。

可它为什么要填平东海呢？如此广阔的大海要到何时才能填平呢？

关于这有一个凄美的传说。话说这精卫鸟名叫女娃，本是炎帝的女儿。女娃从小就聪颖，深得炎帝喜爱。女娃也对自己的父亲很是崇拜，所以父女俩的关系十分亲密。炎帝工作繁忙之时，女娃便独自玩耍。有一次她独自来到海里游泳，突遇海上风暴，翻滚的巨浪把女娃吞噬了，就这样她再也没有回来。

可怜的小女娃临死前还在想念着自己的父亲，她恨透了这个让自己丧失生命的大海，于是她的灵魂就变成了一只青鸟，栖息在发鸠山上。就这样她日复一日地向大海里扔一些树枝和石头，希望有朝一日能够把大海填平，也算是为自己报仇了。因为她常常发出"精卫"的叫声，于是人们就给她起名叫精卫鸟。

虽然这只是传说，但一只小小的鸟儿却有如此强大的毅力，肯定有着更深的缘由，这也就有了另一种说法。

这另一种说法是这样的，炎帝的小鸟儿本就是精卫，她从小乖巧懂事，炎帝视她为掌上明珠，黄帝也对她宠爱有加。

这时，并没有本质意义上的帝王，因为国家还没有形成，炎帝并不是像后来的那些皇帝一样有着至高无上的权利，他们唯一要做的就是为人民而辛苦奔波。所以精卫虽说是炎帝的女儿，却和平常的百姓家女儿一样，没有尊贵的身份。

有一天，精卫到村子里找小朋友玩，刚好看到一个大一些的孩子骑在另一个小一些的孩子身上玩骑马的游戏，只见那个小孩已经累得爬不动了，可那个大孩子却仍是拿着小棍抽打着让他继续爬，精卫天生就爱打抱不平。看到这儿，顿时很生气，很明显那个大孩子在欺负人，于是精卫便走上去，毫不客气地呵斥道："你这样欺负一个小孩子，算什么本事，也太不要脸了！真有能耐就去打老虎、打头熊让大家看看！这样欺负一个小孩子，真没出息！"

那个大点的孩子一看训斥自己的竟是一个小姑娘，并没放在眼里，轻蔑地说："我玩我的，关你什么事！快走！"说完继续抽打那个小孩。

精卫平时都会跟着父亲上山打猎，身手十分敏捷。她看着小孩继续被欺负，就飞快地冲了过去，一把把大男孩从小孩身上推了下去，拉起小孩说："真可恶，竟然这样欺负人！"

大孩子被精卫这么一推，心里很是不爽，怒气冲冲地走到精卫面前，恶狠狠地说："你知道我是谁吗？我可是海龙王的儿子，你这个臭丫头竟然敢推我！"

精卫"哼"了一声，说："我告诉你，我可是炎帝的女儿，你是海龙王的儿子又怎么了？你要知道陆地可是人类的地盘，我劝你以后还是少到陆地上撒野的好！"

听了精卫的话，海龙王的儿子更加生气了，直接动手打了起来。可他一向娇生惯养，哪是精卫的对手，再加上这时的精卫正在气头上，出手更是用力了一些，一脚便把海龙王的儿子踢了个嘴啃泥。海龙王的儿子气不过，站起身还要打。这次却被眼疾手快的精卫一下子打中了胸脯，海龙王的儿子被打趴在地，好半天才缓过神来。

精卫气愤地说："你可要记住了，以后在陆地上别太放肆了，下次再让我看到你欺负人，我就把你挂到树上晒成龙干！"海龙王的儿子自知不是精卫的对手，灰溜溜地逃走了。

每天太阳都会从东海的海平面升起，精卫对东海一直十分向往，她特别想亲自去东海看看。可炎帝事务繁忙，一直没有时间带她去。终于有一天，精卫实在等不了了，便偷偷一人撑着小船，向东海太阳升起的地方划去。就在快要接近太阳升起的地方时，海龙王的儿子刚好看到了此时开心的精卫。这个坏家伙对上次被精卫修理的事一直耿耿于怀，现在看精卫独自一人在这大海之上，这可是报复她的绝佳时机，他怎会放过。

海龙王的儿子便游到精卫的身边，傲慢地说："那天是因为在陆地上，所以才让你占了便宜，现在可是在我的地盘上，你最好乖乖给我认错，否则我就淹死你！"

这时的精卫虽有点儿害怕，但倔强的性格还是让她说出："我又没错，凭什么给你道歉！"

海龙王的儿子听了精卫的话，知道这个小丫头是不会给自己认错的，于是狂风大起，巨浪滔天，可怜的小精卫还没来得及挣扎，就被无情的大海吞没了，这时海龙王的儿子才高兴地离开了。

精卫被海龙王的儿子淹死这一事被炎帝知道了，炎帝伤心不已，于是便联合黄帝讨伐海龙王的儿子。海龙王没办法只能交出了自己的儿子，善良的炎帝看在他年纪还小，并没有杀他，但作为惩罚，把他囚禁在了大地的最深处，饱受冰冷的地下的痛苦。

精卫就这样死了，她感觉十分委屈，于是灵魂变成了一只红爪白嘴的青鸟，遨游天空。可一看到大海，想着自己年轻的生命却被海龙王的儿子夺去，心中难免气愤不已。于是精卫立志要填平大海。她每天都会从发鸠山叼来树枝或者石头，扔进大海，就这样日复一日，年复一年。累了就在树上休息，哀鸣着"精卫，精卫"以此来申冤，同时也是在鼓励自己一定要坚持下去。

对她的这一行为，奔腾咆哮的大海不以为然，还不住地嘲笑精卫："就凭你这微薄之力，我看还是算了吧！你就算干上一万年、甚至一百万年也不可能把我填平！"

执着的精卫坚定地说："就算是要一千万年，就算是到天地灭亡我也要坚持下去！只要我一直努力，相信总有一天我会做到的！"

大海不解地说道："你的父亲已经惩罚了海龙王的儿子，你怎么还有这么深的恨呢？"

精卫摇了摇头，说：“他那是咎由自取，可却是你夺去了我的生命，我想以后还会有更多人的生命丧失在你的手里。所以我一定要坚持做下去，一定要把你填平！”

看着如此执着的精卫，大海只好默默地冲刷着岸滩，什么也不再说了。

直到有一天，一只海燕经过这里，看到了忙碌的精卫，对她的这一行为也很是不解，于是就在精卫休息的时候询问了其中的缘由，执着的精卫把事情的来龙去脉一一说给了海燕，海燕对精卫的遭遇很是同情，同时也被她的执着和勇敢所折服，于是他们便结成了夫妻。后来他们生了许多的小鸟，雄鸟都像海燕，而雌鸟都像精卫，小精卫们天天也和妈妈一样衔石填海，一直延续到今天。

后羿射日

要说后羿就必须先说太阳。据传，在古时候，太阳还有另外一个名字那就是金乌，它们本是东方天帝的儿子，因为长得像乌鸦，同时还可以变成金色的大火球，所以就有了金乌之名。金乌共有十只，平时都跟着天帝的妻子也就是它们的母亲，生活在遥远的东海边。

它们十兄弟生活在东海边，每天它们的母亲都会在东海里给它们洗澡，之后就把它们挂在东海里的一棵树上。因为金乌们常常在这棵树上休息，所以也就把树当作了家。在它们每天洗完澡后，就会有一只金乌栖息在树梢，其余的就在矮点的树枝上休息。到了早上，那只在树梢的金乌就会变成太阳，坐着两轮的马车在天上缓缓游历一天，这样就能给大地带来光和热，让人们生产劳作。而这件事就是这十只金乌轮流要做的事。

有了金乌的帮助，大地才有了昼夜之分，人们的生活才能有条不紊。对金乌们的贡献，人们也是十分感激，常常对着天空和太阳顶礼膜拜。

原本这件事是利人利己的，人们也因为太阳的活动使生活变得更加有规律。但这对金乌来说就有点受不了了，这样一成不变的生活对这些有着燥热的心的太阳来说，无疑是一种煎熬，这样的生活实在太枯燥了，它们怎能坚持下去？不过这多亏了它们的母亲，由她看管着一切还算平静，但随着母亲的作用越来越小，躁动的金乌已经渐渐失去了耐心。一洗完澡就叽叽喳喳地吵个不停，就算拿天帝来镇压也只能起到一丁点儿的作用，没一会儿又开始躁动起来。

躁动的金乌最终还是在无聊了这么久之后爆发了，为了打发无聊的时间，它们便决定十兄弟一起畅游天空。它们认为，这样的感觉很好。于是，就在这一天，它们便一起乘坐马车，遨游了天空。

这一来，遭殃的可是地上的百姓！你想啊，天上突然出现了十个太阳，这有多热啊！并且因为这是十个太阳第一次一起升至天空，心里都很高兴，每一个都是以夏天的模样出现的。大地被这十个大火球炙烤着，许多动物都被烧死了，当然也有人类，火灾四起，河流干涸，大多数的鸟兽鱼虫也因干渴而死。想要找到水几乎是不可能的，有幸活下来的人和动物，为了寻找避难的粮食和住所，都像发疯了一般，但很快也因为缺水而体力不支。

河水干涸，裂开一道道缝隙，就连大海也只剩下一点点的咸水。一些怪物得以幸存下来，便爬向陆地横行霸道，实在没有食物的时候甚至开始攻击人类！人们种的粮食都被晒死了，所有的人类不是饿死就是成了野兽的美餐。大地上到处都是尸体，人们处在水深火热中，只能祈求上天的保佑。

金乌们的母亲是一位善良的女人，她看到人间如此疾苦，很是着急、难过。但这些已经玩疯了的金乌，早已不听她的劝说，没办法她只能请求天帝的帮助。

但天帝对他的这些孩子很是宠爱，放纵它们任意妄为。看着人间的疾苦，天帝只是对它们训斥了一番。所以金乌们并没放在心上，仍然我行我素。而它们的母亲不忍看着人间受苦，只能再一次向天帝求助。天帝也是没办法，只好派人去把金乌们驱赶回来。

而天帝派遣的人就是后羿，他是个英勇的年轻人，射箭的技术更是炉火纯青，百发百中。后羿领取了天帝的旨令便去驱赶金乌。后羿也是一副古道热肠，看着人间的疾苦，早想杀了那些金乌以解心头之恨，刚好有了这次驱赶的机会，他决心帮助人类脱离这次灾难。

于是，后羿带上他的弓和箭便出发了。他一共跨过九十九条大河，翻越九十九座高山，穿过九十九个峡谷，这才来到东海。他到来的时候，金乌们正准备开始新一天的玩闹。后羿便厉声告诫道：“今天你们只能出去一个！”

但这些金乌仗着是天帝的儿子，很不把后羿放在眼里，于是就张狂地坐在马车上，抖了抖缰绳，就要离开。

面对它们的无礼，愤怒的后羿将弓箭拉成满月形，狠狠地射出第一箭。这一箭，一次就射杀了两只金乌。这两只金乌临死前那惊恐的叫声，惊吓住了其他几只金乌。另外的八只金乌愣愣地瞪着后羿，不敢相信他竟然会这么做，直至看到后羿又拉开强弓，这才回过神四处飞蹿。然而这时的后羿已经下定决心，接着就了第二箭，这次有三只金乌哀鸣着落了下来。紧接着后羿又射出了一支又一支的利箭，直到剩下最后一只金乌。

这是金乌中最小的一个，也最胆小，在哥哥们四处乱飞的时候，它躲在了茂密的树上，这才使自己躲过了一劫。当后羿把那九只金乌全射死的时候，世界顿时陷入了一片黑暗，所有的光和热都消失了。后羿觉得如果一直没有太阳，人类也是无法生存的，这样的话也是不行的，他也暗自庆幸，自己没有一时头脑发热射杀所有的金乌。

但那只最小的金乌看着后羿杀死了自己的九个哥哥，并且自己也差点被杀死，只能躲在树上不敢下来，也是，看到这样的场面怎能不怕呢？没办法，后羿只好爬到树上找它，在树枝的深处找到了它，后羿为了表示自己的诚意便把弓和箭留在了树下，最小的金乌看后羿并没有为难自己，只是让自己以后每天按时出现在天空，给人类送去光明和温暖，便战战兢兢地答应了后羿的要求。

天帝的妻子不想看着自己的孩子被后羿训斥，就去了天帝那里，却不曾想后羿竟然杀害了自己的九个儿子！回到东海后，善良的她看着死去的孩子痛哭流涕，但她也知道后羿这么做只是为了让人间免遭生灵涂炭，为了大义，她并没有责备后羿。

然而天帝却感觉自己的尊严受到了践踏，身为天帝却保护不了自己的孩子，而且这几个孩子都是天帝最爱的，此时的天帝一刻也不想再见到后羿，可也没有理由杀了他，无奈之下，只能传话给后羿：“既然你如此费心费力帮助人间，那以后你就不用当神仙了，就去凡间照顾那些凡人吧！”后羿很清楚这是天帝对他的惩罚，但只要一想到人们渡过了劫难，以后又能幸福地生活，他的心里也很高兴，便心甘情愿地留在了凡间。

后羿射日的这个传说是流传最广，也是最受人们欢迎的。除此之外，说到民间关于后羿射日的说法还有一个传说，也是说后羿射杀九个太阳的事。不同的是，在这个故事里，后羿只是一个普普通通的凡人，不是神。

这个传说是说后羿是嫦娥的丈夫。当时，人间饱受着凿齿、九婴、大风、封豨、修蛇等怪兽的残害，后羿看着百姓受苦受难，便决心为民除害。他来到北方的凶水之上灭掉了九婴，又来到南方的荒野泽地，斩杀了凿齿，然后又到东方射杀了大风，最后斩断了修蛇，擒获了封豨。这些怪兽一一被后羿制服，使人民脱离了苦海，百姓为之欢呼雀跃。

那时，天上一样有着十个太阳，每天这样的炙烤导致大地寸草难生，地面都被烤得裂开了，人们的生活很是艰难。年轻的后羿看着人们的疾苦，便决定把太阳射下来，于是在经过了一番苦练之后，终于射下了九个太阳。当天空只剩下一个太阳照耀的时候，人们感觉舒服多了，从此条件适宜，万物得以生长。再加上之前后羿帮着消灭了怪兽，现在人们对他更是尊敬爱戴，便称他为“箭神”。

对于后羿射日还有另外一个传说。在这个传说里的“日”，指的就不再是太阳。

据说在帝尧时期，有一个善于射箭的人，名叫羿。在那个时候，由于蚩尤被杀，东方各部落陷入长时间的内战之中，战火四起，生灵涂炭。就是在这样的情况下，羿临危受命，肩负起统一东方的大任。

于是，羿组建了自己的队伍，开始四处征战。经过不懈的努力，最终一统东方。因为当时在这些部落的眼里太阳就是神，所以在羿统一了各国后，建立的国家便被称为“十日国”，而羿统一各国的这个过程就被称为“射日”。

夸父逐日

相传自盘古开天辟地，变化出了世间万物后，世界就开始越来越热闹。接着，女娲创造了人，这一来世界就更繁华了。可在那时，人类基本都是以氏族或者部落群居而活。

那时有这样一个氏族，他们比较奇特，族人个个体形高大，力大无穷，那就是坐落在巍峨雄伟的成都载天山上的夸父族，夸父就是他们的首领。夸父气宇非凡，身材更是高大，力量也非常大，并且他还有着坚定的意志。

在那时，野兽横行，人类的生活相对比较落后，生活十分艰辛，为了不受到野兽的攻击，大家必须生活在一起。所以那些英勇不凡的人更是受到族人的爱戴，而夸父就是他们氏族里的英雄。对人们的这一尊称，夸父感觉无上光荣，他也会常常抓一些毒蛇挂在耳朵上作为装饰，年幼的孩子看到很是吃惊，同时也会对他的英勇崇拜不已。

为了生存，夸父不得不带着氏族的人每天与洪水猛兽殊死搏斗。这也导致族里的人不是受伤就是死亡。生活的艰辛已达到了常人所不能承受的限度。

有一年，天下大旱，太阳就像一个大火球一样炙烤着大地，大地寸草不生，更别说庄稼了，井水、河水已经干涸，就连大海的水也所剩无几。无数的人被渴死、饿死。幸运活下来的人也是备受煎熬。

看着受苦受难的族人，夸父心里十分着急，于是他决定要抓住太阳，让它听从人们的吩咐，好好地为大家服务。就这样，夸父将族人安顿好，就长途跋涉地来到东海，等着太阳升起。看着太阳刚刚从东方升起，夸父便迈开腿追逐着。

夸父用尽全力，拼命奔跑着，像一阵风一样快速地追赶着太阳。一路上他几乎就没怎么休息，不停地追着，实在累了就停下来稍微打个盹，渴了就喝口河水，饿了就吃野果。虽然一路上很辛苦，但他心系族人的安危，就不断地鼓励自己："不要停，就快追上了！只要抓住它，人们的生活就会好起来的，族人就不用受苦了，我相信自己一定能做到的！"

夸父追着太阳一直追了九天九夜，直到这时夸父感觉自己离太阳的距离已经很近了，那个大火球就在他的头上。虽然自己历经千辛万苦，跨过一条条的河流，翻过一座座的山，但此时看着近在咫尺的太阳夸父很是高兴，总算这一路的辛苦没有白费。

可正当他准备伸手去抓太阳的时候，却因为这一路的奔波劳累，突然晕倒了。当他慢慢苏醒后，早已没有了太阳的踪影。

虽然夸父心里十分沮丧，但却没有气馁，他坚信只要自己还活着，就一定能抓住太阳！他相信自己一定能帮助族人渡过这次劫难，把安稳平静的生活还给大家。于是，夸父再次上路，踏上追日的路程。

然而，当他越靠近太阳，就越觉得难受，因为炙热的太阳会让他体内的水分迅速流失，越靠近太阳就越觉得酷热难耐，好像身体要被蒸干了。这时，对他来说水是至关重要的！于是，他来到黄河岸边，俯下身子，喝了起来，却没想到竟一口气喝干了黄河的水！

尽管如此，夸父仍然感觉很渴，他又来到渭河岸边，同样喝干了渭河的水，却仍没有解决焦渴的问题。于是他准备继续往北走，因为在不远处就有一处大泽。然而，还没走到，夸父就倒了下去，因为他实在太累太渴了，就这样他慢慢地倒了下去，直至最后停止了呼吸。

夸父死后，他的身体变成了一座高大巍峨的山，名叫"夸父山"。据说，夸父山就位于今河南省灵宝市西三十五里的灵湖峪和池峪之间。相传，在夸父死后，他的手杖变成了一片五彩桃园。此桃园地处险要，被后人称为"桃林寨"。

虽然最终夸父并未追到太阳，牺牲了。但他的英勇和舍己为人的精神深深感动了天帝。太阳也因此受到了天帝的惩罚。夸父为了族人的幸福最终失去了生命，但他的愿望总算达成了，也算是一点慰藉。从此，夸父族年年风调雨顺，族人幸福安康。他的子孙后代一直居住在夸父山下，生儿育女，延续后代。

伏羲画八卦

相传伏羲是因为他的母亲刚好踩在了雷公的脚印上才怀孕的，这一孕竟整整怀了十二年，才生下他。从文献记载可知，伏羲集聚了所有上古时期的发明创造。一般所说的文人始祖是指在某个领域能有所建树的人，如：有巢氏发明了房屋，燧人氏发现了火，神农氏的农业和药物，然而伏羲却是聚集了众多的成就，所以后人称他为“始祖”“斯文鼻祖”。人们为了说明伏羲的一生光明磊落、功德无量，对他更是大赞为“太昊”，称他是大道在人间的化身。

虽说后人因对他的尊敬和爱戴，对他的身世有夸大的成分，但他本人对人类的贡献的确是非常大的。他在上圭（今甘肃天水）通过修身，达到天人合一的地步，推演出八卦，成为易道文化的鼻祖，同时将中国历史带进了新的文明时代。

伏羲的八卦建立在河图的基础之上，而关于河图，说辞就众说纷纭了。

中华文化的根源就是河图与洛书，它们被称为中国文化的基因，八卦灵感和阴阳五行术都是从它们起源的。关于河图与洛书的诞生还有一段颇为神奇的传说。

伏羲是远古时代智慧的象征，对一切事物都有着极强的观察力，但也有问题始终困扰着他，那就是：为什么浩瀚宇宙，万物却井然有序？白天和黑夜交替来临，春、夏、秋、冬四季也是按照顺序依次更替……这所有的一切到底是谁在操控？谁让这一切按照一定的顺序有条不紊地变化着？伏羲对这个问题很是苦恼，希望通过自己的努力找到问题的答案。

有些部落根本不愿去探究原因，便把一切说成是“神”操控着，他们认为是

"神"主宰着天帝的一切，规划着宇宙的规律。但这一说辞并没有得到伏羲的认可，他觉得宇宙的一切都在不断地变化着，任何东西都没有固定的形态。他大胆地猜测：会不会是宇宙间存在着某一种强大的力量，操控着宇宙的万物能够生生不息地循环运动呢？在那个时期，没有文字，伏羲为了表达自己的想法，就用了简单的符号"—"来表示。

在远古时期，大自然对人类来说充满着神奇的力量，对一些自然现象人们很难解释得清，如：日月星辰的变化、天气的变化、人的生老病死……没有人知道其中的缘由，于是部落里的人就去请教伏羲。伏羲的智慧的确比普通人高很多，有些问题能够解释得通，但仍有好多问题连他也回答不了。对此人们就感觉更加茫然，只能提心吊胆地过日子。

伏羲看出了大家心中的恐惧，便决心一定要弄清楚问题的真相。但是，大自然这些奇怪的现象该如何解释呢？伏羲常常望着天空，冥思苦想，猜想着大自然的奇特，四季更替、花开花落的奇妙，揣度着日夜更替、北斗星移的秘密，琢磨着人生老病死的奥秘。有一天他突然发现中原宛丘一带的蓍草长势很茂盛，好像能很好地显示天象，于是便开始用这些蓍草来为人们预测吉凶。

在多年前有一只石龟救了伏羲和他的妹妹，所以有一天伏羲抓到了一只白龟，他认为这白龟应该是石龟转世，便挖了水池，把白龟喂养起来。

一天，伏羲正在给白龟喂食，突然有人急匆匆地跑来告诉他说蔡河里出现了怪物。伏羲心系族人安危，快速跑去蔡河边。说起那怪物还真是奇怪，长得像龙又像马，在水中能够如履平地，来去自由。伏羲想走近些观察清楚，没想到，那怪物竟来到伏羲面前，一动不动地站着，任伏羲观察。

伏羲观察后发现，这怪物身上竟生着花纹：一、六居下，二、七居上，三、八居左，四、九居右，五、十居中。伏羲为了记住这些图案，便随手捡了一片树叶，用一节蓍草梗将怪物背上的花纹临摹了下来。他刚画完，只见那怪物一声嘶鸣，瞬间就消失了。一些族人好奇地围着伏羲，想问问这究竟是什么怪物，伏羲说："像龙又像马，就叫它'龙马'好了。"

对于这树叶上画的奇怪图案，伏羲绞尽脑汁，尽管每天拿着树叶仔细琢磨，却也解不开其中的奥秘。

这天，他给白龟喂完食物，便坐在池塘边认真思考着。突然听到“哗啦啦”的水声。伏羲抬头一看，只见白龟从水底游了上来，来到他的面前，对着他点了三下头，之后就把脑袋缩进了龟壳里，一动不动了。伏羲看着一反常态的白龟，感觉它一定是有什么话要对自己说，于是便专注地观察了起来。

观察了好久，伏羲终于发现，白龟壳上那奇特的花纹。这花纹中间有五块，四周有八块，外圈是十二块，最外圈分二十四块。伏羲灵光一现，顿时明白了天地万物的变化规律遵循的只是——“一阴一阳”罢了。因为在那时还没有文字，所以伏羲就用“—”代表阳，用“--”代表阴，阴阳组合，组成了八种不同的图案。

自从伏羲画出了八卦图，天帝就感觉好像要有什么事发生，每天心神不宁的，于是便派人到人间去看看到底发生了什么事情。伏羲利用八卦图得知了天帝的心思。为了不让八卦图被天帝没收，伏羲便将八卦图埋在地下，还在上面种了一棵柏树。最后在盖土的时候，他在东、南、西、北方向各踢了一脚，致使那棵柏树，从东看感觉向西倾倒，从西看却感觉向东倾倒，从南看感觉向北歪，而从北看感觉向南歪。

就这样天兵天将在寻找八卦图的时候被这棵稀奇的柏树给迷失了方向，才没能找到。后来，伏羲就把这棵柏树称为“八卦柏”。直到现在，从四周看这棵树，还是感觉是倾斜的，分辨不出方向，这其中的奥秘就是因为伏羲所布下的八卦阵的作用。

相传，伏羲记录下八卦的地方在现在的淮阳老城，至今在那里还保留着一个方形的土岗，人们称之为“八卦台”。八卦台上还有座亭子，人们称之为“八卦亭”。就在这座亭子的顶棚上还画着伏羲所创的八卦图。亭子的东边还有一棵柏树，长得歪歪扭扭的，据说那就是那棵神奇的八卦柏。在八卦台的南边有一个湖，人们称之为白龟池，那就是伏羲饲养白龟的地方。太昊陵伏羲墓的北边还有个蓍草园，据说那里就是伏羲画八卦用的蓍草的生长地。

后人把伏羲所创的八卦称为“伏羲先天八卦”，这八种图案分别叫作乾、坤、艮、兑、震、巽、坎、离，以此来代表天、地、山、泽、雷、风、水、火这八大宇宙现象。接着由八卦组合又演变出了六十四卦，再加上事物本身的变化，就可以推测出自然界的变化规律了。

据史书记载，伏羲为人类文明作出的贡献远不止于此，他不仅告诉人们驯养野兽的方法，还将织网捕鱼的技术教给了人们，使人类的生产力得到了大大的提高。他是第一个在记事时用书契的人。他不仅发明了陶埙、琴瑟等乐器，还创作了乐曲歌谣，给人们带来了美妙的乐音，并且还变革了当时的婚姻习俗，将“血缘婚”改成了“族外婚”……这一切的一切都是中华文明开始的标志，不过，伏羲的八卦绝对是他对人类最重要的贡献。

八卦博大精深，有着极深的文化内涵。以八卦为特征的伏羲文化，就是到现在还仍然吸引着国内外无数的学者的探究。据说，德国大数学家莱布尼茨也是因为受到了八卦的启发，才发明了二进制。关于八卦中的许多奥妙，至今还是人们研究的课题。

共工怒触不周山

在神话传说里，在上古时期每个部族都有着自己的守护神。炎帝的后裔共工氏的守护神就是水神共工，而黄帝大败炎帝，一统部落后，他的后代颛顼帝也就顺理成章地坐上了统治者的宝座。

关于“共工怒触不周山”这一传说共有两个不同的版本。

因黄帝打败了炎帝，所以共工对黄帝的后代颇有不满。再加上当时的统治者颛顼帝残暴无良，他不仅对人类毫无怜悯之心，就是对天神也是无所避忌，常常使用强权压制他们，这就使得不管是天神还是黎民都对他愤恨交加。

共工深知“得民心者得天下”的道理，这颛顼早已失了人心，天下早晚要易主。而现在，天地间只是在忌惮他的神力，一旦有人出头反抗他，必会受到众人的拥护。于是共工就联合了那些对颛顼心存怨念的天神们，充分发挥自己的口才，把颛顼帝的残暴、昏庸说得尽人皆知，极力煽动大家一起推翻颛顼的统治，夺取这天地主宰的神位。诸神对颛顼帝早有二心，所以一致推选共工为首领，组织军队，轻骑短刃，杀向天国京都。

颛顼帝毕竟是做大事的，听说叛乱竟一点也不慌乱。他命令手下人燃起七十二座烽火台，以烽火为信号，让四方诸侯前来支援；他亲自带领京都护卫的兵马，前去与叛军抗争。就这样双方展开了激烈的交战。

在开始的时候，双方势力均衡，打了无数回合，也没能分出胜负。

就在激烈交战之时，云中突现万丈霞光，霞光中走来了一个有着人的身形，却长着一条老虎尾巴的人。这人就是和山的泰逢，是来帮助颛顼的。接着又来了一个龙头人身的怪物，他的来临伴随着一阵暴风骤雨，他就是从光山赶来的计蒙。之后战场上还出现了一大群毒蜜蜂和毒蝎子，而它们的指挥官就是那个长着两个脑袋的平逢山的骄虫。

他们都是来帮颛顼的，颛顼帝有了这些人的帮助，自然能打败共工。再看共工一方的将领，柜比的脖子基本已被砍掉，连接着的只是一层人皮而已，胳臂也被砍断了一只，头发披散着，样子很是吓人；王子夜四肢都被砍断，脑袋、胸腹被砍碎，就连牙齿都掉落了，全身被打得七零八落的，散了一地……其惨烈程度，不言而喻。

共工带着剩下的残兵朝西北方向逃去，直到来到不周山，被挡住了去路。这时，跟随共工的人只剩下十三骑了，而这十三个部下也都是狼狈不堪，几乎没有了战斗力。然而颛顼的追兵紧追其后。这时的共工心底冰凉，他知道自己虽有一腔热血，如今却要身陷于此，自己死了倒没什么，只是那残暴的颛顼却还要继续统治世界。不！他想要的结果不是这样的，他一定要阻止这一切！他知道不周山其实就是一根撑天巨柱，天地的平衡也是靠它维持着，它对颛顼来说也是统治天下的重要力量之一。看着身后的追兵，共工知道大局已定，可再看看这些誓死跟随自己的部下，他心乱如麻，跟随自己的人已经死了那么多，一定要保最后这些人的周全。

在无尽的绝望中，共工发出最后的呐喊。他看着不周山，觉得就算耗尽自己一身的神力，也要撞倒不周山，绝不能让颛顼帝得逞！刹那间，只听一阵“轰隆隆”的巨响，共工真的把不周山拦腰撞断了，因为强烈的震动悬吊在大地东南角的巨绳也被震断了。

古时，人们认为天是圆的，地是方的，在天边每个方向都有一根天柱支撑着，而在地的四角也都有大绳系着。所以不周山这根擎天柱一断裂，必然导致天地发生变化。西北的天穹因为没有了支撑而向下倾斜，从而导致拴在北方天顶的太阳、月亮和星星失去了控制都向西方倾斜。这也就是现在的太阳东升西落变化的原因。在这之前，日月星辰的位置都是固定不变的，所以是白天的地方永远是白天，是夜晚的地方永远是黑夜。但是现在，因为它们时刻都在变化，所以就出现了白天和黑夜的更替。大地东南角的巨绳因不周山的崩塌而断裂，这就致使东南大地向下陷下去，所以才有了今天的东南低、西北高的地势。江河湖之水也从高至低、自西向东流入大海。

为了人们不再受颛顼帝的残暴之苦，共工才撞毁了不周山，人们对他那种英勇无畏、无私奉献、坚强果断的精神钦佩不已。所以，人们为了表达对他的尊敬，称他为水师，也就是司水利的神仙。

这里还有另外一个与这个传说完全相反的说法。

颛顼帝是黄帝的孙子，他为人善良、仁德，因为他的贤明，四方部落都臣服于他，就连鸟兽都会被他感化。他被尊奉为华夏上古时期的五帝之一，也就是北方水德之帝。

颛顼帝从小和叔父少昊待在一起，受叔父的影响，颛顼帝对音乐产生了极大的兴趣。一次，他听到一阵大风吹过，发出的声音很是悦耳，于是便让八条龙模仿大风的声音，这也就是后世用来纪念黄帝的《承云曲》。后来，他又灵光闪现，让那身处池沼底部整天昏睡，并且对音乐一窍不通的扬子鳄作乐。扬子鳄接到颛顼帝的命令后，虽然感觉很惊讶，但却没有任何的办法，扬子鳄想来想去，干脆把笨重的身躯翻转过来，把肚皮朝上，这样它便用自己的尾巴敲打肚皮，发出“嘭嘭”的声音，也还蛮好听。之后，人们便从颛顼帝的故事中得到了启发，直接用扬子鳄的皮来做大鼓。这种鼓声音洪亮，价格也十分昂贵，叫作鼍鼓。

上古时期，百姓敬天拜神。虽然天地被盘古一斧头劈开来，但它们之间的距离还不是很远，为了让神、仙、巫在天地间来往更加方便，神仙们便把一些高山和大树作为登天的梯子。当然那时也有一些拥有着勇气和智谋的凡人通过天梯登上天庭。后来，蚩尤叛乱，扰乱了天庭的秩序，颛顼帝为了平息叛乱，于是就让自己的两个孙子——重和黎截断了通往天地间的道路。

重和黎两位神仙都是力大无穷，他们接到颛顼帝的旨令，丝毫不敢懈怠，立刻就开始行动。他们用尽全身的力气，黎双掌按地，重两手托天。之后，两个人一齐用力，把天升得更高了，地也沉了下去。这样天地之间的距离就更大了，之前的那些高山和大树已经不能连接天地了。二人很好地完成了颛顼帝交给他们的任务，为了奖励二人，颛顼帝把黎封为专管人间之事的火正，而把重封为南正，专管天地鬼神之事。

同时，颛顼帝还制定了各种礼仪制度来维护社会道德。比如：一男一女同时行走在路上，这时女人就必须先回避，否则就要受到在十字大街上示众的惩罚——这应该就是男尊女卑的由来了；兄妹间不能通婚——从现代医学方面来说，这一措施倒是对当时的人口质量有了很大的改善；百姓对祭祀祖先和天地鬼神之事要按时进行，一定要有自己的信仰……这些礼俗对后世也产生了巨大的影响。

在颛顼帝的贤明管理之下，当时管辖之内的人们生活富足，道德水平有了很大的提高。而其他一些地方的人们仍是贪心不足，道德败坏，人心不古。所谓"君臣富贵皆由德而生"，因为颛顼帝的贤良惠德，使得原本不停运转的太阳、月亮和星星也都定时更替，甘愿为颛顼帝服务，照耀着颛顼帝统治的北方三十六州，牢牢地停靠在天穹的北边。

这里的共工是个恶神，他有着人的面容和蛇的身子，还有着一头火焰般的红发。相柳和浮游是他手下两个臭名昭著的恶神，两人同样是人面蛇身，相柳长着九颗脑袋，全身青色；而浮游却长得凶神恶煞，样貌丑陋。这几个人都是凶狠残暴、作恶多端之人。他们只要高兴，就用神力呼风唤雨，引发水灾，大地也会生灵涂炭。百姓也被他们害苦了，经常受到他们的欺凌，却只能忍气吞声，听之任之。

洪灾泛滥，鲧为了治理洪灾一连治理了九年，然而洪水却丝毫没有减弱的迹象。此时，世间的统治者名为舜，他流放了鲧到羽山，之后任命鲧的儿子禹来治水。大禹为了解决水患采用疏导的方法，成效很好。然而，当他治理到共工的地盘邛山东头的时候，却碰了钉子。为了天下苍生不再受水患之灾，大禹便找到共工，劝说他，让他不再引发洪灾，祸害百姓。共工怎会听从大禹的劝告，还恬不知耻地说："如果我不引发水灾，那还要你这治水的有什么用？"大禹听了这话，便知劝说无望。他知道，让这种品行不端之人不再做坏事那根本就是天方夜谭，目前唯一的方法就是赶紧治水，于是大禹便每日翻山越岭，淌河过川，察看地势，想尽快找到引流黄河之水的道路。

眼看大禹就要找到治水之法了，只要疏通了黄河，人们就又可以过上安稳的生活了，此时共工觉得自己颜面尽失，便用尽自己的神力引发了更大的洪灾。大禹天天忙碌着，想尽办法治理水患，到头来还是竹篮打水一场空。这时他才真正明白，对人类来说真正的灾难是共工这个人。此人不除，百姓就永无宁日。

于是，大禹便集结了所有的华夏百姓，还有一直追随他帮他治水的应龙、黄龙、白龙和苍龙，号召大家为了自己的利益来和共工对决。人们对共工的恨由来已久，所以一听说要对付他，全都积极响应。于是，在大禹的带领下，大家拦住了共工和他的两个坏蛋手下，就这样双方厮杀起来。

大战一直持续了一个月。虽然共工三人神力强大，却终是寡不敌众，抵不过人们的轮番攻击，渐渐地，他们感觉疲惫不已，纷纷败下阵来。没多久，共工的两个手下便被斩杀了，共工只能仓皇而逃。大禹为了永绝后患，一直追击着。共工一看情况不妙，抵不过千军万马，只好跪地求饶，并发誓以后再也不引发水灾了。大禹本是善良之人，于是听信了共工的花言巧语，放他走了。

大禹放走共工后，便率领众人立即投身到治水工作中。他命人把洪水引入东海，之后他还在黄河边用太行山的石头建造了坚固的堤岸，这一来水灾终被治理好了。

邪恶的共工在逃跑之际，对颛顼帝的恨越发强烈：大家都是名门之后，为什么我会落得如此下场？这时的共工已经被嫉妒冲昏了头脑，满脑子都是仇恨，于是就集结了一些同样无法无天，又都痛恨颛顼帝的人，成立了自己的军队，装备上各种武器，准备突袭天国。

听闻此事的颛顼帝丝毫没有惊慌，在他眼里，这些乌合之众自然不值一提。颛顼帝一边让人点燃七十二座烽火台，给四方诸侯发送速来支援的消息，一边亲自上阵，前去迎敌。

果然共工的叛军不是颛顼帝的对手。颛顼帝的援兵也越来越多，只见泰逢、计蒙、骄虫等神兽纷纷前来助阵。而共工却因平时作恶多端，很快身边就只剩下十三骑了。他们弃阵逃跑，一直来到不周山下，共工一行人被这巨大无比的不周山挡住了去路。

这时，四面八方而来的追兵，布成天罗地网，只为抓了共工这一人间祸害。

共工一看形势不妙，悲愤交加，便不顾一切地撞向了不周山。不曾想这不周山竟被他撞断了，发出轰隆隆的巨响，悬吊大地东南角的巨绳也因为这震动而断裂，整个天空向东南方向倾斜。这一下，可害苦了地上的百姓，天空出现很多大窟窿，大地上也出现了一道道深深的裂缝。山林发生了火灾，地下泉水喷出造成水灾，那些庞大的猛兽也出来为祸一方。

天神女娲不忍看人间受此疾苦，为了拯救苍生，女娲便决定来修补天空的窟窿。可该怎么补呢？女娲思忖良久，决定炼石补天！首先她在江河边挑拣了许多坚硬无比的五色石子，然后又把这些石子放在大火里，煅烧了九天九夜，形成红、黄、青、白、黑五色混合的石浆，然后就用这些石浆把天空的大窟窿一个个地补好了。

虽然天上的窟窿补好了，可怎么让天空再一次升起来呢？说来也巧，这时女娲刚好发现了一只巨龟，这只龟有着坚硬粗壮的四肢，比之前的擎天柱更加牢固。于是，女娲就用这巨龟的四只脚作为支撑天空的柱子，就这样天空被重新支撑起来了。现在这四根擎天柱相当的结实，再也不用害怕天空会塌下来了。

天空的问题解决了，大地的巨大裂缝该怎么修补呢？女娲尝试了很多的方法，最后把芦草烧成了灰，用这些灰填满了那些窟窿和裂缝，这才使得洪水重新流向大海。

最后，对人类还有威胁的就是那些趁乱而来的凶猛野兽了。身为大地之母的女娲，人类的安危自然是她的头等大事，为了人们的利益，她又和这些野兽做了殊死搏斗，最终消灭了这些害人的东西。

虽然这两个版本的传说完全相反，却都反映了一个事实：在几千年前，对自然界的规律和一些自然现象，我们的祖先还是无法解释的，在这些自然现象面前，人类是如此的无助，所以只能把这一切归咎于神的力量，而自然的力量就被形象化、人格化，所以才有了这些美丽的传说。人们为了赞扬心目中的英雄，盘古、女娲、黄帝等这些传奇人物也就应运而生。虽然他们都是传说中的人物，但他们那英勇、无私无畏的精神永远值得我们学习。

燧氏取火

在遥远的西方，有一个名叫“遂明国”的国家。这个国家地处偏僻，人烟稀少。在这里不分昼夜，连明媚的阳光和灿烂的月光都没有出现过，在这里的人们终日生活在暗无天日的环境里。

在这个国家里，有一棵非常高大的树，这棵树枝繁叶茂，仅树冠的面积就高达一万多顷，并且它的树枝能够延伸到几十里以外的地方。远眺，你根本就不会相信那是棵大树，而是一片茂密的森林。这棵大树是一棵“遂木”。因它的缘故，让原本就暗无天日的遂明国更加漆黑一片，远远望去，就像一片漆黑的大洞。

然而神奇的是，在遂木的下面却是一片亮光，美丽的火光随处可见，就像地面上铺满了发光的珍珠和宝石，这亮光把树下照得一片明亮，好像有了月亮的照耀一般。而遂明国百姓的生活就是靠着这亮光生存的。

由于遂明国地处偏僻，这里的人还没学会怎么取火。有时，电闪雷鸣，因为闪电而引发火灾的时候，人们远远地看着那发光的火苗，欢呼雀跃。那时的人们因为一次偶然的机会，知道被大火烧烤过的野兽肉更加的美味。所以，之后在每次发生火灾的时候，人们就会把自己的猎物丢到火堆里，这样猎物就会更加可口美味。经过一段时间后，人们就掌握了用火烧东西吃的方法，可有时又会很久没有大火发生，于是人们就想把火种保存起来，想用的时候随时就有。在烧烤食物的时候，人们又发现了火的另外的作用——不仅能够御寒还能抵御野兽的侵袭，于是人们便在一起商量，如何能把火种保存起来。他们心想，如果没有了火，人们就再也享受不到这美味的食物了，最重要的是到了晚上，人们就又只能依靠遂木的亮光来照明，免不了还要受到野兽的袭击。

人们害怕没有火的日子，在他们心里火已经成了生活中不可或缺的一部分。所以，一旦哪里出现火种，人们就会轮流看守，日日夜夜，没有尽头。可即便人们如此悉心地照料，有很多时候火种还是因为一些不利的因素而熄灭了。人们仍是经常处在没有火的生活中。有一天，这个国家里一个很有智慧的人看到人民的痛楚，决定要解开这个谜题。

首先他决心要弄明白火光的来源，有一天，他向一个方向走去，走了很久后，看到了一种奇异的景象。经过长时间的观察，他终于发现，在这里有一只长着橘红色的嘴巴、黑黑的脊背、白白的肚皮，有着坚硬的利爪，很像啄木鸟的大鸟，这大鸟不时地用它那尖尖的喙啄着树干，找食吃，它每啄一次，树干上就会发出耀眼的火光。

这个聪慧之人看到这一景象，突然灵感一现，就想到了取火的方法。他在地上随便捡了一根树枝，就在遂木上钻起来，没多久就真的出现了火光。但可惜的是，这种方法生出来的火，只有火光却没有火苗。

这个聪明人回家之后，继续尝试用别的树木取火，虽然钻取的过程很困难，但最终还是钻出了火苗。于是他就把这个方法教给了人们，之后，人们就不再依靠天然的雷电来取火了，也不用再每天悉心照料点燃的火堆了。于是聪明的人们就改变了取火的方法。有的人把坚锐的木头和另一块木头用力地钻，也有人用两块燧石不断地敲打，这些方法都能生出火来。就这样人们终于掌握了人工取火的方法。就是因为这个聪明、善于观察的人，人们才学会了生火的方法，人们为了感激和敬仰他，便尊称他为“燧人氏”。由于燧人氏为人类谋取了福利，所以受到了黄帝的嘉奖，封他为司徒，主要管理南方的事务。据传燧人氏生前住在衡山，死后也葬在了衡山，人们为了纪念他为人类作出的贡献，就把衡山最高的峰命名为“祝融峰”。

刑天舞干戚

刑天，是一种坚持不妥协精神的象征！据说，关于刑天还有一个故事呢。

刑天本是炎帝的一名部下，一直跟随着炎帝定居在南方。刑天酷爱音乐，为了赞颂当时人们幸福的生活，他还为炎帝谱过乐曲《扶犁》和诗歌《丰收》。后来，黄帝打败炎帝，炎帝只能屈居到南方做了一名小小的天帝。

虽然炎帝势力薄弱，不敢与黄帝抗衡，但他的孙子和部下却很不服气。当蚩尤带着自己的部下与黄帝抗衡的时候，刑天也很想参战，却因为炎帝的坚决阻拦所以没有去。热血沸腾的刑天看到战败的蚩尤，再也坐不住了。为了能和黄帝决一胜负，他就在一天夜里偷偷离开了南方天庭，奔向中央天庭。

刑天右手拿着一柄闪光的大斧，左手握着长方形的盾牌，一路披荆斩棘，所向披靡，直冲到黄帝的宫前。宫内，黄帝正在和群臣欣赏着仙女们曼妙的舞姿，聆听着悦耳的音乐。就在这时，刑天手挥兵器直杀进来。

黄帝一见此人竟如此不把自己放在眼里，很是生气，立即拿出自己的宝剑与刑天大战起来。两人打得天昏地暗，从宫内打到宫外，从天上打到人间，最后两人来到了常羊山旁。这地方是炎帝的出生地，再向北不远的地方就是黄帝的故土轩辕国。轩辕国里所有人都是人面蛇身，他们的尾巴都缠绕在头顶上。一看到自己的故乡，两人的战斗更加激烈了。

在刑天看来：世界原本就是炎帝的，却被你窃取，现在我一定要帮炎帝夺回来。可黄帝认为：虽然是我从炎帝手里夺取了天下，但在我的治理下百姓安居乐业，我怎能轻易将天下转手他人？于是，两人用尽全力，恨不得一下就杀死对方。

黄帝身经百战，对作战本身就有着丰富的经验，再加上九天玄女传授给他的兵法，所以与刑天相比更胜一筹。最后，黄帝看出了刑天的弱点，一剑就把刑天的头砍了下来。随着“咔嚓”一声，刑天的头颅便滚落到了常羊山的山脚下。

刑天一摸自己的脖颈，发现自己的头没有了，心中不免紧张起来。他慌忙把右手中的战斧换到左手上，用右手在四周乱摸起来。刑天心想：只要能找回头颅，放回原处，就能继续战斗了。刑天不断地摸索着，找遍了周围的大小山谷，可还是没发现自己的头颅。事实上，他只是在远处找，却忽略了近身的山脚，而他的头颅就在此处。

黄帝当然也害怕刑天一旦寻回头颅就会继续和自己恶斗，于是连忙举起手中的宝剑向常羊山用力劈去。随着“轰隆隆”的巨响，常羊山被一劈为二。刑天的头颅也落入山中，之后常羊山又合在了一起，这样一来，刑天的头就被深深地埋到了地底下。

刑天听到声响，感觉到了周围发生的事，便明白了，自己的头颅已经被黄帝深埋在大山之下，也就是说自己的身子和脑袋再也合不到一起了，于是就停止了手中摸索的动作。

刑天愣愣地站在那里，就像一座深沉的大山岿然不动。他一想到没能为炎帝报仇雪恨，就感觉十分的愤恨。就这样败在黄帝手里，刑天感觉心有不甘。只见他此时拿着手中的战斧，胡乱在空中一阵劈砍，即便看不到，也要和敌人做最后的战斗。

没有了头颅的刑天，便把身躯当作头颅，把他的肚脐作为嘴巴，两乳当作眼睛，更加有力地挥动着手中的盾和斧。没有头颅的刑天看起来已经有些吓人，再看他还在不停地、疯狂地挥动着手中的兵器，这一情景不禁让黄帝望而生畏，他不敢再与刑天断缠下去，便偷偷地溜回了天庭。

刑天与黄帝的斗争是炎黄战斗的延续。据说，没有了头颅的刑天一直在常羊山附近，挥动着手中的武器。虽然刑天部落最终还是以失败告终，但刑天那种誓死忠贞、顽强的、无私无畏的精神，永远值得我们颂扬，值得我们学习。

仓颉造字

据记载，仓颉的父亲是伏羲氏一族，母亲本是史皇氏一族里一位出色的女首领，之后与伏羲氏结成连理。后来，仓颉便诞生了。仓颉从小就勤奋好学，聪颖可爱，一遇到不懂的问题就会向父母请教。他的母亲对他更是呵护备至，疼爱有加。

仓颉长大后，成了黄帝手下的一名将领。在那时，官民没有什么太大的区别，只是分工不同罢了，而管理牲畜的数目和囤积粮食的多少就是仓颉主要的任务。

仓颉天生聪明，做事认真刻苦，很快便对自己所要管理的事物了如指掌了。但由于这些牲畜和粮食的数量每天都在变化，渐渐地，仓颉发现想要完全靠记忆来记住这些东西实在有些困难。可在那时，既没有纸和笔，更没有文字，仓颉也不知道该如何行事了。

为了解决这一问题，仓颉每时每刻都在思索着。于是他想到了用绳子打结的方法；各种不同的牲畜便用不同颜色的绳子，而打结的数量就表示牲畜的数量。仓颉用这一方法，感觉果然有效。然而一段时间后，这种方法就不管什么用了。因为，当牲畜数量增加的时候，可以随时在绳子上重新再打几个结，可一旦数量减少，需要解开绳结的时候却很麻烦。

这时，仓颉又想到了在绳子上打圈圈的方法，就是在绳子上挂上各种各样的贝壳，用贝壳的数量来代表牲畜或者粮食的数量。数量增加就添加贝壳，减少就取下贝壳，事实证明，这个方法的确很好用，仓颉一连用了好多年。

黄帝看仓颉如此能干，就给他安排了更多的事情，比如：猎物的分配、每年祭祀的次数、部落人口的增减……面对这些繁重的工作，仓颉又开始犯愁了。因为现在的事情太过繁琐，添绳子、挂贝壳的方法也不能满足事实的需要了，仓颉又开始思考怎样做才能不出错呢？

这一天，仓颉参加集体狩猎，来到一个三岔路口的时候看到三个老人正在激烈地争辩着什么。仓颉走上前去，询问后才知，这三个人是在争辩该往哪个方向走。只见一个老人说："照我来说，我们应该往北走，因为在北边不远处会有鹿群。"另一个老人说："我感觉我们应该往西走，因为我感觉在西边会有两头老虎，如果现在不去，就会让它们逃走了。"还有一个老人则说："我认为我们应该往东走，因为那里有羚羊。"仓颉听到此，便问："你们是怎么知道你们所指的前面有什么动物呢？"三个老人抢着说："你看，这是鹿群的脚印！""这里有老虎的脚印，并且很明显是两只！""看一看，这是羚羊的脚印！"仓颉这才明白，他们各自的说法都是根据地上的脚印来判断的。

仓颉灵光一现：既然每个野兽都有自己独特的印记，为什么不能把自己所管理的东西用符号来表示呢？仓颉豁然开朗，急忙赶回家去。一到家，他便开始为不同的事物创造不同的符号。果然，运用这种方法，所有的事情都感觉有条理了许多。

黄帝得知后，对仓颉大肆表扬了一番，同时对仓颉说："仓颉，现在我命令你把这种方法，传授到各个部落去。"仓颉接受指令，每到一处，都会耐心地给别人讲解这个方法。就这样，这些符号便被推广开来，形成了早期的文字。

自从仓颉创造了符号文字，黄帝对他更是器重，百姓对他更是赞不绝口，仓颉的名声也越来越大。每天受着人们的奉承，仓颉不免有些飘飘然了，把什么人都不放在眼里，就连造字工作也开始马虎起来。

黄帝得知此事后，大为愤怒。因为，他感觉自己昔日重视的臣子，如今居然目中无人。可怎样才能让仓颉迷途知返呢？黄帝便把一位百岁老人召了过来，希望老人能帮助自己，劝回迷途中的仓颉。老人沉思了一会儿，便独自去找仓颉了。

老人找到仓颉之时，看到他正在教各部落的人认字，老人在最后一排找了一个位置默默地坐了下来，与大家一起听仓颉讲课。仓颉讲完后，所有人都离去了，唯独老人仍端坐着。

仓颉看到老人，感觉有些奇怪，便走上前问：“这位老人家，我已经教完了，您怎么还不走？”老人说：“仓颉啊，现在大家对你造的字基本上都认识了，可我年纪大了，眼也花了，有几个字到现在还不明白，你愿意再教教我吗？”

仓颉一看这么大年纪的老人都对自己如此尊重，便高兴地说：“好啊！您说吧！”老人说：“你造的‘马’‘驴’和‘骡’字，都是有四条腿吧？”仓颉回答说：“那当然！”

老人问：“可我知道牛也有四条腿，可你造的‘牛’字为什么就没有四条腿，仅仅只有一条尾巴呢？”仓颉一听此话，有些慌了神：原来是因为自己造“鱼”字的时候，却不小心写成了“牛”的；而造“牛”字的时候，却写成了“鱼”的。没想到，自己竟把这两个字弄颠倒了，这一切都是因为自己的粗心大意。

这时，仓颉才认识到了自己的错误，骄傲自大，认识到错误的仓颉为此羞愧不已。可这时，这些字都已经被他传授给了各个部落，现在想改也改不了了。于是他连忙跪在地上，为自己的错误表示忏悔：“都是我的错，是我对不起大家！”老人站起身，拉着仓颉的手，真诚地说：“仓颉啊，原本你为人类创造了文字，是好事一桩，世世代代的人都会对你的贡献感激不已，可你也要记得，做人一定不能骄傲啊！”

仓颉认真听取了老人的话，自此后，每造一个字，他都会反复琢磨。有时，还会去征求别人的意见，只要大家说好，他才会最终确定，之后再把反复推敲后的字传授给各个部落。

玉帝得知了仓颉造字一事，觉得这是有利于百姓的好事，便赐给人间一场谷子雨，于是，就有了现在的“谷雨”节气。当地的百姓在仓颉去世后，还在埋葬他的地方建造了庙宇，并将这个村庄称为“史官村”。

黄帝战蚩尤

早在四千多年前，黄河流域居住着众多的部落和氏族。其中黄帝族是一个名声较大的部落，该部落的首领就是黄帝。早期的黄帝族居住在姬水附近，到了后来才搬到涿鹿（今河北省涿鹿、怀来一带），随着农业和畜牧业的发展才在此安定下来。

据传黄帝非常有智慧，而且对实践训练很是擅长。他对天文的推算也有自己独到的见解，还发明了我国最早使用的历法。他还精通岐黄之术，那时的神医岐伯尤最喜欢和他探讨医学知识，他们对诊治方法有自己的研究成效，我国最早的医书《黄帝内经》就是根据他们的医学对话编写的。

水与人类的生活息息相关，古人的居住地都会受到水流的限制，大部分都是靠近江、河、湖、海，所以导致各部落之间相距甚远，这就使得各部落之间的交流受到了限制。直到后来，黄帝受到地下水的启发，发明了井，人们才免去了因水流限制而居住甚远。那时，人们还不会盖房子，所以只能天当被、地当床，有些人会搭建一些类似鸟巢的巢穴，垫些茅草就住进去。后来也是黄帝教会了大家用树木经过各式各样的组合，建成能遮风挡雨的房屋。

有这样贤明的领袖，肯定就有好的士兵，黄帝手下的人也都是贤良之士。这些人也正是因为黄帝的贤明，才有了展示自己才华的机会。比如：锲而不舍的仓颉，最终创造出了象形文字；为了方便人们的日常生活，精通数学的隶首，则制定了各种度量衡；为了能给人们带来美妙的乐曲，伶伦区分出十二音阶……

嫘祖是黄帝的妻子，她冰雪聪颖，心灵手巧，也是她彻底改变了古人穿树叶、兽皮的习惯。因为她的善于思考，她摸索出了养蚕的技法，从喂蚕、缫丝，到织帛，一点一滴，不断探索并加以总结，之后就把这些方法教给了人们。之后，人们从她的方法里又慢慢摸索出了制作衣服、帽子和鞋子的方法。

当然，这些都只是传说。实际上，任何的发明创造都不是一两个人能单独完成的。所有的这些记载只是为了说明黄帝的贤明、睿智，也因此人们称黄帝为华夏的“人文之祖”。

而蚩尤被众人熟知是因为与黄帝的大战。在历史学家看来，“蚩尤”只是农耕部落的代名词，那些部落的首领被统称为“蚩尤”。当然，这和我们现在说的“蚩尤”毫无关联，如果按照这种说法，那这个蚩尤就是历史人物中的佼佼者，据传有人说他铜头铁额，刀枪不入，而且拥有三个头、六条手臂和八只脚。战斗时他擅长使用刀、斧、戈，战斗力持久，英勇无敌。他统领着南方九黎族，手下有八十一个和他一样有着铜头铁额、忠诚勇猛的兄弟。大家都知道世上根本没有铜筋铁骨之人，这里说他们有着铜头铁额应该是指他们有着金属装备。在一些文献中也记载了蚩尤用金属制作兵器，这与当时的冶炼术也是一致的，所以应该是事实。这样强有力的装备只有蚩尤的部落拥有，而其他部落是没有的，所以他的强大也就无可厚非了。

在那时，华夏共有五大部落，其中黄帝、炎帝和蚩尤各占其一。而在这五个部落中，黄帝和蚩尤的部落势力尤为强大，自然这两个人说话也是极其有分量的。

当时，五个部落之间也是战事不断，导致百姓的生活苦不堪言。黄帝看百姓太过疾苦，便想停止这无休止的战争。但是，说着容易做着难。黄帝思来想去，最终明白只有统一了天下，百姓才能脱离战争之苦。

黄帝先后消灭了其他三个势力较弱的部落，最后把所有的兵力放在对付蚩尤上。黄帝与蚩尤的大战就在涿鹿进行。虽然蚩尤兵强力壮，但这时的黄帝部落已经集合了其他三个部落的实力，所以在兵力上黄帝占着很大的优势，最终以蚩尤的战败结束了这场战斗。

蚩尤一族自此灭亡，华夏各族被黄帝统一。

黄帝为了百姓的幸福而统一了华夏民族这一说法是人们都知道的，而关于蚩尤的另一种传说并不是这样的：

炎帝族是和黄帝族同时期的一个部落，早期居住在我国西北方姜水附近。据说黄帝族和炎帝族还是近亲。炎帝族后来逐渐衰落，而黄帝族因为良好统治得以兴盛起来。

这时蚩尤是九黎族的首领。据说蚩尤兵强力壮，并且手下还有八十一个能征善战的好兄弟。他们生就一副铜头铁额，身躯犹如猛兽一般强悍，吃的是沙石。此外，他们的兵器也是各种各类，如：刀、戟、弓、弩等，优良的兵器让他们更是所向披靡。蚩尤因为自己的实力雄厚，难免有些自大，常常会带领自己的部落，对其他部落进行骚扰。

有一次，蚩尤竟然心血来潮，去攻打炎帝部落，不得已炎帝只能起兵制止。但这时的炎帝族已经衰落，早已不是蚩尤的对手，在蚩尤的逼迫下，炎帝节节败退，没办法只能逃到涿鹿，请求黄帝的帮助。黄帝早已对蚩尤想除之而后快，也可借此机会统一各部落，于是就和蚩尤在涿鹿展开了决战。

熊、罴、貔、貅、貙、虎这六种野兽都是黄帝平时驯养的。黄帝为了减少在战斗对百姓的伤害，便让这些猛兽来助战。有人说，实际上这六种野兽就是代表着六个氏族，他们就是以这六种野兽的名字来命名，甚至以这些野兽为图腾。这下蚩尤算是遇到对手了，虽说蚩尤兵力强盛，但遇到这些凶残暴烈的野兽，也是吃不消的，只能狼狈而逃。

为了斩草除根，黄帝就带领士兵乘胜追击。战场上厮杀声响彻云霄，黄帝的兵马紧追其后，就在这时，忽然起了大雾，顿时天地间一片昏暗。紧接着吹来一阵狂风，电闪雷鸣，黄帝的士兵因看不清道路不得不停止了追赶。原来这是蚩尤请来了“风伯雨师”助阵，希望能让黄帝的士兵迷路，以帮助自己逃过一劫。黄帝为了驱散风雨，便请来了天女帮忙。天女看在黄帝是为了天下百姓的份上，毫不犹豫地帮助了他。顿时，风雨交加变成了晴空万里。黄帝没有了阻碍，自然打败了蚩尤。

也有人说，当时那漫天的大雾是蚩尤使用了妖术所为，才使得黄帝的士兵迷失了方向。为此黄帝创造了“指南车”来辨别方向，士兵们靠着指南车的帮助找到了路，最终打败了蚩尤。所谓的“指南车”，可能就是现在的指南针，可惜当时它的模样、原理并未流传下来。

黄帝战胜蚩尤后，各部落都很高兴，对黄帝的崇敬之情油然而生。不久，炎帝族和黄帝族之间也发生了战争，炎帝战败。自此后，毫无疑问黄帝统一了各部落，成了部落联盟的首领。在我国的古代传说中黄帝占有至关重要的地位，后人更是把他尊崇为华夏之祖。因炎、黄帝两族本是近亲，之后又相互融合，所以华夏人民被称为炎黄子孙。后人为了纪念黄帝，在现今陕西黄陵县北面的桥山上建造了一座“黄帝陵”。

还有另一种说法，说是蚩尤只是炎帝部落中的一个分支——九黎族的首领。而在黄河流域一个很出名的部落首领就是黄帝。炎、黄两部落因发生分歧，最终打了起来，最后炎帝失败，无奈只能归顺。

蚩尤一向对炎帝忠心耿耿，在炎帝战败后，他带领着九黎族部落不愿向黄帝投降。炎帝对蚩尤的忠心很是了解，知道劝说也是无济于事，只能听之任之。但黄帝是不能容忍的，于是找了个借口，就和蚩尤在涿鹿之地大战了一场，这就是著名的“涿鹿大战”。

在战斗刚开始之时，蚩尤凭借勇猛的部下和精良的装备，占了上风。但是后来，黄帝请来了野兽助战。蚩尤虽强，毕竟是人，怎能与那些凶残的野兽抗衡？最后蚩尤的部下纷纷溃逃，那些跑得慢的都被野兽吃掉了。

经过激烈的战斗，蚩尤的八十一个好兄弟都被黄帝杀死，蚩尤也被活捉。黄帝为免节外生枝便立即处死了蚩尤。黄帝害怕勇猛的蚩尤，虽然他已经死了，但担心他的魂魄再来为难自己，于是残忍地将他的身体和头颅分别埋在了两个相距甚远的地方。而在蚩尤死后，他所戴过的枷锁变成了一片枫林，那血红的枫叶，好像就是蚩尤的鲜血。虽然蚩尤死了，但他勇猛的形象让人闻风丧胆。于是黄帝命人将他的形象画在军旗上，一方面用来鼓舞自己的士气，另一方面也是为了对其他部落起到震慑的作用。

也有人说，黄帝看重蚩尤的忠心和勇猛，并没有杀他而是让他领兵打仗，威慑八方。后来，民间的兵主祭祀礼就是以蚩尤为主。就连秦始皇东游，以及后来的汉高祖刘邦起兵，都是祭祀蚩尤，顺从民俗。

八百蛟龙护南岳

南岳大庙位于湖南省衡阳市，这座大庙是为了祭祀南岳圣帝而建，被称为“南国故宫”，是我国南方规模最宏大、布局最完善的宫殿式建筑群之一，距离今天已经有一千五百多年的历史。大庙中的屋顶、石柱和栏杆上刻有八百条形态各异的蛟龙。在这里为什么会有这么多的蛟龙呢？关于这一点还有一个传说呢！传说在远古时期，有一个叫祝融的人，是南方某个部落的首领。祝融天资聪明，他在偶然间发现两块石头如果发生猛烈的撞击就能产生火花，这样就能生火了。于是他就把这一发现告诉了黄帝，黄帝为了表彰他，就封他为正火官，派他去镇守南方。

祝融来到南方后，就居住在衡山。他向当地的百姓传授了取火的方法。很快百姓们就学会了取火之法，便用火来照明，烧烤东西，甚至用火来抵御野兽的袭击。因为学会了用火，大家的生活更加方便，日子更加红火起来。大家对祝融的感激之情溢于言表。

一天，祝融召集了南方各个氏族的首领，分发了火种，让他们各自保存。可祝融对保存火的方法并不知晓，他只是为了不让火种熄灭，便让大家把火种埋于地下。却不想，一段时间后，埋在地下的火种燃烧了起来，火越烧越旺，致使整个南岳地下是一片火海。地底烈火把地面烧得滚烫，地上的植物全都枯死，江河的水也沸腾了……放眼望去，四周一片焦黄，寸草不生，更别说粮食了，大家没有了食物，又饿又热，一个个萎靡不振，东倒西歪的。

在离衡山不远处的湘江里住着一位龙子，这时的龙宫就像个大蒸笼，龙子在龙宫里实在待不住了，于是便书信一封，派人送往南海，求助于远在南海的父亲。老龙王收到信得知儿子的情况，心里万分着急，可是远水救不了近火，因为南岳和南海相距数千里，这可如何是好？一旁的龟丞相提议道："陛下，我们可以现在先将海水呵成气，变成云，吹到南岳去，到时云就会变成雨，下个三天三夜，先救急其他的以后再说。"龙王觉得龟丞相说得有道理，于是就命人照着龟丞相的方法实施了，就这样，南海的水平面整整低了三尺三寸高。

可是，龙王的这一做法，只是降低了地表的温度，根本不治本，地下烈火仍在燃烧着。没过多久，老龙王来到南岳查看，放眼望去，方圆百里一片汪洋，百姓的房子都被洪水淹没了，没办法人们只能跑到山顶避难。虽然地面一片汪洋，但地下烈火仍在燃烧。老龙王看到自己的办法没有什么作用，心里很难过。他思忖良久，还是没有什么办法，这时龙子说："父王，俗话说，有事问三老，我们可以去问问那些长者，说不定他们知道呢！"

龙王听后，只能认同。于是他就变成了一位老者，龙子则变成了一个随从，跟随其后，一起朝村子里走去。

龙王父子从东山走到西山，从前山走到后山，一遇到老人就会询问。有一天，他们来到一个山坳，看见一个头发花白、正在凿着石头的老人。只见老人手中的石头很是怪异，石头上到处都是洞，像个大蜂窝。龙王看后很是奇怪，就问道："老人家，您在做什么呢？"老者抬头看了看面前这个衣着光鲜的人，叹了口气，说："唉，我看你是从外地来的吧！你不知道啊，最近我们先是遭了火灾，后来龙王为了救火，就下了三天三夜的暴雨，可火还没熄灭，却引发了水灾。"龙王看了下四周，感慨道："老人家难道就没有别的办法了吗？"老者缓缓地答道："办法倒是有。"龙王听到这话，急忙问道："老人家，您快说，是什么办法呢？"老者抬头看了他一眼，摇摇头说："除非龙王来，否则说了也无济于事。"

龙王一听此话，顿时现出了原形，说："老人家，你快说吧，我就是龙王，你说了我好救大家呀。"

老者怎么也没想到和自己说话的就是龙王，连忙跪下说："龙王庇佑，我们有救了。”说完就拿起刚才凿的那块怪石头对龙王说：“龙王您看，这块石头就是衡山的模型。衡山共有三十六个洞，前后洞都是相通的，前面的洞又和湘江相连。想要制服地下火，只要派出几条蛟龙，驻守在这些洞里，把海里的水引到山上来就可以了。”龙王一听，感觉很有道理，于是就按照老者的话做。老者为了报答善良的龙王，于是就把那个衡山的模型送给了老龙王。

老龙王一回到南海龙宫，就召集了五湖四海的八百条蛟龙，大家一块儿商量治理之法。龙王向各位蛟龙讲述了老者的话，并问：“有谁愿意去拯救黎民于水火之中？”蛟龙们都跃跃欲试。于是，龙王挑选了一些法术相对高强的蛟龙，派他们去南岳，并命令其他蛟龙，以后只要南岳有需要，就要伸出援助之手。这样，很多蛟龙齐聚南岳。黄龙住在黄沙潭，青龙住在青龙桥下，白龙住在集贤峰下的白龙潭，黑龙住在莲花峰下的黑沙潭……其余的蛟龙，有的住在络丝潭，有的住在九龙泉，有的住在水帘洞……总之，只要有需要就会有蛟龙把守。

到了夏天，南岳酷热难耐，蛟龙们就利用尾巴，招来乌云、闪电，之后便是倾盆大雨，这样，清凉的雨水就会灌满每个潭里、洞里，热气也会随之消散，整个南岳就会变得凉爽起来。到了冬天，漫天冰雪，天寒地冻，人们冻得直哆嗦。这时，蛟龙就会趴在地上纹丝不动，让每个潭里、洞里都被地火发出热气烤得热乎乎的。所以，这么多年来，南岳总是冬暖夏凉，大家也都喜欢居住在这里。

人们为了感谢龙王和蛟龙们的恩德，于是特意修建了一座南岳大庙，并在庙里的正殿前，用汉白玉石雕刻着一条栩栩如生的大龙。并且，在柱子上、墙上、神台上，还雕刻了刚好八百条蛟龙，以此来纪念八百蛟龙护南岳的丰功伟绩。

神农氏尝百草

传说中的农业之神就是神农氏，是他教会了百姓农耕收获。除此之外，他还是医药之神，我们现今如此发达的医学就是由于有神农氏尝百草、创建医学才得以发展下来的。

据说在上古时期，五谷和杂草杂乱地生长在一起，所有的花草和药物也是混在一起的。那时人们没有太多的食物，只能用草籽、野果、鸟兽来充饥。可有的人却会因为不小心而误食了有毒的东西，导致毒发身亡。在那时，即使人们有病，也不知该如何治疗，只能硬撑着，很多人会因为一些小的疾病而白白失去了生命。神农氏眼看着百姓受此疾苦，心中万分焦急。怎样才能确保大家有足够的食物？怎样才能解决大家的病痛？这所有的问题苦苦纠缠着他，他思来想去，终于想到了一个办法：自己来尝遍百草，决定它的药性，以此来为百姓造福。

第二天一大早，他就带着一群民众，离开了家乡，向西北的大山走去。他们历经千辛万苦，整整走了一个多月，中间从未停歇过，终于到达了目的地。放眼望去，能看见的只是一个个连绵的山峰，一个连着一个的峡谷，环山而流的溪水奔腾着，流向看不见的远方。

神农氏看着眼前的高山，发现上面长满了各种奇花异草，花香飘向很远的地方。神农氏一行人带着好奇心向那些奇花异草走去。可就在这时，从峡谷突然蹿出一群狼虫虎豹，死死地围着他们。神农氏看着手中拿着的神鞭计上心来，让臣民们挥舞神鞭，抵御野兽的攻击。可这些野兽好像怎么也打不完，打走一批，又来一批。就这样神农氏和臣民与野兽之间的战斗整整持续了七天七夜，这才把野兽赶走。神农氏的神鞭在那些野兽身上抽打出的疤痕，据说慢慢演变成了这些动物身上的斑纹。

经过了这次和野兽间的厮杀，众人纷纷劝说神农氏回去。可他却摇摇头，斩钉截铁地说："我的百姓还是挨饿，有病却无法医治，我们怎能回去呢？"所有人被他的话深深打动，他们愿意继续跟随他，去寻找能够充饥的食物和治病的草药。

大山里树木丛生，那些依附在树木上的植物也是千姿百态。远远望去，大山高耸入云。四周皆是悬崖，长长的瀑布一泻千里，想要爬上山顶没有登天的梯子是办不到的。众人看着眼前的困难，再一次劝说神农氏，"这么高的山，我们根本爬不上去，还是趁早回去吧！"神农氏再一次摇摇头，坚定地说："为了我的百姓，坚决不能回！"神农氏一边说，一边尝试着往上爬，后来爬到了一个小山峰上，他便开始四处观望，寻找上山的路。后人就把这座小山峰叫"望农亭"。在那里，他看到几只金丝猴顺着高悬的古藤和倒在半山腰的朽木爬来爬去。神农氏灵光一现，喊了一声："有办法了！"他立即召来民众，让他们砍木杆，割藤条，然后把这些东西靠住山崖搭成架子。就这样他们整整干了一年，不管狂风暴雨、严冬酷暑从未停歇，才建好了登上山顶的天梯，神农氏和臣民靠着这人搭的天梯来到了山顶。顿时，他们被眼前的景象惊呆了！这里简直就是花的天堂，各色各样的花草，应有尽有，色彩斑斓。神农氏别提有多高兴了，他让臣民提防着豺狼虎豹，自己亲自去品尝这些花草，他每遇到一个品种就把它放在嘴里品尝一下。可这里的植物种类实在太多了，根本不是一两天能尝完的，于是，神农氏又想了一个办法，他命臣民在山上种植了杉树，让这些杉树把山顶牢牢围住，就不容易被野兽发现了，神农氏为了尝遍百草就在这里盖了一座茅屋，没日没夜地不停品尝植物。后来，人们把神农氏住的这个茅屋称作"木城"。

白天神农氏带着臣民尝百草，晚上就靠着篝火的亮光，把当天尝试的情况一一记载下来：哪些草能医病，哪些能用来充饥，都记得一清二楚。

直到有一天，神农氏把一根草放进了嘴里，瞬间，整个人就昏了过去。人们急忙把他扶起来，却不知该如何是好，神农氏很清楚自己是中毒了，可此时他已经说不出话了。他拼尽最后的一点力气，用手指了指眼前的一棵灵芝草，又指了指自己的嘴巴。众人并不知道他的用意，还担心这草有毒，但看着神农氏那焦急的眼神，于是臣民就取了一些灵芝草，研成了末给他吃。没一会儿，神农氏竟奇迹般的醒了过来，并且还能说话了。就这样，臣民便知道灵芝草有着起死回生的作用。所有人都为这一发现激动不已，可大家一想到，神农氏为了尝百草险些中毒身亡，不免有些担心起来。再一次劝说他回去，可这次还是被他拒绝了，他坚持要尝遍满山的草才罢休。

神农氏不畏艰辛，这个山的植物尝完了，便到另一座山再去尝试，他用木杆搭架的办法攀越了一座座险峰，踏遍一座座山岭。

通过神农氏的不断尝试，总结出麦、稻、谷子、高粱这些植物能够充饥，于是就让臣民把这些作物的种子带回家乡，让百姓种植，这也就有了后来的五谷。在神农氏的不懈努力下，他一共尝出了三百多种草药，最后还编写成了《神农本草》一书，让臣民一块带回，这以后百姓再有病痛也就有据可依了。

神农氏为了百姓能有足够的粮食和治病的草药，坚持尝完了百草，当他再次来到回生寨准备下山的时候，发现之前造的天梯已经不见了，因为那些用于搭建的木杆，落地生根，已经长成了茫茫的林海。见此情景，神农氏开始犯愁了，在这时，一群白鹤从天而降，把他和几位相伴的臣民接去了天宫。后来，人们为了纪念神农氏尝百草、造福百姓的功绩，便把这片林海称为“神农架”。把回生寨改为“留香寨”，希望后人能学习神农氏那种坚忍不拔的精神。

五神山变三神山

在遥远的渤海东边，有一个大沟深不见底。人们把这个地方称为“归墟”，因为大海里的水都会流向那里。传说在远古时期，曾有五座神山漂浮在归墟里，它们分别是岱舆、方丈、瀛洲、员峤和蓬莱。每座神山都是相互独立的，各自漂浮在广阔的海洋之上，随着波涛飘来荡去。

在这些神山上，各种神奇的树木应有尽有，令人应接不暇，美不胜收。一些树上结满了美玉，一些结满了仙果，一些结满了珍珠。在每座神山的山顶，都有一片广阔的平地。平地上不仅有用黄金建造的宫殿，还有用白玉雕塑的栏杆，金碧辉煌、富丽堂皇。

还有许多神仙住在这里，每天穿着轻柔纯白的羽衣飞来飞去，想去哪里就去哪里，他们的食物就是那些仙果和甘露。虽然这些神仙生活安逸自在，却也有烦心的事，因为他们都希望能有一个安稳的住所，可这五座大山总是会随着波涛飘来浮去，居无定所。

没多久，天帝得知了此事。为了帮这些神仙排忧解难，他下令：海神禺强派去十五只巨型龟，轮流驮着神山。海神接到天帝的旨令，便选了十五只巨型龟，并将这些巨龟分为五组，每组有三只，平时只有一只巨龟负责驮着神山，其他两只静等待命，三只巨龟每六万年替换一次。从此后，在这十五只巨龟的驮伏下五座神山总算稳定了下来，没有再漂移过。神仙们也都可以安心地居住在那里了。

在昆仑山北很远的地方有个龙伯国，在那里居住的百姓都身形庞大，好似一棵棵参天大树。一天，龙伯国的一个巨人闲来无聊，便想着去钓鱼，于是他迈开大步，没几步就来到了五座神山停留的地方——归墟里巨人看到山上如此美妙的景象，便游玩了一番。只见他一会儿摘了仙果吃，一会喝几口神水。后来，他竟发现了神山下的巨龟，看到这些巨龟，巨人很是高兴，心想："这么大的龟，我要是把它们钓上来，还能拿到其他人面前炫耀一番。"于是，他就把诱饵挂在鱼钩上，用力甩了下去。这么长时间以来，神龟一直驮伏着神山，并且从没吃过东西，现在看着眼前出现的"美食"，怎能不动心。于是扛着岱舆神山的巨龟，第一个咬到了鱼钩。巨人知道巨龟上钩了，便用力一拉就把这只巨龟给钓了上来。本来看到这样的情况，其他的巨龟应该有所警惕，可因为饿得太久，所以当巨人第二次把诱饵抛下的时候，背着员峤仙山的巨龟，还是忍不住咬了上去。可是，随着自己被牵着的线一点点升起，这时它才感觉到情况不妙，于是，便快速向其他巨龟发出了警告。其他巨龟见此情景，纷纷逃跑，所以在巨人第三次抛下鱼钩的时候，便没有乌龟再上当了。巨人接连投了几次，都没有钓上巨龟。他看着自己钓上来的巨龟，高兴地背着它们回去了。由于没有了巨龟的守护，两座神山又开始漂浮起来。一直漂到了遥远的北极，最终沉入了大海。住在这两座山上的神仙也不得不离开了自己的家，搬去了别的地方。

很快天帝就知道了这件事，天帝很是生气，为了惩罚龙伯国的臣民，不仅减少了龙伯国的土地，还缩小了他们的身高。开始的时候，龙伯国的国王对此事并不知情，所以觉得天帝无缘无故惩罚他们，是在欺负人，可当他知道是因为自己的百姓偷了巨龟，而导致两座神山沉入大海时，他才知道问题的严重性，只能甘愿受罚。而那个偷了巨龟的人，也是后来才知道自己犯了错，当他把巨龟放回去的时候，才知道岱舆、员峤两座神山早已没了踪影。就这样，原来的五座神山就只剩下瀛洲、方丈、蓬莱三座了。

重明鸟

传说，上古时期我国最伟大的首领之一就是尧，他的统治长达七十年，他在位期间，思想上推崇民主，政治上清正廉明，并能以身作则。尧的廉明也体现了古代朴素的价值观和民主观，这也为我国后世社会的发展和文化的传承奠定了精神支柱，所以人们一直对他的赞誉很高，关于尧的传说有很多，其中的一个就是重明鸟。

在尧的精明治理下，他所属的部落威望都很高。一天，祗支国的使者前来进贡。尧命人以礼相待。在招待仪式结束后，祗支国使者拿出了献贡的珍品。只见使者拿出了一个用布罩着的笼子，并说："这就是我祗支国献来的宝贝，此宝可以降妖除魔。还请尧帝笑纳。"

听使者这么一说，大家的好奇心都被吸引了起来，都想一看究竟。于是尧帝命人拿下笼子上罩着的布。只见笼子里是一只奇异的鸟。这鸟长得和百姓家饲养的鸡有些相像，但个头却比鸡大。这只鸟翅膀上的羽毛已经掉光了，两只肉翅膀耷拉着，样子十分难看。

众大臣一看到这只鸟的丑样，便开始低声议论着，有些性情耿直之人，更是大声呵斥，说这祗支国竟然拿一只奇丑无比的鸟来当宝贝献给尧帝。

但尧帝却心想，既然他们不远万里来进贡此鸟，想必定有他的奇特之处。他便命大臣们安静下来，转问使者道："此鸟是什么鸟？样貌如此丑陋为何还说是珍宝？可有奇异之处？"

祇支国使者从容地答道："这种鸟每只眼睛都有两颗眼珠，所以叫作重明鸟，也叫重睛鸟。它力大无穷，鸣叫的声音犹如凤凰的声音，所有的妖魔猛兽听到或者看到它必会退避三舍。此鸟乃是难得一见的灵鸟。所以我部落首领让把此鸟献给您，望乞赏收。"

众大臣听他这么一说，可再看看笼中之鸟，一副落魄不堪的样子，对使者的话很是怀疑。

尧帝也有些不相信，接着问道："这只鸟连羽毛都没长全，怎么驱妖逐魔呢？"

使者正要解释，却不想好像那重明鸟听懂了人话一样，它立刻引吭长鸣。众人听之，果真如凤鸣一般。接着，这只重明鸟扇动着两只肉翅，腾空而起，在大殿上飞了一圈，然后直冲云霄，一边飞一边鸣叫着。

宫殿周围的其他鸾鸟和凤凰听到它的叫声，也都附和起来，一时间鸟鸣声四起，十分悦耳。

直到这时，众人才相信了使者的话，可一看重明鸟腾空而飞，不觉感慨道："啊哟！飞走了，实在太可惜了！"祇支国使者笑笑说："别担心，它不会飞走的，很快就会回来。"

果然，没一会儿，重明鸟就飞了回来。就在这时殿外站岗的侍卫忽然看到有无数只鸟向北方飞去。派人一探才知那些飞走的都是一些鸮、鸱之类的恶鸟。使者见众人一脸的诧异，忙解释道："这是因为那些恶鸟听到了重明鸟的叫声，所以飞走了。"

尧帝看了这一切，便断定这毫无疑问是只灵鸟了，接着又向使者提出了心中的疑问："这重明鸟的羽毛是天生这样，还是有什么原因呢？"

使者听了尧帝的话，忙回答："并非天生，不过这重明鸟的羽毛会经常更换，而现在正是它换羽毛的时候，所以才会看着有些丑陋，过了这几天就好了。"

尧帝点点头，又问道："那这灵鸟平时该喂些什么呢？"

使者答道："这重明鸟在野外以何种食物为食臣就不清楚了，如果要人工饲养，那每天就必须以琼玉之膏为食。"

尧帝听罢，便对大臣们说："每天以琼玉之膏为食，这也太奢侈了。再说，这是灵鸟，每日囚于牢笼之间，实在是太委屈了，还不如放任它自由的好。”

群臣听了尧帝的话，觉得在理，都很赞同。于是，尧帝便放飞了重明鸟，任其自由高飞。

自从重明鸟被放归山林后，附近山上的豺狼虎豹等害人的猛兽都消失殆尽。即便是哪里有了妖魔鬼怪之气，只要重明鸟一出现一切皆恢复平静。自从有了重明鸟的庇护，百姓的日子过得安稳起来，那些赶夜路和独自进入山林的人心里也踏实了不少。

所以，久而久之，在百姓心里，这重明鸟就如同神明一般，只要听到它的叫声，人们就会焚香膜拜。那些生活富裕的人家甚至在自家院中，设置琼膏盼望着重明鸟的到来。只是那重明鸟总是在空中盘旋一阵就离开了。后来，有一个幸运的人捡到了一根重明鸟的羽毛，便在家中供奉着。很快这件事便传开了，人们都以拾到重明鸟的羽毛为幸运之事。

就这样，过了好久，人们对重明鸟的庇护已经习以为常。可在有一年，也不知是什么原因，好长一段时间重明鸟都没有出现。从此以后，重明鸟更是一年中仅来几次，到后来，好几年才能见一次。百姓们因不能常常见到它而开始着急。大臣便将此事上奏给尧帝，尧帝想了想，为了安抚民心，便命人用木头等物按照重明鸟的样貌雕刻出来，发给百姓，安放于道口、门户之间，以此来镇妖邪。

不曾想此办法甚是管用，那些妖魔鬼怪只要看到重明鸟的雕像就会躲避起来。时间久了，人们也就慢慢形成了习惯，到了元旦之时，就会将木雕刻的或者用黄金铸造的重明鸟放于窗前，以此来抵御妖邪的入侵。有些人家，直接就把重明鸟的模样绘制在窗户上。直到现在有些地方仍保留着过年在窗户上贴鸡状窗纸的习俗，据说这都是依据重明鸟的传说做的。

重明鸟的传说能够流传至今，离不开尧帝的贤明统治。也或者是重明鸟的传说来源于开明的圣主，所以，在历史上还有另外一名贤明的君主舜则被认为是重明鸟的化身。

据说在尧帝统治期间，在历山脚下住着一位名叫瞽叟的盲人，他已经一大把年纪了，却膝下无子。一天晚上，他梦到一只鸟对他说：“我是重明鸟，可否让我来做你的儿子？”说完那只鸟还将口中衔着的食物喂给瞽叟吃。瞽叟高兴得合不拢嘴，连声称好，可就在他要把重明鸟带给妻子看的时候，美梦突然断了，瞽叟醒了。

早上起来，瞽叟回想起昨晚的梦，感觉很奇怪，便将梦的内容告诉了妻子。妻子却以为他是想儿子想的了，还嘲笑他说：“日有所思，夜有所梦，你这是想儿子想疯了？”

瞽叟听了妻子的话，也觉得在理，也就把这个梦渐渐地忘了。可没过多久，瞽叟的妻子真的怀孕了。九个多月后的一天晚上，瞽叟再一次梦到重明鸟来到自家院里。果然，到了第二天，瞽叟的妻子就生了一个儿子。瞽叟一看自己有了孩子开心极了，一把把孩子抱在怀里，可一看顿时愣住了，因为这孩子真的和重明鸟的眼睛一样，有两个瞳仁。瞽叟忽然想起自己做的梦，这才信以为真，于是就给儿子取名叫“重华”，他就是后来的舜帝。

舜的母亲在他出生没多久就过世了。之后瞽叟又娶了个妻子，还有了他们自己的孩子。瞽叟便给舜的弟弟取名为“象”。舜的继母和弟弟心肠歹毒，处处和舜作对，更可恶的是还挑拨瞽叟一起虐待舜，最后竟把他赶出了家门。

于是，舜开始了独立的生活。舜天性孝顺、善良、勤俭，所以即便是父亲和继母对他不好，他仍是会常常回去看望他们，也因此在百姓中有了很高的声誉。当时，刚好是尧帝选拔贤才的时候，舜理所当然成了四岳之长首推之人。尧为了考察舜的能力，便派他冒雨只身前往边远的深山进行巡视，不管到哪里，舜都不迷路，途中碰到豺狼、虎豹也不害怕；接着尧又让舜出使其他部落，舜把各个部落之间的关系搞得很是和睦；最后尧还让舜做了天下百事工役的总管，舜把所有的事情都处理得井井有条，处处得到人们的夸赞。

经过长时间的考察，舜的宽厚仁德、英明能干，深得尧帝的心，尧帝也有意把他培养为自己的接班人。尧帝先是把自己的两个女儿娥皇和女英同时嫁给了舜，还赐他大量的牛羊、田地等财物。接着，尧帝还放手让舜独当一面，担任掌管天下土地和人民的司徒。舜用自己良好的道德水平引导百姓，让所有的人都能做到父义、母慈、兄友、弟恭、子孝。

舜的继母和他的弟弟看他现在飞黄腾达了，便心生嫉妒，想办法要除掉舜，好霸占他的财产。于是舜的继母便让瞽叟叫舜回家修仓库，善良的舜没有多想，就听从了父亲的安排。

在舜正在仓库干活的时候，他的继母和象锁住了大门，并放了一把大火企图烧死舜。然而舜却化身重明鸟，浴火重生。舜的继母见此计没成功，便又让舜去掘井，企图活埋了他，可舜再次化身重明鸟渡过了此劫。虽然舜明知这些事都是继母和弟弟的鬼主意，但他丝毫没有生他们的气，对他们依然敬爱有加。他的继母和弟弟看舜竟然如此深明大义，也为自己的所作所为感到羞愧不已，从此便不再加害于他。

在舜五十岁的时候，尧帝才真正地将整个天下交于他手。舜在继承了尧的帝位后，更是做出了很多对人们有益的事情。他做的第一件事就是惩处了常常欺压百姓的“四大凶神”：流放号“穷奇”的共工到幽州，贬谪号“梼杌”的鲧到羽山，发配号“混沌”的欢兜到崇山，驱逐号“饕餮”的三苗到三危。与此同时，他还启用十六位奇能异士，也就是在当时被称为“八元”的伯奋、仲堪等八位能人和当时被称为“八恺”的叔达、苍舒等八位才子。有了这些人的帮助，舜把天下治理得更加昌盛。尧帝差不多共用了快三十年的时间来考察舜，看到此时的舜，尧帝终于可以放心地将天下交给他，于是便正式把天下禅让给了舜。

舜即位后，在治国方面比以前更加勤奋，也成为了一代明君，至今仍被人们传颂。

鲧禹治水

早在远古时期，那时的社会生产力极其低下，人们的生活非常艰难，对自然的了解更是知之甚微。然而天灾并没有因百姓的艰辛而停止对他们的伤害，在与天灾战斗的过程中，出现了许多感人的故事。鲧禹治水就是其中之一。

在中国上古时期，水患是鲧和禹所面临的最重大的灾难，当时许多人因这凶猛的洪水家破人亡，所以治理水患也是刻不容缓的事情。

洪水给人们带来了巨大的灾难。因水灾导致的房屋倒塌、冻死、饿死的人不计其数，另外还有一些人被为了生存而出来伤人性命的野兽袭击。并且水灾还带来了多种多样的疾病，在那医学还不发达的时期，一场小小的病痛就可能要了人的命。再加上水灾，可以说是浮尸遍野，就是那些勉强活着的人，也一个个面黄肌瘦，奄奄一息。无奈下人们只能每天向上天祈祷，希望能得到上帝的怜悯，帮助人类渡过这次劫难，让人们回归正常的生活。

然而在天帝眼里，凡人的命就如同草芥，有几个人会因为草芥遭受困苦而费力帮忙呢？即便有，也是寥寥无几。再说他们祈求的那可是高高在上的天帝，他又怎会屈尊前去解救大家呢？有一位名叫鲧的善良的神仙，不忍心看着百姓受苦受难，自从人间发生水灾，他就一直对此事关注着，希望能帮助人类逃过这次劫难。但凡人毕竟是凡人，都是肉体凡胎，更不可能借助神力，所以水灾是越来越严重。

对人间的情况鲧曾多次向天帝表明，希望能得到天帝的帮助，可每次只要他一提起，天帝就会转移话题，或者直接拒绝，次数多了鲧对天帝就不再抱任何希望了，只能靠自己了。

再说在天上还有一种叫“息壤”的神土，因为它能够不断地生长，所以也是对付水患的绝佳神物。于是鲧便让自己的心腹神鸟去偷来了“息壤”，并请来神龟帮忙，驮着“息壤”，然后私自下凡去帮助那些受苦受难的黎民百姓。“息壤”不愧是神物，在神龟把它放在大地上没多久，水灾情况就有所改善。人们看到这样的情况，很是高兴，并为了感激鲧的大恩大德，尊称他为治水的首领。

但是没多久鲧盗走“息壤”的事情还是被天帝发现了，天帝很生气，下令让鲧立即返回天庭。但此时凡间的洪水还没有被彻底治理好，鲧怎能放心离去？于是他便让神鸟替自己去向天帝请罪，而他还留在凡间，帮着人们治理水患。

当时鲧来到凡间就是肆意为之，现在天帝屡次召他回去，他都没有回，这次真的把天帝惹怒了。原本这些为人们服务的事，天帝也没必要生气，可能是因为自己丢了面子，才会动怒吧！看来这些位高权重之人还是很在意面子这个问题的！此时鲧惹怒了天帝，肯定就要大祸临头了。天帝为了自己的面子也不顾洪水治理得如何，百姓的生活如何，竟派了火神祝融前去杀鲧。

祝融的脾性一向暴躁，有时甚至会被称为“刽子手”。鲧为了把水患治理好，好说歹说劝服祝融，说只要等治理好了水患，他甘愿自裁，以解天帝心头之恨。可祝融哪里听得进去，他一向只听从天帝的命令，所以不管鲧怎么说，他都不为所动，随后还是在羽山杀死了鲧。

心系百姓的鲧因水患没有治理好，所以在他死后的三年里尸体一直保存完好。直到三年后的一天，这天突然鲧的肚子竟然裂开了，天神禹诞生了，而鲧的尸身变成了一条玄鱼游走了。还有人说鲧化成了黄能，也就是一种三足鳖。也有人说，是因为祝融心里过意不去，一直暗中保护着鲧的尸身，后来看到肚皮撑起，便用吴刀划开了鲧的肚子，这样才生下了禹。归根到底，不管鲧最终变成了什么，都是因为有了禹，他才安心离开的。

作为天神的禹，成长就是一瞬间的事，自从大禹听说了父亲的壮举，便愿效仿父亲，为百姓治理水患，让百姓能够安稳地过日子。大禹没有去请求天帝的帮助，因为他知道天帝对自己的父亲做过的残忍的事，而是自己率领部下前去治水。

原来这水灾竟是魔神所为，大禹他们杀死了魔神的手下干将，魔神知道后，狼狈而逃。之后，禹要做的就是修理河道，为了便于水的通行，他拓宽了河道的宽度。他们父子二人的勇气和毅力赢得了很多神仙的尊敬，于是都愿意帮助他。伏羲和河伯也前来帮忙，一个送了八卦图，一个送了黄河河图，就连曾经帮助过鲧的那只神龟也来帮助大禹，这样一来，禹的工作也就容易了很多。这些所有的原因归根到底还是天帝的不再阻挠，可能是天帝对杀害鲧而心怀愧疚，所以才不再干涉此事，天帝不仅不再阻止，还派了大神应龙前来帮忙。而这应龙就是雨神，据说如果想要求雨只要在地上画出应龙的样子，就能得雨，可见应龙的神力非凡。

禹在治理水患期间，因工作繁重，便让他的妻子涂山氏到了中午的时候只要听到钟响就去给他送吃的。可有一次，禹在开凿山石的时候一不小心撞响了大钟，妻子听到后立刻去给丈夫送吃的，可她到后却发现一头巨大的熊正在用爪子开凿山石，这时她才知道这头大熊就是自己的丈夫。涂山氏被眼前的情况惊呆了，大叫了一声，立即往回跑，她不敢想象自己该如何和一头熊过日子！禹虽为神，但涂山氏还是接受不了。禹发现妻子后紧追其后，涂山氏自然跑不过丈夫，被逼无奈，竟变成了一块大石头。

禹很伤心，却毫无办法，可此时的涂山氏已经怀有身孕，禹舍不得自己的孩子，就喊道："把我的孩子还给我！"这时，禹的妻子变成的大石头突然裂开，就这样禹的儿子出生了。禹给这个孩子起名叫"启"，暗指他是石启而生的。也是启开创了中国的第一个王朝——夏。

而禹靠着疏导和围堵用了十多年的时间，终于将洪水治理好了，百姓开心极了，对这位治水有功的禹更是崇敬爱戴，并愿拥立他为王。

这个传说带着浓浓的童话色彩，当然现实的生活中根本没有神，所以说鲧和禹都只是普通的人类而已，可能下面的这种说法更有可信度。

据传，"祝融"和"共工"本是指两个部落，祝融氏负责火这方面的事，共工氏就负责水利这方面的事。地球在最初的冰河时期时，水患自然不多，可当过了冰河时期，大地变暖，冰川融化，自然水患也就多了起来。于是大家就把所有的责任推到负责水利的共工氏的头上，于是派了祝融氏诛杀共工氏。虽然，这根本就不是问题的所在，但诛杀却在继续着，最终共工氏伤亡惨重，但水患却并未得到改善，人们的生活仍是很困难。

到了尧帝统治的时候，水患更是频发，所以尧帝就继续追杀共工氏，与此同时，他还在考虑如何去治理水患这一难题。

当时鲧本是朝中一位大臣，受众人爱戴，于是，在尧帝考虑治理水患的时候，大家一致推荐了鲧。尧帝其实对鲧并不是很放心，但这时除了他也没有更合适的人选，于是尧帝只好任命鲧来治理水灾，毕竟水灾多年都未得到解决，现在也是唯一的希望了。也有人说，其实在那个时候，鲧已经被尧帝贬谪，尧帝也是迫于无奈，才再次重用了他。

鲧去治理水患，一去就是九年。为了还百姓一份平静、幸福的生活，在这九年里，鲧兢兢业业，废寝忘食，希望能找到治理水患的办法。但九年过去了，水患仍未解决，虽如此已有了很大的进步。然而心急的尧帝却不愿再等了，他觉得已经过去九年了，但水患仍在继续，他认为这是鲧的过错，于是便诛杀了鲧。

鲧辛苦拼搏了这么多年，对于治理水患还是颇有成效的，但尧帝却并不以为然，还是坚持杀了他。可能尧帝也是听信了谗言，才对鲧下了杀手。自鲧死后，洪水继续，一直到舜帝继位。舜帝也因为水患这一问题发愁了多年，于是就派了鲧的儿子大禹来继续治理水患。

禹在治理水患方面很有自己的方法，他改变了父亲的治水方法，改堵为导，他根据地势，亲自拿着测量工具跋山涉水，规划水道。之后，他就根据已经规划好的水道，逢山开山，遇洼筑堤，决江疏河……经过多年的努力，终于将洪水引流入了大海。

禹在治水的时候，吃了不少的苦头，每天跟着百姓一起工作，因为双脚常年浸泡在水里，脚跟都是烂的，走路的时候就会钻心的疼痛，所以只好拿着拐杖指挥。

禹在涂山的时候，遇到了自己的妻子，这位名叫女娇的姑娘，温柔体贴，禹很是喜欢，而这位姑娘也被禹的毅力和勇气深深打动，于是两人就结为了夫妻。

可即便结了婚，禹还是一心扑在工作上，就在他们婚后的第四天，禹就离开了新婚的妻子，开始四处奔波。

在治水期间，禹曾三次路过家门口，可为了赶时间，都没有进家门看一眼。禹第一次回家是因为妻子病重，躺在床上几乎昏迷。第二次的时候妻子已经怀了孕，挺着大肚子站在家门口，而禹也只是匆匆看了一眼，便离开了。第三次就是看到妻子抱着嗷嗷直哭的婴儿泪流满面，听到孩子的哭声，禹感觉很是想念，可一想到受苦的百姓还是匆匆离开了。

经过十三年的不懈努力，水患终被解决，百姓的生活都好了起来，人们为了感谢禹的重大贡献，便推崇他为王。

其实对于大禹治水的故事，在《共工怒触不周山》里还有一个版本。说的是，水神共工本是恶神，就喜欢看人间遭受疾苦，于是带着他的手下常常为祸四方。大禹奉命治理水患，却常常遭到共工的骚扰，被逼无奈只好派人抓共工，首先杀死了共工的两个手下，共工害怕，于是就厚着脸皮来到大禹面前痛哭流涕，请求原谅。心善的大禹大发善心，放了他一马，之后一心治理水患，最终治理好了水灾。

关于共工的这个故事前面已经讲过了，在这里就不再细说。不管是哪个版本，鲧和禹都是善良、心系百姓的好人或者好神仙，他们是治水英雄，人们的幸福生活就是靠着他们的勇敢、坚强、善良换来的。所有人都会被他们的这种心怀天下的精神所感动。

神女峰的传说

在巫峡中部，长江南岸矗立着一座神女峰。神女峰又名美人峰、望霞峰，是巫山十二峰之一。它的形状就像一根巨石直入云霄，又如一名亭亭玉立的少女，所以取名神女峰。千百年来，人们对神女峰的传说颇多，可能都和它奇特的形状和独特的地理位置有关。

据传故事发生在大禹治水时期。天庭的王母娘娘有个可爱的女儿，名叫瑶姬，她为人善良，长得貌美如花，机智过人。她对人间的美好很是向往，常常趁母后不在的时候，偷偷跑去人间游玩。瑶姬对人间的一草一木、大千世界总是流连忘返。

一天，瑶姬仍是偷偷来到了人间游玩。她飞过郁郁葱葱的森林，飞过蜿蜒曲折的河流，飞过高高的山峰，在飞越东海的时候，看到十二条蛟龙正在兴风作浪，致使周边的村庄遭遇了水灾，这些恶龙还试图爬上高峰，企图将整个山川一并吞掉。瑶姬见此极为愤怒，纵身一跃来到九霄之上，将云头按住，然后用手轻轻一指，只听雷声滚滚，顷刻间地动山摇，待一切平静后，那作恶的十二条蛟龙都已伏法。只见它们的尸体变成了十二座大山，这就是有名的巫山，巫山把向东流去的江水给拦截住了，使滔滔的江水向田园和城郭流去。

这时大禹正在带领着人们治理水患，得知是神女帮忙，便想当面感谢瑶姬，于是立即向巫山爬去。可谁知等大禹爬到山顶的时候，早已没有了瑶姬的身影，只有山顶竖立着一块亭亭玉立的青石。大禹心想瑶姬应该早已回了天庭，这青石应该就是她的化身，于是就对着这青石一阵膜拜。突然间，青石变成了一个妙龄女子，她上前扶起正在叩拜的大禹，还送给他一部治水用的《黄绫宝卷》，接着就腾云而起，向西离去。

听说后来瑶姬又来了这里，常常站在巫山之巅，看着大禹治理水患，为过路的航船指引方向，为农夫们施云布雨，为樵夫们驱逐虎豹……瑶姬对人间的一切都是如此的珍爱，以至于忘记了自己是谁，忘记了瑶池，也忘记了回天庭，就这样一直静静地守护着人间，最终变成了那座令人向往的神女峰。

关于神女峰的传说还有另外一个版本，据说这巫山的十二座峰都是王母娘娘的女儿们所化。因为这几个女儿对人间的万千景象很是喜爱，所以经常来人间游玩，在百姓遭遇洪水灾害之时，也是这十二个仙女衣不解带，前后奔波，慢慢地时间久了，也就忘记了回瑶池的事。最终变成了巫山两岸这十二座奇秀绝美的峰峦，也就是“巫山十二峰”。在这十二个姐妹中，因为瑶姬的贡献最大，所以处在最高的位置，也就是现在所说的“神女峰”。

“神女峰”的出名还离不开宋玉的《高唐赋》和《神女赋》。在这两赋中记载的是楚怀王在梦中邂逅巫山神女，两人互相倾慕，于是神女便立誓对怀王永远忠贞不贰。在怀王死后，一天他的儿子襄王和宋玉来巫山游玩，再一次与神女相遇，神女发现自己竟爱上了这个襄王，可因为当初的誓言所以不曾言表。这时，襄王对神女也是一见倾心，在这段复杂的感情纠葛中，神女还是坚守自己的誓言，拒绝了襄王。根据这一传说，于是有些好事的后人便把故事传得越来越神奇，之后巫山的神女也就成了守护贞节的女子，因为思念怀王，她总是默默流泪，以至于最后泪水流成了冰柱；因为她常常面向怀王离去的方向，所以最后就变成了一座山峰。不得不说这也带有一些讽刺的色彩，最后神女所剩下的只有思念，她没有变成活物，而是一座无知无觉的山峰。可能神女后来思念的那个人也已不再是当初的那个，只是自己这份深深的情感罢了。

关于神女峰有很多的传说，这里还有个非常单纯的版本。

据说有个小男孩和爷爷相依为命，一天小男孩在江边玩耍的时候，遇到了一个无家可归的小女孩，男孩见她可怜，便带回了家，于是小姑娘便住了下来。小姑娘不会说话，总是安静地跟着男孩。后来，曾经的那个小男孩长成了能独当一面的小伙子，而小姑娘也长成了亭亭玉立的大姑娘。两人彼此爱慕着对方，虽没有说出口，但大家都相信他们一定能相扶到老。却不曾想，男孩在一天出去打鱼之后就再也没有回来，悲痛欲绝的女孩就这样整天站在江边撕心裂肺地呼喊着："呀……呀呀……"谁也劝不动她。后来，因为她站的时间太久，慢慢地变成了一座山峰，张望着，等待着男孩的归来。

所有这些关于神女峰的传说，好像都是在告诉我们：做人要坚持，因为你坚持的那些东西就是你的归宿。

皋陶和夔

古时有个著名的人叫皋陶，在中国史学界上他是被公认的“中国法律鼻祖”；洪洞县甘亭镇的士师村还有另外一个名字那就是皋陶村，这绝对是世上绝无仅有的，因为这个村子不仅是以皋陶的名字还是以他的官职同时来命名的。那么又有哪些传奇故事是关于皋陶的呢？

话说在尧帝统治时期，就在现今的皋陶村，有一位貌美如花的女子，她就是少昊帝的女儿女修，这女子温柔善良，勤劳，惹人怜爱。这一天，天刚蒙蒙亮，女修就和平常一样到家门口的那棵黄连木树下开始织布，女修心灵手巧，织得一手好布，而她自己对织布也有很大的兴趣，所以每天的工作也感觉十分地轻松愉快。

就在女修织布的时候，突然从东方天际飞来了一只玄鸟，落在黄连木上，之后就在树梢间飞舞着。玄鸟的鸣叫声高亢嘹亮，再加上它那扇动的翅膀闪着亮光，很快便吸引了女修的注意。女修感觉这玄鸟好像在对自己诉说着什么，因为她感觉自己开始关注玄鸟后，它的声音更加高亢了，并且韵律十足。渐渐地，女修好像听懂了玄鸟的话，开始对它点头微笑，美丽的脸庞露出幸福的光彩。

快乐的时间总是过得很快，好像没多大一会儿，就已经艳阳高照了，此时的玄鸟也唱累了，安静了下来，栖息在黄连木上。女修认为玄鸟累了，便想回屋给它拿些食物，但此时玄鸟拼尽全力，生下一颗巨大的鸟蛋。眼看鸟蛋就要掉到地上了，女修一个箭步上去，稳稳地接住了鸟蛋。玄鸟看了女修一眼，接着绕着黄连木飞了三圈，哀鸣一声，又向东飞去了。

女修望着玄鸟离去的身影，静静地拿着鸟蛋，傻傻地站了好久。

回到家后，女修并没有把刚才发生的事情告诉家里人。她只是把鸟蛋小心翼翼地放在案头，然后开始沐浴更衣，换了一身正式拜祭时才穿的衣服。一切准备就绪，女修才再一次捧起玄鸟蛋，虔诚地祷告了一炷香的时间。之后，女修就把这个鸟蛋塞进自己的嘴里，艰难地咽了下去。

就这样时间一天天流逝，女修的肚子也一天天大了起来，家人很是奇怪，询问她原因，可她只是摸摸肚子，笑而不语。

就这样一直过了两百八十多天，这天，女修突然感觉肚里的小家伙开始躁动起来，便赶紧沐浴一番，静静地躺在床上。就在这时，之前的那只玄鸟也飞了回来，落在黄连木上，引吭高歌，陪伴着女修。

这样一直到了傍晚，女修才在剧烈的腹痛之后，生下了一个男孩。可她的家人一见到这个男孩就开始惊慌，以为是什么不祥的怪物，因为这个男婴的相貌长得十分奇特，脸色泛青不说，竟然嘴巴长得很像鸟嘴，这一切只有女修心知肚明。

女修在休息了片刻之后，便艰难地站了起来，抱着孩子对着黄连木祭拜了三次，此时的玄鸟好像很开心，鸣叫一声，便离开了。女修给孩子取名为繇，字庭坚，即皋陶。对这个孩子女修可以说是给予无微不至的关爱，也正是因为她的悉心教导，才让繇成为一位聪明博学、明辨是非的人。

关于皋陶的身世还有另外一种说法，说皋陶的父亲名为大业，母亲则是少典部落的女子名为女华。

不管怎么说，皋陶那渊博的学问和奇特的外貌是不可争辩的事实。

慢慢地，皋陶长大后，他的样貌就更加怪异了，那张像鸟嘴一样的嘴巴更加突出了，还有他的脸，之前只是青绿色的，现在就像是一个被削了皮的瓜一样。虽然他的样貌怪异，但他的智慧是毋庸置疑的，更有人说他的像鸟嘴一样的嘴巴就是智慧的象征。

舜帝对这个学识渊博的皋陶很是欣赏，于是，就任命他来掌管刑事之事。舜帝语重心长地对皋陶说："皋陶，我华夏民族，现在内有坏人为非作歹，外有蛮夷入侵，现在我让你掌管刑法之事，就是想你能利用你的聪明才智来维持国家的秩序，在惩治罪犯时要公正廉明让人信服。只有这样，才能得到百姓的认可，这样我华夏民族才能更加繁荣昌盛。"最初皋陶被聘为大理，后来的大理寺应该就是沿用了他的这个官称。

自从皋陶接任大理之后，就制定了一系列的规章和法令，而他自己更是严于律己，做事兢兢业业。皋陶提出，必须要有贤明的君主决策，才能真正地履行德政，这就需要所有的大臣团结一心，严于律己，从自身做起提高道德修养。所以，在推行"五刑"的同时，皋陶也大力倡导"五教"。他推行公正，刑教一起实施，要求父义、母慈、兄友、弟恭、子孝，只有这样社会才能和谐统一，天下才能永保太平。

皋陶就是靠着他的清正廉洁而出名的，据说他有一只神兽，名叫獬豸。有人说这獬豸像羊，也有人说像麒麟。据传这只神兽全身长着黝黑的毛，只有一只犄角，十分聪明有灵性，那双炯炯有神的眼睛好像能把人看穿一样，它好像还能听懂人话，能辨忠奸、辨事情的黑白曲直，并且它的判断从未错过。皋陶每次在犹豫不决的时候，就会把它请出来，如果这人没有犯罪，神兽就不会碰他，相反如果是犯罪之人，獬豸就会用角顶触他。

即便是人们之间发生了争执，獬豸也能明辨是非，把犄角指向无理取闹的一方，甚至有些罪孽深重的人会当场被獬豸顶死，这让那些犯罪之人很是惊慌。

在皋陶任命大理之时，普天之下竟没有一起冤假错案。那些作奸犯科之人都被皋陶的严明所震服，纷纷改邪归正，个别死性不改的选择远走他乡，就这样天下恢复了太平盛世。对皋陶所取得的成就舜帝极为赞赏，于是就把皋赐给他，作为他的封地。

关于皋陶断案还有一个小故事呢！话说，一天皋陶带着獬豸巡视在热闹的集市上，远远地就能听到很大的吵闹声，皋陶知道这一定是有人发生争执了。于是快步走上前去，看到地上躺着一位年迈的女人，此刻的妇人头发凌乱，狼狈不堪，在她的旁边还有一个无赖正在对她破口大骂。看到这种情况皋陶很是生气，不由得大喝一声，无赖这才抬起头来，一看到是铁面无私的皋陶，还有他那只奇特的神兽，立刻吓傻了。看着愤怒的皋陶和那怒目圆睁的神兽，那无赖不敢再嚣张了，立刻跪倒在地，向皋陶认错:“我错了，大人，都是我的错，我保证以后再也不敢了！求求您饶了我吧，以后再也不敢了！”

皋陶根本不理会他，走上前扶起躺在地上的妇人，安慰了几句，这才看了看那无赖，这一看竟把那无赖吓得赶紧闭上了嘴。皋陶义正词严地说:“想要我不杀你，你就得保证以后再也不欺行霸市。”皋陶一边说一边拍拍还在愤怒的獬豸，问道:“你觉得该如何处置他呢？”

獬豸打了个喷嚏，在地上用蹄子画了一个圆圈。皋陶一看大笑着说:“这方法真好，就让他在这圈子里跪上三天三夜吧！好好惩罚惩罚他，看他以后还敢犯，这圆圈就是他的监狱！”

这个故事也就是成语“画地为牢”的来源。而那个圆圈就成了最早的监管罪犯的场所，从此我国就有了监狱，并流传至今，而皋陶因为创造了监狱所以被称为“狱神”。在古代，参拜狱神是狱官上任要做的第一件事，祈祷狱神的保佑，还有就是承诺自己会替天行道，好好管教犯人。而那些刚刚入狱的人也要敬拜皋陶，意为祈祷狱神保佑自己能平安出狱；刑满释放之人，走之前还要再次敬拜狱神，感谢他的保佑。即便是判了死刑的人，死之前也要敬拜狱神，以保佑自己来世投胎做个好人，不再受牢狱之灾。

据说，在舜帝统治的时候，皋陶就想制定法典，可舜帝觉得这些法则过分地抬高了民众的地位，而轻视了帝王的权力，所以就没有答应。后来在舜帝死后，禹因为皋陶对自己有恩，所以对他十分的感激，甚至愿意让他作为继承人。皋陶感到时机成熟，就把制定的我国历史上第一部《狱典》刻在树皮上让禹过目。禹就是因为治水，所以对百姓疾苦更是深有体会，所以在看过之后，便下令让皋陶实施《狱典》。把偷窃、抢劫、奸淫、杀人等多项罪行统统归纳进了《狱典》，并且针对每种犯罪都有不同的惩罚。因此皋陶被奉为中国司法的鼻祖。

所谓的“上古四圣”指的就是皋陶和尧、舜、禹，他兴五教（父义、母慈、兄友、弟恭、子孝），创五刑（鞭、扑、金、流、死），立三德（正直、刚克、柔克），定五礼（吉、凶、宾、军、嘉），这些对后世都有着极其重大的影响。禹任命皋陶作为他的接班人，但天不遂人愿，皋陶竟先禹而去，后被葬在六，于是禹就把英、六一带（今安徽六安）赐给了他的后代。所以在古时候六安被叫作皋城。

在舜帝时期还有一个人物名叫夔，可以说他是我国音乐史上有确切记载的最早的音乐家。他与皋陶一样都有着巨大的贡献，不同的是一个在法律方面而另一个是在音乐方面。

夔出生于贫苦人家，他的家地处部落或者说是小国的边缘地段。但他那非凡的音乐才能并没有因为贫寒而被掩盖，从小夔在音乐方面就有极高的天赋。长大后，他的音乐才华更是得到了舜的赞许，于是舜帝便任命他为乐官，主管音乐舞蹈这方面的事务。

在那个时期，人们能够填饱肚子已经实属不易，所以音乐这些东西并不是很普及，所以就感觉这些东西学起来非常艰难，虽然大家都知道音乐和舞蹈既好听又好看，可仍是不怎么愿意学。舜帝便让夔把乐舞教给那些年轻人，夔倒是很乐意，但为了让大家都有心思学习，还必须找到一个能让他们感兴趣的学习方法。夔思来想去，找来一个石磬，他按节拍敲击石磬，便让大家假扮野兽一边唱一边跳。大家玩得很尽兴，慢慢地也就接受了音乐和舞蹈。

对氏族乐舞，夔不仅是组织者和指挥者，更是编排者。他利用自己的音乐天赋，编排了当时最高水平的乐舞——《萧韶》。据说在一千年后，孔子对这部舞曲也是赞不绝口，称："韶尽美矣，又尽善也。"只可惜如此完美的舞曲，却没能流传至今，但这丝毫不影响夔那无与伦比的音乐才能。

在音乐方面夔有着很高的才能，同时他还能充分发挥自己的积极性和创造性，还创造了不少高水平的乐舞。他很得舜帝的欢心，舜帝还曾说："像夔这样有才华之人，若要办事，一个足矣！"这就是有名的"夔一足"。但因为后人的以讹传讹，竟把"夔一足"传成了这位技艺高超的乐官只有一条腿。这样错误的解释一直到春秋时期，才被孔子给纠正了过来。

夔的后代都以先祖为荣，便用他的名字作为自己的姓氏，即夔姓。毕竟夔本就是指龙形动物，据说这龙形动物还是黄帝族的图腾龙的分支，所以以它为姓，也是一件值得骄傲的事。

黄帝与玄珠

黄帝是中华民族公认的最为杰出的一位古代领袖。在他战败炎帝成为中原唯一的帝王后，却有蚩尤因不满而引发战争。黄帝在与蚩尤的战争中，一直没有成效，所以内心十分焦急，连年的战事让百姓颠沛流离，深受战争之苦。黄帝为了能尽快结束战争，于是请求九天玄女的帮助。

九天玄女看黄帝自有帝王之风，就把三宫五意阴阳之略、太乙遁甲六壬步斗之术等传授给了他。黄帝得到这些后，就悉心研究这些战术，也是有了这些的帮助黄帝才能在涿鹿打败蚩尤，统一了天下。

在黄帝胜利后，九天玄女就在赤水之北的昆仑山上大摆宴席，庆祝黄帝的胜利和统一了天下，另外就是为了给他举办一个隆重的加冕仪式。九天玄女还把昆仑山上镇山的上古异宝赐给了黄帝，来彰显他帝王的身份，这宝贝就是玄珠。

在给黄帝加冕之后，黄帝就带领部下高高兴兴地回去了。在返途中，他们遇到一个迷路的女子，女子自称是震蒙氏女，因战乱而迷失了方向，希望黄帝能伸以援手，帮她回到家乡。黄帝刚被加冕，心中很是高兴，所以就不加思考地答应了这个女子，愿意帮她回家。

途中，黄帝向女子诉说了玄珠之事，女子便心生恶意想要把玄珠据为己有，因为大家都知道，这玄珠乃是昆仑山的镇山之宝，人间根本没有东西能与之媲美，自然珍贵无比。于是女子在跟随了黄帝几天之后，突然告诉黄帝说自己想起了家乡所在，想要自己回家。黄帝同意了，但此时女子已经把玄珠给偷走了，而黄帝却并不知情。

在那名女子离开的几天后，黄帝才发现玄珠没了踪影，要知道这玄珠可是代表着他无人可及的尊贵和权利，此物乃是上天所赐，现在却丢了，一时间黄帝感觉有些慌了神。于是，黄帝立即派了明察秋毫的离朱前去寻找丢失的玄珠。

离朱找了好久也没有找到。黄帝心中更加着急了，就派了能言善辩的喫诟继续去找，但喫诟是一无所获。黄帝只好派象罔继续去找。象罔找了许久，才把玄珠给找了回来，黄帝拿着失而复得的玄珠高兴极了。

但黄帝一想到是自己想要帮助的震蒙氏女偷了玄珠，心里就别提多生气了，为了惩治偷玄珠的那个女子，黄帝便派人去查震蒙氏部落的位置。因黄帝一直追查此事，迫于无奈的震蒙氏女因心里害怕，便自己投了渎江，死后的震蒙氏女变成了一个马首龙身的怪物。

在这件事解决后，黄帝就带着玄珠游历天下名山大川，与各路神仙相互切磋，与此同时，他为了恭迎各路神仙的大驾，还修筑了五座城池、十二座高楼。另外黄帝还命人在荆山铸宝鼎。在宝鼎铸成那日，两位仙人捧着珠函玉壶来到凡间，服侍黄帝穿戴上霞衣、玉冠和珠履，顷刻间满天的朝霞，绚丽多彩，接着又来了八位仙童，此刻手捧玄珠的黄帝在仙童的带领下，坐上金龙，飞升上天。

也有人说，黄帝的玄珠并不是自己弄丢的，而是他身边的一个名叫素女的侍女。素女虽为侍女，但更多人认为她是一位神女，她是古代第一位操琴女乐师，在音乐方面的造诣很高。

再说黄帝在称王后，一直是日理万机。一天，他准备要去接仓颉，途中，天空突然乌云密布，狂风大作。于是黄帝便找了一个地方躲了起来。在他的一番祈祷后，天气情况变好，这时黄帝才发现，自己竟然不知不觉地来到了素女的行宫。

黄帝的威名早已名扬四海，素女身为神女，自然也是知道的，如此好的机会，她怎会放过，于是便盛情邀请黄帝来舍下一歇。黄帝也不好意思拒绝，便进入了素女的行宫。

一般的仙境都很美丽动人，而这位素女是一名出色的音乐女神，所以她的行宫更是别有一番风景。有着美景和美女的陪伴，黄帝就忘了接仓颉的事，有点流连忘返了。

两人一路上谈笑风生，素女一边把身边的美景介绍给黄帝，还一边给他讲解阴阳八卦，黄帝兴致好的时候，还会亲自弹上一曲，这时的黄帝估计连自己的妻子都忘得一干二净了。黄帝身边的大臣看他这几天如此荒废政事，便催促他赶紧离开。黄帝迫于无奈只能恋恋不舍地离开了。素女通过和黄帝这几天的接触，也很是不舍，便决定亲自去送黄帝。

素女跟随着黄帝在经过赤水畔的时候，突然脚下一滑，差点摔倒，撞到了马车上，这使得车上黄帝的那颗最爱的宝珠掉到了赤水边，没了踪影。黄帝也是无意间得到这个宝贝的，对此更是爱不释手，于是取名为玄珠。原本黄帝是要把这颗宝珠送给妻子，让她镶嵌在自己王冠上的，但现在却不见了，心里自然很是着急，于是就派了大臣去寻找。

无论如何细心地翻找着，还是不见玄珠的踪影。黄帝更加着急了，又派离朱继续去找。话说这离朱竟有三个脑袋六只眼睛，并且每只眼睛都炯炯有神的。黄帝心想：他有这么多眼睛，这次一定能找到了。可离朱找了好久，还是一无所获。于是黄帝便派了一位能言善辩、善于观察的喫诟去寻找，最终，喫诟也是没见到玄珠的踪影。

黄帝感到很失望，但又不死心，于是让一直粗心大意的象罔去找。象罔在接到命令后，就闲闲散散地来到赤水边，在草丛里胡乱地扒拉着。用他那迷离的眼神在地上随意地观看着，这一看竟发现玄珠就在他的脚下！还真是“踏破铁鞋无觅处，得来全不费工夫”，就这样那颗丢失的玄珠，竟被这个粗心大意的象罔给找到了！象罔捡起地上的玄珠，高兴地带着它还给了黄帝。

黄帝看着失而复得的玄珠，心里高兴极了，但高兴之余他也在想，那么多有能力的大臣都没有找到，却被这个粗心的象罔给找到了，看来这玄珠是和象罔有缘啊！于是便决定把玄珠交给象罔保管。

象罔做事向来糊糊涂涂，即便是现在让他保管玄珠，亦是如此，只是随意地把玄珠往袖子里一扔就不管了。回到都城，象罔更是每天无所事事地闲散着，根本没过问玄珠的事。后来，这事被一位震蒙氏的女子知道了。此女子对玄珠心怀不轨，再看象罔总是傻傻的，便想用计偷走玄珠。

开始震蒙氏女故意接近象罔。这天，她又来看望象罔，而此时象罔正赤裸着上身，用手不断地在身上挠着。原来，也不知是什么原因，象罔突然全身奇痒难忍。震蒙氏女走近一看，看象罔的背上已经被抓得流血了。震蒙氏女好心地赶紧帮忙。在那时，男女之间并没有太多的忌讳，震蒙氏女帮着挠了一会儿，象罔感觉舒服多了。

震蒙氏女拿着象罔的衣服，问他："是不是你衣服上沾了什么不干净的东西，要不然怎么会如此痒呢？"她就趁着查看象罔衣服的时候，趁机偷走了玄珠，还说："看这衣服好像也没什么呀，你怎么会感觉痒呢！"接着便帮象罔穿好了衣服。

象罔因全身奇痒，早已把玄珠的事忘到了九霄云外，更不知道其实玄珠早已被偷走。事实上，象罔身上会奇痒难忍还是震蒙氏女搞的鬼。她在前一天，趁象罔晾晒衣服的时候偷偷把一种细小的纤维撒在了上面，这种纤维来自一种叫作"美人脱衣"的小果子，只要一与肌肤接触，就会让人奇痒难忍。一向粗心大意的象罔，肯定不知事情的始末。

在玄珠已经丢失了几天后，象罔才得知了此事，这时他才想起一定是震蒙氏女干的，可现在已经晚了，只能如实上报给黄帝了。黄帝也后悔当初不该把玄珠给这个粗心的象罔保管，但此时后悔也没用了，只能派人追捕震蒙氏女。震蒙氏女看到气势汹汹的追兵，才知道自己做了错事，无奈之下，就吞下了玄珠，跳进了渎江，变成了一种马头龙身的怪物。此后，她就成了那里的水神。

即便震蒙氏女已自杀谢罪，但黄帝还是很气愤，所有人都知道黄帝把这颗宝珠看得极为重要，但这个大胆的女人竟然还敢偷，并且震蒙氏女在自杀的时候竟然把玄珠吞进了肚子里，让他再也不能找回，黄帝一怒之下，便要追究整个震蒙氏族人的罪。

震蒙氏哪里是黄帝的对手，无奈之下，只好带着族人逃跑，希望能渡过黄河，逃到一个安全的地方。此时震蒙氏女才知道因为自己的贪念让整个族人受到牵连，可自己也根本不是黄帝的对手，于是在黄帝的追兵快要追上震蒙氏族人的时候，她便施法制造漫天的大雾，这样一来让黄帝的军队迷失了方向，才让族人有了逃跑的机会。后来震蒙氏一直逃到黄河上游的三危山，这才找到了栖身之所，也就是赤水的东边。

震蒙氏女看黄帝为此事竟发了如此大的火，也不敢再霸占着玄珠了，于是就吐出玄珠，扔在赤水岸上，希望路过之人，能捡走还给黄帝。但却一直没人来过这里。时间久了玄珠就落地生根，竟长成了一棵闪闪发光的大树，树叶都是闪亮的珍珠，有两根对称的枝干从树身两旁伸出，跟主干一起伸向天空。因这树上的叶子都是珍珠，所以人们称之为“三珠树”。

酒神杜康

对好多人来说酒可是个好东西，俗语有云“一醉解千愁”，当然在高兴的时候用来助兴也是必不可少的。众所周知杜康被大家称之为酒神、“酿酒始祖”，那他到底是怎样酿出酒的呢？

据说在周宣王统治时期，有一个忠厚老实的大臣名为杜伯，他就是杜康的祖父。杜伯在朝中担任着御史大夫一职，家境自然殷实，但却有人传说杜康从小饱受凄苦，那这又是怎么一回事呢？这事的起因还得从周宣王的昏庸无道说起。

据说这是有一次周宣王从太原巡视完回宫，一路上一刻也没有耽误，快要进城的时候天色已晚，但仍是在继续赶路，就在这时周宣王突然听到在街道上玩耍的孩子唱着歌谣：“月将升，日将没。弧箕箙，几亡周国。”周宣王听后极为震怒：“谁竟如此胆大包天，说出此种大逆不道的话！”于是就让马车停了下来，把唱歌谣的小孩抓了过来询问。

所有的小孩天生胆小，更何况看着这些凶神恶煞的士兵，哪还敢说瞎话，只能如实答道：“有一个穿红衣服的人三天前来了这里，教我们唱的。”

周宣王的火气更旺了，继续厉声问道：“那你们可知道那红衣人现在何处？”

一个小孩子战战兢兢地说：“自从他教给我们歌谣后就不见了，我们也不知道他在哪儿。”

周宣王听后，也知道从这群懵懂无知的孩子嘴里不可能再问出什么了，于是对那些孩子呵斥了几句，便回宫去了。

第二天，上朝的时候，周宣王把昨天在街市上听到的歌谣说给大臣们听，然后询问宫中的卜卦师太史伯阳父：“这歌谣该做如何解释？”

只见伯阳父装模作样地转动了几下罗盘，之后便惊叫道：“启禀万岁，此乃大凶啊！”他的这一句话引来了所有人的注视，接着伯阳父又说：“弧是一种大树，质地坚硬，可做弓，而箕是一种山草，多数用来编织箭囊，那这‘弧箕箙’也就是说国家将会有弓矢之变。至于月升日没，日为阳，月为阴，阳气没落，阴气上升，想必有妖人作祟，这一来，对陛下您，想必是不利的征兆啊！”

本来周宣王根本没有想到这些，但现在听了伯阳父的一席话，反倒真的被吓住了，慌忙问道：“爱卿既然这么说，那可知该如何解呢？”

这伯阳父本是对占卜一事一窍不通，前面的解释也是胡编乱造，现在被周宣王问到解祸之法，就把他给难住了，竟不知该如何回答了，只好装模作样的思考着，却在心里想着对策。

也是无巧不成书，就在这时，匆匆跑来一名太监向周宣王禀告说：“启禀万岁，宫里今天发了一件怪事，一位八十多岁的老宫女竟然奇迹般的生下一名女婴，再说这女婴也是天赋异能，刚出生竟然就能开口说话，还喊着万岁您的威名！”

周宣王一听，竟有如此离奇之事，且不说这八十岁的妇人竟然还能生孩子，可哪有孩子一出生就能说话的，便说道：“嗯，这天下之大还真是无奇不有，我这就去看看这女婴到底是何方神圣还是祸乱朝政的妖孽。”

听至此处的伯阳父，心中暗生一计，于是他再次转动罗盘，然后慌忙跪在周宣王面前说道：“启禀万岁，恕臣直言，想必这女婴就是那要亡我大周的妖女，她在这个时候出生，还是女性，大家都知道女人为阴，可谁又听说过八十岁的老妇人还能生孩子？为保我大周江山社稷，还望万岁尽快下旨，斩杀这尚在襁褓中的妖女！”

此事关乎江山社稷，周宣王当然不敢小视，于是就派了杜伯前去斩杀这个女婴。杜伯为人忠厚善良，乃是三朝元老，他对周宣王总是听信奸臣所言而滥杀无辜的事早已耿耿于怀，可身为人臣，杜伯也不敢公然抗旨，于是只好领了圣旨前去斩杀女婴，不过在他去之前，他早已派了身边心腹去将女婴送出了皇宫。之后才带着士兵前去执行命令，可却是白跑了一趟，因为女婴早已没了踪影。

但杜伯所做之事还是很快就被伯阳父知道了。本来这伯阳父对杜伯就是心存嫉妒，现在这么好的机会，自然不愿错过！于是他就把这件事添油加醋地告诉了周宣王。本来周宣王就在为此事伤神，现在一听是杜伯放了那女婴，更是火冒三丈，气得怒声喝道："好你个杜伯，竟敢违抗我的旨意，这简直就是不把寡人放在眼里。寡人定要治你个欺君之罪，抄你满门！"说罢，就命令大宗伯召虎前去抄杜伯的家。

昔时召虎和杜伯乃是出生入死的老战友，召虎生怕杜伯家人受到牵连，便提前派人通知了杜伯，这才随后去杜府抄家。杜伯自知这次在劫难逃，于是遣散了家人，独自留在家中。召虎来的时候，杜府上下只有杜伯一人，于是召虎就抓了杜伯，然后一把火烧了杜府。

家族落难的时候，杜康只有七岁，当时他正在后花园里玩耍，突然看到家里所有人开始慌慌张张地收拾行李。小杜康吓得不知该如何是好。小杜康从小就聪明伶俐，很得他的叔父杜隰的喜爱，在家族遭遇变故时也是他带着杜康逃走了。

他们向东南方向逃去，一路上忍饥挨饿，风餐露宿，最终在炎热的夏季来临之前到达了人迹罕至的伏牛山。

这天太阳就像一个大火炉一样，天气异常炎热，大地上的花草树木都被烤得没了生机。杜康叔侄俩此时已到了汝阳地界，面对这炎热的天气，两人早已汗流浃背、精疲力竭，饥渴折磨着他们，都没有力气赶路了。就在这时，在他们面前突然出现了一大片桑树林，郁郁葱葱，看着就让人感觉凉爽，两个人加快脚步走上前去，想要靠着树荫休息一会儿。直到进了林子，才发现这桑树林简直别有洞天：绿荫如盖，碧草青青，沁人心脾，简直像是到了世外桃源，清爽怡人。另外在林子边上还有一眼清泉，正在"咕嘟咕嘟"地往外冒着甘泉。杜康叔侄俩见此情景，高兴极了，快步跑到泉边大口大口地喝着泉水。

过了好一阵，杜康感觉精神恢复了，就对叔叔说："叔父，我看这里风景优美，林子里什么都有，饿了有野果，渴了有甘泉，我们就不要再处漂泊，就在这里安家吧！"杜隰想了一会儿，目前的确不知道该带着侄子去哪儿，干脆就在这里住下。

叔侄两人合力在林中盖了一个小木屋，林子里不仅有野果，河里还有鱼，总之不用再风餐露宿，饱受饥饿之苦了。小孩子天性好动，杜康总喜欢去打树上的鸟，叔侄俩也算过了一段安稳的日子：现在的日子虽然清苦些，没有以前的家境富足，倒也难得清静，也算一种享受。

然而，安稳的日子没多久，就被灾难再次打破了平静。杜隰在一天带着侄子前去打猎的时候，突然遇到了这一带出名的泼皮无赖，这个人名叫胡大，看到什么都说是自己的，现在看到他们两个清苦的外乡人，便想狠狠地敲他们一笔。

虽然杜隰出身名门，但平时也经常练习武艺，练就了一身好本领。而年少的杜康虽然年龄小，却是一副英俊潇洒的面容，招人喜爱。胡大看着他们，眼珠一转计上心来，于是走上前故意很生气地问："你们是谁？竟然敢不经过我的同意就乱在别人的地盘上搭建房子？我说我家最近怎么总是倒霉事不断，原来就是你们毁了我家的财气，坏了我家的风水宝地！"

杜隰一听，便知道此人是故意来找碴的，赶紧赔笑说："还请这位壮士多多包涵，我们是逃难至此，也不知道这是您的地盘，是我们错了，请您消消气，大人不记小人过！"

这胡大看杜隰一副文质彬彬的样子，就以为是个软柿子，越发蛮横起来，说："你们也别怪我，这都是我们这里的规矩，这样吧，我也不为难你们，你们就跟我一起下山，给我家做奴隶吧！"

杜隰一向为人忠厚老实，对胡大的话竟信以为真，自己坏了规矩，理应受罚，于是就带着杜康跟着胡大下山来了。从此，胡大就把他们叔侄俩当作佣人，让他们做苦力。杜隰就给他们干农活，而年幼的杜康则包揽了放羊的活。可怜的杜康，不管刮风还是下雨，每天天刚蒙蒙亮的时候就把羊群赶出去。可他毕竟出身名门，哪受得了这个苦，可既然来了又不能不做，所以私下里年幼的杜康也哭过好多次。每次在忍不住的时候，他就看看叔父，也就坚持下来了。他知道桑树林那里水草茂盛，于是常常就把羊群赶去那里。

再说胡大，这人本就是一泼皮无赖，吝啬至极，对这叔侄俩更是吝啬到了极致，总想让他们多干活，少吃粮食。而他每天发给杜康的食物就是一个秫米团！

不过好的是，杜康每次在桑树林都能找到野果，也还算能填饱肚子。

这天，杜康照例出来放羊，但是看着手上的秫米团，实在难以下咽，越想越觉得心里憋屈，于是直接就把秫米团扔进了一棵老桑树的树洞里，自己找了些野果充饥。想想自己曾经有着吃不完的山珍海味，而现在就连秫米团都吃不饱，还要忍受胡大的怒气，杜康越想越难过，对秫米团也是更加厌恶。于是，从那天起，杜康不再吃秫米团而是都扔进了树洞里。

每天还有大量的活要干，可杜康却不吃东西，这样一来身体怎能吃得消，看着日渐消瘦的杜康，叔父心里很是着急，以为杜康是经常吃秫米团消化不良，才导致身体不适，于是他就弄来了一些帮助消化的发酵的曲粉给杜康吃。杜康对自己的情况心知肚明，所以对这些曲粉也是难以下咽，于是也给扔进了树洞，之后就把自己现在所受的罪都归咎在周宣王的身上：如果不是他，我家也不会如此落魄，我也不至于在这里给别人当奴隶！杜康心里这样想着，才感觉轻松了一些，不知不觉竟进入了梦乡。

杜康正在酣睡之际，突见天空乌云密布，雷声滚滚。一个惊雷将熟睡中的杜康从梦里惊醒，看到眼前黑压压一片，吓得他慌忙抓起鞭子快速将羊群往家赶。还没等他走多远，倾盆大雨便一泻而下。杜康回到家，全身早已淋透了，再加上他这几天本身身体就不好，这一来竟病倒了。

而那个吝啬、一毛不拔的胡大竟不愿出钱给杜康请大夫，叔父杜隰看着受着病痛折磨的侄子，心里很着急却也没有办法，即便是在照顾杜康的时候，还是会被杜隰不时地叫去干活，所以就连照顾也照顾不好。就这样杜康一病就病了三个月，并且病情是越来越严重，瘦小的杜康早已被病痛折磨得没了人形。

杜康知道自己活不了多久，就要和爷爷见面了。可他感觉心里特别委屈，自己还没等到好日子的到来，却要病死他乡，怎能甘心？杜康对这个胡大也是厌恶至极，更不愿死在他家，于是就想趁着最后的一点力气，到桑树林去，也算是自己死后有个安稳的地方！于是，杜康强撑着身体，朝桑树林走去，实在走不动的时候就用爬的，反正一定要到那里才罢休。

刚到桑树林边，一股芳香扑鼻而来，杜康闻着这味道，顿时感觉身体轻松了不少！但他却在心里暗想，怎么自己之前就没有闻到过这种香味呢？这到底是什么东西发出的香气呢？好奇心驱使着他开始四处寻找香气的来源，这时他发现这香味竟然是从自己扔秫米团和曲粉的老桑树洞里飘出来的。这香味沁人心脾，让人感觉神清气爽。杜康快速上前察看，待细细看过后，才发现一股浓浓的香汁从树洞里渗出来，正沿着树身上的裂缝往下淌。饥饿的杜康闻到这美味，忍不住用舌头舔了一下那香汁，顿时感觉一股清流流经全身，让人有种飘飘欲仙的感觉，于是杜康便贪婪地吮吸起来。很快，他就感觉身心愉悦，没有了病象。

这到底是怎么回事呢？这香汁儿竟有如此功效。杜康看着老桑树冥思苦想，心想这应该是上天怜悯自己，不愿让自己就这么死去，才派了神仙来相助的！就在这时，那些流出来的香汁好像隐约幻化出了两行字："宦海无望兮莫强求，造福民间兮乐千家。"杜康看后更是激动不已，便知这定是神仙相助。神仙在告诉自己，即便不能做官也同样可以造福百姓！

怎样才能为百姓谋取福利呢？杜康看着眼前的香汁，有了主意："既然这香汁儿能治病，肯定是好东西，那我只要把这些香汁带给百姓，不就是为人民谋福利了吗？那这香汁儿是如何生产的呢？对，应该就是秫米和曲粉再加上水发酵就是了！我这就回去制造香汁儿！"

杜康想到这里，心里别提多高兴了，急忙跪下感谢上苍。这时，在老桑树上飞来了好多的鸟，"啾——啾——啾——啾——"地叫着。和"酉——酉——酉——酉——"同音，杜康细细品味着。杜康认为神仙在告诉自己，已经收到了自己的感激，是上苍告诉自己应该把这东西叫"酋"。可是他又想，酋是百首之领，这有些犯忌啊。他灵机一动，"哎，干脆就在酋字的前面再加三点水（氵+酋）不就成了。"，到了后来，杜康做酒于酉日死，人们说做酒人没有头儿了，为了纪念杜康，就去掉了"酋"字头上的两点，变成了现在的"酒"字。这也算一种对杜康的纪念。

在杜康兴奋地带着酒回家的时候，却看到他的叔父正在痛哭流涕。因为大家都知道杜康已经病入膏肓，而自己却出去了，想必一定是死在外面了，所以大家都在为他难过。这看着眼前这个毫无病象的杜康，大家都惊讶极了，纷纷询问杜康这到底是怎么一回事。于是，杜康就把自己遇到酒的事告诉了大家，还把带回来的酒分给大家品尝。

大家都尝了一口，果然感觉不同凡响，只见姑娘们显得更加光彩照人，青年人更加满面红光，老年人突然变得耳聪目明。看大家对这东西都如此的喜爱，杜康便决定做更多的酒来让大家喝。从此以后，杜康就常常跑去那片桑树林，用秫米团和曲粉给大家酿酒喝。

很快这件事就被胡大这个贪婪的家伙知道了。胡大听大家对酒总是赞不绝口，于是就想弄点自己尝尝，只好厚着脸皮来找杜康："杜康，你可是我的奴隶，有好东西竟然不给我尝尝？"善良的杜康说："好啊，我这就去给你拿！"说罢，拿出来了一个竹筒递给胡大。

胡大拿到手里就闻到了扑鼻的香气，这香气沁人心脾，于是快速地把酒送到了嘴里，美滋滋地喝起来。这一喝却停不下来了，竟一口气喝光了竹筒里的酒！就这，胡大感觉还没喝过瘾，还想跟杜康再要一些。杜康无奈地说："你要知道你刚喝的那一竹筒酒就需要我三个月的时间来酿造，却被你一口气喝光了。你要还想喝，就答应把那片桑树林给我让我做酒吧！"

胡大一听，心里可高兴了，本来那桑树林就不是他的，当初就是为了让他们叔侄二人给他做奴隶才那样说的。此时胡大一想到以后都有美酒喝，便爽快地答应了说："一言为定，不过以后你要天天给我酒喝才行！"

有了这片桑树林，杜康哪里还在乎那点酒，于是两人便达成了协议。为了做酒杜康就带着大家把所有的大桑树都挖出洞。从此便开始了他的酿酒生涯。慢慢地，这里形成了一片村落，因为杜康的酒太出名，大家就把这个村子称作杜康村。又因为酿酒的时候都是用这些老桑树造的，所以就把这些老桑树称作酒树。在杜康村据说到现在还有那些老桑树呢！

后来，杜康和他的酒一起名扬四海。就连当朝的天子对杜康酒也是赞不绝口。后来，杜康酒还被周天子定为宫廷御用酒，封杜康为"酒仙"，并把一块金匾赐给了杜康：杜康仙庄。

关于杜康造酒一事还有另外的一个故事，据说杜康是黄帝时代的人，而并非周朝臣民，这么说来酒出现的时候应该更早才是。按照这个版本的故事来说，杜康是黄帝的一名大臣，他的任务就是管理粮食。杜康做任何事都是尽职尽责，为了能把粮食保管好，他就把所有的粮食放进了一个山洞里。可一般山洞都比较潮湿，这样一来，时间一长，这些粮食就发霉了，不能再食用。黄帝知道此事后很是生气，于是惩罚了杜康，还警告他：以后再发生粮食发霉的情况就直接处死。

这时，黄帝和其他部落正准备交战，为了不耽误战事就征集了许多粮食，那么这些粮食的存放就交由杜康来做。因为有了之前山洞粮食发霉的经验，杜康知道山洞是不能再放了，可该放哪里呢？这天，杜康为了寻找存放粮食的地方，在外转悠着，当他来到空桑涧的时候，忽然发现了一片开阔的地方，周围好多参天大树都已枯死，只留下粗壮的枝干，并且这些枝干都已成了空心的。杜康灵机一动，就想如果我把粮食放在树洞里，不就不会发霉了！于是杜康便把自己的想法告诉了大家。大家一致赞同，就一块动手，把所有的枯树都给掏空了。

在接下来的几年间，年年风调雨顺，收获颇丰，新收的粮食都吃不完，所以那些存起来的旧粮更是派不上用场了。经过多年的风吹日晒，那些存放在树洞里的粮食慢慢地发酵了。

一天，在杜康上山查看粮食的时候，竟发现在那些枯树周围躺着几只山羊野猪之类的动物。看着它们一动不动，杜康以为它们死了呢，就想带回去给大家美餐一顿，可走近一看，这才发现这些动物不过是睡着了，根本没死，不过睡得都比较沉，就算人来了也不肯醒。杜康正在犯愁，这些动物是怎么回事呢？这时野猪突然醒来，看到有人，吓得赶紧窜到树林里去了。接着，其他的动物也一一醒来逃走了。

杜康继续往前走，在一棵装有粮食的桑树前又看到两只山羊，而它们正在用舌头舔着什么。杜康立即躲在树后观察。这时他才发现，那棵装粮食的大树裂开了一条缝，不断有水从里面渗出来，而那两只山羊舔的就是那些水。

可没多久，杜康就发现那两只山羊开始摇摇晃晃起来，没走几步就倒了下去。杜康在好奇心的驱使下，走上前去，他闻了闻那水，感觉非常醇香，于是就尝了一下，虽然有些辛辣，但真的特别浓香。杜康觉得味道不错，就多喝了一些，没一会儿，他就感觉天旋地转，头感觉昏昏沉沉的，没多久就睡了过去。

也不知过了多久，杜康才醒了过来。他再一次看看那些水，摘下腰上带的罐子装满了那美味的水，就回村去了。

到了村里，杜康就把自己遇到的情况告诉了大家，还把那美味的水分给大家喝，大家都被它那浓香的味道所吸引，于是杜康就想把这事禀告给黄帝。对于他的这一想法，村里人有的反对、有的赞成，反对的人说："之前粮食发霉，黄帝就惩罚了你，现在粮食都变成了水，那他还不杀了你啊！"杜康摇摇头，说："既然事已至此，想瞒也是瞒不住的，还不如自己先说了，至于后果先不管了。"说完，杜康就把剩下的水带去给黄帝了。

黄帝听了杜康的话，又尝了尝那水，立马召集大臣商量此事。大臣们都认为这水应该不是毒水，而是凝聚了粮食的精华，是可以喝的，不该责备杜康，并且，还应该给这水起个名字。这时，造字的仓颉站了出来，说："酉日得水，那就叫'酒'吧。"黄帝听后很是高兴，便下令让杜康开始用粮食造酒。

之前杜康因粮食发霉而被降职处罚，而现在酿酒有功，黄帝又加封他为"宰人"。杜康看黄帝如此宽宏大量，很是感激，就对酿酒之事很是尽心尽力。

再后来的一年，百姓粮食富足，生活安稳。黄帝就在纪念统一三大部落建立联盟的日子里，举行盛大的宴会，宴请各部落的首领。

宴会上，黄帝让杜康拿出最好的酒来供大家饮用。大家喝的都很尽兴，宴会场面热闹非凡。就在这时，突然一条巨龙从天而降，在宴会上巨龙把头凑近大酒坛闻来闻去。显然巨龙对这酒也有很大的兴趣，奈何坛子口太小，它根本喝不到，只见巨龙馋得口水都在往下流，那口水都流到了酒坛里。大家被这巨龙吓得呆住了，唯有黄帝还算从容镇定，赶紧走过去，倒了一大碗酒送到巨龙嘴边。巨龙一饮而尽，满意地咂咂嘴。黄帝高兴极了，就接着倒了第二碗酒，可此刻巨龙已腾空而起，转眼消失了。

黄帝看大家受到了惊吓，就让杜康再给每人斟满酒来压压惊。杜康走近酒坛，一股浓郁的酒香扑鼻而来，这酒可比他酿的酒香太多了，闻着酒香他差点就醉倒了。杜康在给所有人斟满酒后，觉得整个人都飘飘欲仙的，这时他才知道，这酒如此香醇定是因为那巨龙的口水滴落进去的缘故。

有人说龙的口水能延年益寿。于是杜康在大家不注意的时候，从那口滴有巨龙口水的坛子倒出一碗酒，然后倒入另一口酒坛里，顿时那个酒坛也是香气逼人。杜康在宴会结束后，就把这坛酒独自带了回去，每天他都会喝一点，这龙涎酒果然有延年益寿之功效，杜康一直活了一百七十多岁。

最终，杜康酿酒的方法渐渐流传了下来，才成了今天我们喝的佳酿。

关于杜康造酒的事，还有很多的趣味故事，比如三杯醉刘伶、杜康醉八仙、美酒救刘秀等等，所有的这些故事都是在赞美杜康酒的醇香可口。

百鸟朝凤

我国最古老的图腾就是龙，历朝历代的皇室都会用龙来彰显尊贵的身份。在明清时期，宫廷之中，关于龙的形象有着严格的规定，画龙的时候至于画五爪、四爪还是三爪都有着明确的规定，一旦违反就要受到惩罚，而在民间，普通百姓只能用香草龙和团螭龙等。

与龙相比，凤凰就感觉亲切多了。人们常常把凤凰作为吉祥幸福和美好爱情的象征。就连许多吉祥语都会用到凤凰，比如“吹箫引凤”“有凤来仪”“丹凤朝阳”“凤凰于飞”等。牡丹乃花中之王，而凤凰乃百鸟之王，牡丹为花中之王，所以人们为了吉利就会采用“凤穿牡丹”“飞凤穿花”等代表吉祥的图案。

当然龙和凤凰其实都是不存在的，只是出于人们对美好事物的想象。那么关于凤凰，又有哪些传奇故事呢？

在远古时期，因争夺食物和水源各部落之间常常会发生战事。后来，力量强大的黄帝统一了各部落。可因为之前的各部落都有着各自的信仰，所以对设计的统一图腾很是不满。这可该怎么办呢？大家你一言我一语，最终却没有明确的答案。最后，无奈之下，黄帝只好决定：分别取各部落图腾的一部分，然后组合在一起形成新的图腾！于是，就有了龙。然而还有一些部落的图腾没有用上，这可怎么办？黄帝的妻子嫘祖前面已经提到，为人冰雪聪明，于是就模仿着黄帝制龙的过程，把没有用到的各部落图腾拼凑了起来，经过她的精心研究，做成了一只美丽的大鸟：孔雀头，天鹅身，金鸡翅，金山鸡羽毛……仓颉把这只美丽的大鸟取名为“凤凰”，其中“凤”为雄鸟，“凰”为雌鸟。凤凰就这样诞生了。

而关于“百鸟朝凤”还有一个十分美丽的传说。

一天，伏羲去西山的梧桐树林里巡视的时候，天地突然发生异常：金木水火土五星的神仙都来了，纷纷落在梧桐树上，伴随着的还有一阵阵的仙乐，奇香弥漫着整个天空。伏羲看到这一景象很是惊讶，这到底是怎么回事呢？天地间还有他所不知道的事情吗？

这时，天空飞来一朵巨大的五彩祥云，托着两只十分漂亮的大鸟，缓缓飞来落在了梧桐树上。与此同时，只见霞光万道，仙雾弥漫，瑞气蒸腾。大鸟飞来之时，其他鸟也纷纷围聚而来，对着大鸟歌唱着。伏羲见此情景惊讶极了，急忙把辅助他的句芒找来。句芒还以为出了什么事呢，便匆匆赶来。看到眼前的景象，句芒才知道是怎么回事，笑着告诉伏羲：“其实这两只大鸟就是凤凰，乃是百鸟之王，而其他的那些鸟都是在为它们送祝福呢！”听了句芒的话伏羲才明白过来。

据传凤凰还有着不死之身，就算是死了也能浴火重生，而这就是凤凰涅槃的来历。这传说意义深远，在我国社会的发展中，百姓和凤凰的感情紧密相连。不管是什么东西只要是鲜活在人们情感或心灵中，一定都能得到永生。

关于凤凰的来历和百鸟朝凤的故事还有一个更能代表人们心声的传说。

据传在很久以前，凤凰也只是一种普普通通的鸟，没有那么光鲜亮丽。但勤劳却是凤凰一个最大的优点。它总是一天到晚地忙个不停，而不像其他鸟一样，吃饱了就四处玩闹着。

可它一天到晚都在忙什么呢？原来，凤凰有颗极其细腻的心，看到其他鸟把果实浪费掉就感觉很心疼，于是它一直在忙着收集食物。要知道要想结出一颗果实，那需要很长的时间和悉心的照料啊！于是，凤凰做的就是捡起这些被丢弃的果实，藏在洞中。别的鸟看它竟然收集别人不要的东西都嘲笑它，再说新鲜的果实到处都是，谁那么傻去吃那被风干的果实呢？但凤凰坚信，它储存的这些东西，总有一天会派上大用场。

果然不出所料，突然在一年，森林遇到大旱，所有树木都快枯死了，还怎么可能结果子呢？鸟儿们都没有了食物，饿得头昏眼花，飞不动了。这时凤凰想起自己之前贮藏的食物，于是打开山洞，把收藏的果实分给了大家，就这样鸟儿们靠着凤凰捡来的果实渡过了这次劫难。

旱灾过去后，一场久违的甘露滋润着这片森林，大家为度过难关很是高兴。雨露过后，为了感谢凤凰的救命之恩，所有的鸟儿都把自己身上最漂亮的一根羽毛拔下来，制成一件五彩的百鸟衣送给了凤凰。

凤凰靠着自己的睿智和远见，被大家推举为百鸟之王。所以后来，在凤凰过生日的时候，所有的鸟儿都会从四面八方赶来为它祝福。这就是百鸟朝凤的故事

“百鸟朝凤”一词的寓意十分美好，古时候，就用这个词来代表君主的贤明仁德，后也指那些德高望重之人众望所归。

甚至人们还创作了唢呐曲《百鸟朝凤》，大家用这首曲子来模仿百鸟鸣叫的声音，体现了大自然的欣欣向荣和世界万物的勃勃生机，亲密和谐。《百鸟朝凤》在河南等地，还常常被运用在结婚仪式上，代表着幸福吉祥，象征着幸福美满的生活。

在汉朝，还有一个与凤凰无关却无比美丽的故事，虽与凤凰无关，但这个故事却缘于一首美丽的琴曲——《凤求凰》，在这里有必要提一下。

在汉朝时期，司马相如是有名的文学家，传说他对古琴甚是喜爱，他还有一把十分名贵的琴，取名为“绿绮”。司马相如听说卓王孙有一个女儿名叫卓文君，此女可谓才貌双全，司马相如对此女倾慕已久，很想一睹芳华。于是，司马相如在一次到卓家做客的时候，便趁机用曲子表达了自己对卓文君的爱慕之情：“凤兮凤兮归故乡，遨游四海求其凰。时未遇兮无所将，何悟今兮升斯堂。有艳淑女在闺房，室迩人遐毒我肠。何缘交颈为鸳鸯，胡颉颃兮共翱翔！”

既然说到卓文君就不得不提一下此女。据说此女长得眉清目秀，面容姣好，在音乐方面也很是擅长，尤其对击鼓弹琴更是到了炉火纯青的地步，她在这方面的才华敢与有咏絮之才的谢道韫相媲美。可纵使才华横溢却逃不过命运的戏弄，这女子还没出嫁，未婚夫就死了，在那个时代，卓文君也就成了寡妇。

再说卓文君对司马相如其实也早有耳闻，现在又听到如此坦白大胆的表白，更是喜不自胜。于是两人在见面后更是一见钟情，私自定下了婚姻之事。但当时

的司马相如只是一个没钱没势的穷书生，而卓王孙却是富甲一方，怎会舍得将爱女嫁给一个穷书生。经过卓文君的深思熟虑，还是决定收拾行李和司马相如一起私奔。

虽然卓文君身为千金小姐，但是一点也不惺惺作态，做任何事雷厉风行，后来到了司马相如那贫苦的家，立即决定开酒肆，自己当垆卖酒。卓王孙虽然气不过，但还是心疼女儿，最终承认司马相如就是自己的女婿，同意他们在一起。

郎才女貌之人因一首《凤求凰》的曲子而成就了一桩姻缘，这是一个多么美丽的故事啊！愿天下有情人终成眷属。

西王母和蟠桃仙子

西王母乃是五彩瑶池的主人，她可是昆仑山上声名显赫之人。那她究竟是怎样的一个传奇人物呢?

自古以来对西王母的传说都是众说纷纭，每种传说也是各说不一。有人说她是古代西域某个小国的女王，长得面目丑陋，凶狠狰狞，她的牙齿像虎牙一般，蓬乱的头发让人看着都害怕，就连野兽见了都要退避三舍。在这里简直就把西王母说成了一个夜叉似的人物。也有说西王母本姓姓杨，闺名婉玲，后来才得道成仙的，住在了昆仑山。西王母很有才华，是一位雍容华贵、气度不凡的中年女子，所以才帮助玉帝掌管宫廷。

传说周穆王在西征的时候路过昆仑山，受到了西王母的热情招待。周穆王在瑶池上停留多日，期间美酒美景不亦乐乎。后来，在返回京城之时，还想再次拜访西王母，但仙缘讲究的是机缘巧合，等他再次去的时候，仙雾环绕的昆仑山只能看到密密的深林。

对人们来说西王母可谓人尽皆知，她所拥有的不仅有光彩夺目的瑶池，还有就是那让人垂涎欲滴的蟠桃园。在《西游记》里，顽皮的孙悟空曾被派去管理蟠桃园，可这几千年才结果的蟠桃园里，几乎所有成熟的蟠桃都被这只猴子给吃了!西王母对这蟠桃园很是重视，一般都是自己的亲信来看管，可这次却被这猴子给搅了个底朝天，雷霆之怒自是不必说。那在孙悟空来之前，这蟠桃园是谁在看管的呢?

据说，王子登、郭密香、纪维容和董双成四人乃是西王母的贴身侍女，而其中的董双成是这几人中地位最高的一位，蟠桃园的管理者就是她。足以见得西王母对她的重视。其实就从董双成看管蟠桃园一事，就足以证明她不同的身份地位了。她就是西王母口中所说的蟠桃仙子。

那么关于这个蟠桃仙子又有着怎样的故事呢？

据传董双成原本也只是一个普普通通的凡人，家在杭州。俗话说“上有天堂，下有苏杭。”可以见得杭州乃是灵秀之地，故而这里必定多出美女，而这个董双成就是其中之一，长大后的董双成出落得亭亭玉立、妩媚动人，全身上下自带着一份灵气。董家的先祖在朝为官，为官清正廉洁，恪守律法，经常以史为鉴，出谋献策。在商朝灭亡后，董家先祖就在钱塘江畔过上了隐姓埋名的生活。到了春天，桃林桃花盛开，在盛开的桃花的映衬下，董家的房屋自是别有风味。

董双成自小生活在这样的环境中，自然对桃花很是喜爱，每到桃花盛开季，她都会如痴如醉地看着。随着董双成渐渐长大，更是出落得美丽大方。美艳的董双成穿梭在桃花林之中更是显得“人比花娇”。

这天，董双成正在桃林赏花，突然灵光一现，便想用桃花来炼制丹药。于是她就采摘了一些新鲜的桃花，配上山中的灵芝等名贵草药开始自己的计划。董双成心灵手巧，心思细腻，才思过人，就这样把丹药炼成了。开始的时候她炼的丹药只能益气化痰，后来经过董双成的细心钻研，通过改良配方，慢慢地，她炼的丹药开始有了质的变化，能够治疗多种的疾病。这样一来，人们开始纷纷向她讨药。

随着董双成名气的增大，需要丹药的人越来越多，董双成便不得不多加炼制，从采药到炼丹药都是董双成亲力亲为，可把她给忙坏了。但心地善良的董双成知道自己的丹药能够救命，所以就是累也是甘之如饴。

有了闲暇的时间，董双成就会吹笙来自娱自乐。吹得时间久了，她吹笙的水平也达到了炉火纯青的地步，据说每次在她吹笙的时候，百鸟都会前来围着她聆听着。而《丹小凤》就是董双成最为有名的笙曲，甚至还能引来仙鹤。十里八乡的乡亲们都对这位美丽善良的姑娘赞许有加。

在那个时期，已经慢慢兴起黄者之说（也就是神仙导引之术）。人们对能够成仙从而实现长生不老的愿望还是很期盼的，于是那些达官贵族便开始寻找风景秀丽的地方，筑庐结庵，兴寄烟霞，吸取日月之精华，提炼百卉的汁髓，以盼在红尘之中，能够不食人间烟火，进而白昼飞升，得道成仙。

董双成自从炼制了这些能够治病的丹药，更是受到众人的追捧。董双成觉得，就算这些丹药不能帮助人们得道成仙，可这些都是用桃花和各种珍贵的草药炼制的，起码也有强身健体之功效。于是董双成就把自己炼制丹药的配方传了出去，希望更多的人能够学会，从而强身健体，这样一来钱塘江畔上就多了许多结庐炼丹的虔诚信徒。

一年春天，董双成照例在炼制丹药，在炼好一炉“百花丹”后，揭开炉盖的瞬间，一股异香扑鼻而来，闻着这香气就让人感觉神清气爽，全身轻松畅快。于是她就吃了几颗，顿时感觉整个人精神了许多。董双成心里很是高兴，忍不住开始吹起了笙，悠扬婉转的曲子弥漫在天地间，百鸟听到声音纷纷聚集过来，在董双成的身边盘绕着，飞舞着。美丽的董双成见此情景更是不禁高歌起来，这珠圆玉润的声音，竟引来了几只翩翩起舞的仙鹤。仙鹤先是围绕着董双成盘旋了几圈，然后匍匐在台阶下，好像它们已经商量好了一样，董双成骑在仙鹤背上。仙鹤载着董双成一声长鸣，径直冲上天宫。人们看着这一切都看傻了，直至他们消失在视线内。

董双成在仙鹤的带领下，一直来到西王母的昆仑山那里。西王母对人间的这位董双成也是早有耳闻，但那也只是听闻，现在看着真实的人站在自己面前，顿时感觉喜欢不已，便决定把她留在身边。就这样董双成就成了西王母的贴身侍女，因她的聪明懂事，王母娘娘对她更是越看越喜欢，以至于后来一有什么事都会交给她去做。

其实前面的那些事也算是王母娘娘对董双成的考验，而考验她的最终目的就是为了让她看管蟠桃园。蟠桃乃是仙宫中的极品珍果，而它的管理者更需要一个谨慎的人。于是，看管蟠桃园的事自然就落在了董双成的身上。蟠桃的保护、采摘和分配都有着极其严格的要求，每天董双成都是十分忙碌。每年的蟠桃盛会，所有赐下去的蟠桃都是经过董双成的纤纤玉手千挑万选出来的。

而在凡间，只有之前提到的周穆王和汉武大帝才有幸吃过蟠桃。在《汉武帝内传》中曾记载，元封元年七月七日夜，武帝在禁宫之中恭迎西王母，只见在众仙女的簇拥下，西王母从空而降，“文采鲜明，光仪淑穆，带灵飞大绶，腰佩分景之剑，头上大华结，戴太真晨婴之冠，履元琼凤文之舄，视之可年许，修短得中，天姿掩蔼，容颜绝世，真灵人也”。

在董双成的搀扶下，西王母和汉武帝在大殿内相谈甚欢，并让董双成送给汉武帝四个蟠桃。汉武帝吃过蟠桃后，顿感神清气爽、唇齿留香，最后还把吃剩的桃核小心地保存起来，想种植起来。西王母看后，笑着说：“这桃子要有三千年才能结一次果，就算种植，也是不能结果的，因为中原的土地太过贫瘠，根本不适合蟠桃树的生长。”汉武帝听后只好作罢。

西王母回归天宫之后，就对这蟠桃的美味一直念念不忘。这么美味的东西，对身体还有神奇的效果，怎能不让人留恋不已，而汉武帝也是想尽办法想要再品尝一次那美味的蟠桃。

在那个时期，东方朔也是著名的人物之一。此人颇有才华，但为人桀骜不驯、骄傲自大。他在上书汉武帝的时候就曾这样写道：“微臣少年之时丧失父母，和兄嫂一起生活。在十二岁的时候，就开始学书，三冬文史足以够用；十五岁的时候学习击剑，十六岁的时候学习了《诗》《书》，这两本书一共有二十二万字；十九岁的时候学习孙吴兵法，战阵之具，钲鼓之教，而这个也有二十二万字。在我二十二岁的时候，身高就有九尺三寸，目若悬珠，齿若编贝，勇若孟贲，捷若庆忌，廉若鲍叔，信若尾生。这样，理应为天子效犬马之劳！是以冒死再拜以闻。”

在中原地带，谦虚谨慎乃是人间美德，而他这种狂妄自大就显得有些格格不入。汉武帝看在他是个人才，但为人太过高傲，就让他待诏公车署罢了。但是没过多久，汉武帝就对他青睐有加，官运亨通。并且这时的东方朔更是狂妄自大。捉弄朝中大臣那是常事，甚至喝得烂醉上到朝堂之上，还在朝堂之上对着大殿的柱子就地撒尿！大臣们对他的行为瞠目结舌，对他更是厌恶至极，但汉武帝看着他的所作所为却只是一笑了之。

为什么汉武帝会如此纵容东方朔呢？因为东方朔曾不辞艰难万险，到昆仑山为汉武帝偷取蟠桃。一直就对蟠桃念念不忘的汉武帝看他能为自己弄来仙桃，便对他刮目相看。

东方朔能够盗取仙桃，这就和董双成脱不了干系了。董双成在飞天成仙的时候也就是在二八年华时，虽然神仙有着长生不老的本领，而董双成也一直保持着美丽的容貌，可她心里还是有苦衷的。虽然归为神仙，但她毕竟只是个侍女，所有的事都要受到约束，上千年来与她接触的人更是寥寥无几，每天做着同样的事情，偌大的蟠桃园只有她一人，你说能不苦吗？

突然有一天，来了一位风度翩翩、说话风趣幽默的人愿意陪她聊天，董双成自是芳心大喜。虽然表面上董双成还是一副严肃的表情，但内心对东方朔说的那些无伤大雅的玩笑话，听得总是春心荡漾，就这样东方朔每次都能弄来几个蟠桃。所以胆小之人做事畏首畏尾，难成大事，而胆大妄为的东方朔敢在皇帝和神仙面前放肆，他的生活也是很洒脱的。

对于东方朔偷取蟠桃一事，还是有据可查的。据说，在宋朝时期，曾在西湖畔的望仙桥附近，一位道士挖到了一块奇异的铜牌，上面的文字隐约可见："我有蟠桃树，千年一度生；是谁来窃去？须问董双成。"每次汉武帝吃完蟠桃就会把桃核收集起来。根据记载称，那些蟠桃核长有五寸，宽四寸七分。由此可见，这些桃核都这么大，那蟠桃有多大也就不难想象了！据说，这些蟠桃核还一直保存到了明代。

关于王母娘娘和蟠桃仙子的记录在明代以后就再也没有了。但人们对王母娘娘和董双成的样貌都牢牢地记在了心中：西王母是一位法力无边、雍容华贵的中年美妇人，而蟠桃仙子董双成则是一位貌美如花、善良的少女。说不定，人间将来也能有一天种出蟠桃来，这样所有人都能品尝到蟠桃的美味了！

龙生九子

自从黄帝利用各族的图腾拼凑出了龙，它的形象就是中华民族的象征。虽然龙是人们臆想出来的，但这丝毫不影响人们对它的景仰之情。

历来，龙就如同帝王一般高高在上，虽然它不是神，但却有着与神一样的神力。有人说刚开始的时候龙可是生活在九天之上的，可有人说，龙是生活在水里的，四海龙王就是龙的最高权力象征。那么，贵为神兽的龙为什么会镇守人间呢?

关于龙的传说有这样一种说法，他们说是龙见人间百姓疾苦，为了帮助百姓脱离苦海，就派了自己的九个儿子在人间各自镇守一方，守护一方百姓。关于龙的另外一种说法，则和明代的皇帝朱元璋有着千丝万缕的联系。

在元末明初时期，天下频频发生战争，导致百姓流离失所，饿殍遍野，人们的生活苦不堪言。身在天宫的玉帝看人间百姓如此遭难，于心不忍，就派了一名天神，这位天神就是刘伯温，让他带着御赐的斩仙剑，去人间辅佐贤明的君主，一统天下，这样也能结束了战乱，还百姓平静的生活。刘伯温带着御赐斩仙剑对龙王发号施令，想让他帮助自己，可年迈的龙王不堪奔波，再加上公务繁忙，于是就派了自己九个神通广大的儿子前去帮助刘伯温。经过多年的征战，刘伯温在九位龙子的帮助下，辅佐朱元璋登上帝位，就此大明朝建立。

在帮着朱元璋建立明朝后，刘伯温觉得天下大局已定，自己和九位龙子的任务也算圆满完成了，就打算离开回天庭复命。但朱元璋却想着他们这些人都是神仙，英勇神武，如果能把他们一直留在自己身边那不就可以保天下永久的太平了吗？于是朱元璋就想方设法想要留住刘伯温和九位龙子。

于是他就借着修建皇宫的名义拿走了刘伯温的斩仙剑，以此来对九位龙子发号施令。可他们毕竟是神兽，怎会甘心听命于一个凡人？于是，龙子们大发雷霆，呼风唤雨。朱元璋一看此计不行，便决定另谋他法。他知道九位龙子中赑屃的力气最大，便对赑屃说："你自称力大无穷，无人能及，现在我这里有两块神功圣德碑，只要驮得动，我立马就让你们离开！"

赑屃看着两块小小的石碑，哪里会放在心上，丝毫没有犹豫地就驮在了身上。直到这时它才发现，驮着这两块石碑竟让力大无穷的自己寸步难行！关于这两块石碑那可是记录唐太宗和宋太祖两位"真龙天子"生前所做的功德之事，上面还有两位黄帝的玉玺印章，自然沉重无比，而赑屃不过是一只神兽罢了怎能驮得起。

看着自己的兄弟被强行压于石碑之下，其余八位龙子心中十分悲痛。但却不忍抛弃手足，所以决定都留在人间。但它们觉得是朱元璋用卑鄙的手段欺骗了它们，所以就变成了九尊雕像，并发誓永不再现出真身。刘伯温得知此事后，对朱元璋也是十分气愤，便脱离肉身返回了天庭。直到这时，自私的朱元璋才后悔，为了警示儿孙们，就让九位龙子各镇守一方，各司一职，守护世界的和平。

关于这九位龙子，有人说是一位地位超凡、法力无边的龙神，将自身分离出九团能量，通过赋予不同的容貌和法术才有了这九位龙子。想必俗语中所说的"龙生九子，各有不同"就是从这里得来的吧！当然也有人说，这九位龙子乃是龙母所生。虽然说法不同，但对龙子的数量却是一致相同的。

这九子分别叫什么名字？各自镇守着什么地方呢？从一首歌中就能看出来，这首歌是这样的："囚睚嘲蒲五子狻，赑狴负螭九子全。琴剑殿钟炉角烟，重衙碑脊避火安。"关于具体的解释就接着往下看。

龙九子之一：囚牛。它是九龙子中的老大，因为八个弟弟的缘故，囚牛的脾性很是温顺。据说，囚牛不喜欢杀生，不喜欢恃强凌弱，生平最爱的就是音乐。或许这和它那灵敏的耳朵有很大关联吧。囚牛能利用它的耳朵分辨出世间各种的声音，就连生气、愤怒、叹息声都逃不过它那敏锐的耳朵，可它对这些声音很是厌恶，只喜欢那些琴瑟琵琶等各种音乐声，也只有这些才能让它感觉很舒服。因为它对音乐的喜爱，所以常常蹲坐在琴头上欣赏琴声，后来人们就在琴头上雕刻上它的形象，并将这样的琴称为“龙头琴”，用来彰显这琴的优美音色和不凡的品质。并且，不仅是中原的汉族，在藏族、彝族、蒙古族、白族等的一些琴上，也雕刻有囚牛仰头张口、沉醉其中的形象。

龙九子之二：睚眦。一看这个名字，我想大家的第一反应就是会想到“睚眦必报”这个成语，这个成语的意思是指一个小心眼的人，不管事情大小必是有仇报仇，有怨报怨。而这位睚眦据说有着豺首龙身，性格勇猛刚烈，乃是龙子中的战神，非常喜欢打打杀杀。还有人为了形容睚眦生气时那凶狠的铜铃般的眼睛，才有了“怒目而视”这个成语，人们只要看到它生气时的眼睛就会被吓得半死。在刀剑上常常能看到睚眦的身影，也是缘于它的这种性格，有了它，兵器也有了震慑人心的作用。当然，睚眦为龙子之一，所以它的形象更多的是出现在征战沙场的名将和守护宫廷的武器上，震慑之余又增加了几分威严。在帝王们的眼里，一切邪恶都将屈服于睚眦之下。

龙九子之三：嘲风。老三的长相更像一只兽，但它却与自己的父母相差太多，它有着极强的好奇心，总是喜欢趴着向远处望去。所以人们根据它的喜好，一般把它的形象放置在殿台角、屋脊前段等地方，以便对妖魔鬼怪起到震慑作用，同时，雕刻它的形象也能使宫殿、房屋显得更加庄严、气派。一般情况下，檐角的走兽常常是多个不同的走兽排列成行出现，不会单单的就一个，这就使得整个建筑更加生动精巧。有时，还有一位骑着禽鸟的仙人凌驾于它们的头上。在清代，房屋上使用脊兽的数量也有着鲜明的不同，而中国唯一拥有十只走兽的古建筑就是故宫的太和殿。在太和殿的檐角上，“仙人”后面依次为：龙、凤、狮子、天马、海马、狻猊、狎鱼、獬豸、斗牛和行什。处在第二位的就是嘲风。在清代，太和殿乃是地位最高的宫殿，所以这十只神兽全都在此，意味着“十全十美”的意思。而故宫的其他侧殿，神兽的数量都要相应减少。

龙九子之四：蒲牢。蒲牢在性格方面与龙是相差最远的。在人们的印象中，龙都是法力高深、威风八面的，而蒲牢却是个十足的胆小鬼。虽然它生活在海边，却十分害怕样子凶猛的鲸鱼。一旦遇到鲸鱼的袭击，蒲牢就会吓得一动不敢动，只是拼命吼叫着，以此来吓跑鲸鱼。后来，这吼叫就成了蒲牢的毛病，人们根据它的这一习惯就把它雕刻在大钟上，希望大钟能发出更洪亮的声音，并且人们还常常把敲钟的木槌做成鲸鱼的形状，以此来加大钟响的声音。于是，几乎所有的大钟上，都能见到蒲牢的身影。

龙九子之五：狻猊。狻猊长得和狮子有些相像，看起来很是凶猛，但却很懒惰，没事时就喜欢坐着看烟火。所以，佛座和香炉的脚跟上常常装饰有它的雕像。原本狻猊从印度传入中国的时候并非现在的样子，民间艺人为了彰显中国的民族特点才加以改造的。并且，到了明清之际，王公贵族的府邸也开始使用狻猊的坐像来镇守大门，以彰显自己府邸的威武气势。同时，佛教中文殊菩萨的坐骑就是狻猊，至今在五台山文殊菩萨的道场上，还保留着古人供奉狻猊的庙，而这座庙还有一个根据狻猊排行的称呼，名叫“五爷庙”。

龙九子之六：赑屃。赑屃又名霸下，还因为它长得像龟，所以也叫石龟，但它与龟的不同之处就在于比龟多了一排牙齿。众所周知龟的寿命很长，再加上赑屃龙子的身份，所以它就成了吉祥和长寿的象征。但赑屃最出名的，还是它那无穷无尽的力气。据说在上古时期，世间很不太平，就是因为赑屃常常驮着三山五岳到处疯玩，五湖四海才被搅得天翻地覆。后来，在大禹治水的时候也是费了好大的功夫才将它收服，不得已赑屃只能帮助大禹推山挖沟治水。洪水治好后，大禹怕哪天赑屃一时兴起再祸乱人间，就在一块顶天立地的石碑上刻上赑屃帮忙治水的功绩，于是就让赑屃驮着这块巨碑。怎奈石碑太过沉重，从此赑屃就不能随便跑了，只能停留在石碑下苦苦挣扎。所以在后来，只要是一些重要的石碑，在基座上都会刻有赑屃的模样。

龙九子之七：狴犴。狴犴这位龙子长得有点像老虎，并且它还有个名字叫宪章。辨忠奸、明是非可是狴犴的强项，所以在古代的时候，在衙门的大堂两侧、狱门的上部常常能看到狴犴的形象，这时的监狱也因此而叫作“虎头牢”。据说这位龙子不仅喜欢仗义执言，还会秉公断案，明辨是非，再加上它那威风八面的形象，很多作奸犯科之人看到都会望而生畏，所以，狴犴代表着正气凛然，被称为罪犯的克星。在高官的衔牌和“肃静”“回避”牌上也常常能看到狴犴威武的形象。

龙九子之八：负屃。这位龙子的长相比较奇怪，有着龙的身子，却是狮子的头。可以说其他的龙子都是在武的方面有功绩，而这位龙子所喜欢的事就文雅了许多，它对书法很是钟爱，还偏偏喜欢的是碑文。或许在负屃的认知里，感觉碑文更能彰显汉字的艺术风采。所以，古代的石碑上有负屃缠绕下有赑屃盘卧，两兄弟一起把碑刻烘托得更为精美典雅。

龙九子之九：螭吻。所有的龙子中只有它长着龙头，可它的身子却是鱼身。通常，为了避免火灾，才把螭吻的形象刻在屋脊的两端。据传螭吻是从佛经中的雨神坐下之物演化而来的，能够灭万火。也有人说，螭吻的前身只是一种鱼，而它的尾巴像猫头鹰（也叫鸮）一样，能喷出水来。汉武帝在修建皇宫的时候，大臣们就建议把这种鱼的形象刻在大殿上，以此来避免火灾。大臣们的这一提议得到了汉武帝的赞同，于是就给它赐名叫作“鸮尾”，慢慢地念成了谐音“螭吻”。也有人觉得，螭吻本就是水性，用来避火、镇邪最是恰当。

关于龙九子的形象还有这样一种说法：

长子赑屃，又叫霸下，力大无穷，喜欢搬重物。所以在宫殿、祠堂、陵墓等有石碑的地方出现的居多。

次子螭吻，最喜欢看新鲜，所以就安排在屋脊等地方来镇宅，有时为了压制它的好奇心，还会用一把剑来固定住它，让它心无旁骛专心做事。

三子蒲牢，喜欢嘶吼，用来装饰大钟。

四子狴犴，是正义的化身，疾恶如仇，常为了彰显威严正气而被装饰在监狱、衙门等地方。

五子狻猊，喜爱烟火，还是文殊菩萨的坐骑，与佛有缘，所以常见于香炉、寺庙等地方。

六子饕餮，特别贪吃，出现最多的地方就是夏朝和商朝的青铜器上。据说这个贪吃的家伙，在吃光了所有能吃的东西后，竟然把自己的身子也给吃了，只剩下了一颗头颅，落下了个“有头无身”的名声。也正因为饕餮没有身子只有头，所以样貌很是恐怖。

七子睚眦，脾气暴躁，凶狠残暴，所以为了加重杀气常常被刻在刀剑刃身与手柄结合的吞口处。

八子椒图，长得比较像螺蚌，是最不像龙的一个，性格却十分的温顺。椒图还有个最大的特点就是不喜欢别人进入它的巢穴，所以一般把它雕刻在门环上，防止梁上君子的造访。

九子貔貅，据说这只神兽只有嘴却没有肛门，所以寓意只进不出，被人们视为招财进宝的瑞兽。再加上貔貅命中带火，更是代表财气旺盛的意思。

古代人们对改变世界，可以说是力所不及，所以只能借助这些神话来寄托希望和梦想。关于龙九子的说法各有不同，但唯一相同的就是对美好生活的向往和对恶势力的憎恶。

烟神和火神

相传，烟神和火神本是夫妻，丈夫名为雷豹，妻子叫云仙子。他们的百年好合之约和分别被封为火神、烟神，皆与火有关。

在很久以前，有一个魔王，法力高强，不仅能呼风唤雨还能排山倒海。但再厉害的人也有他的弱点，而火就是这个魔王的克星！因魔王在为数不多的几次受伤中，被火灼伤过，并且伤势也最严重，此后魔王就对火产生了恐惧。虽然火看起来那么柔弱，但威力巨大。

魔王为了避免以后有人用火来伤害自己，也为了自己的称霸时间更长久，费了九牛二虎之力把火困在了自己的魔宫里。身处魔宫的火只能在那个狭小的空间里艰难度日。

从此人间就没有了火。这样一来，百姓就遭殃了，百姓再也不能吃到熟的食物，没有热的水，就连到了冰冷的冬天，还只能用冷水度日。生病、死亡的人数不断增加。这时的人间没有了一点生机，一片死气沉沉。

天宫里善良的三公主在一次偶然路过凡间的时候，看到以前幸福安康、其乐融融的人间，此刻却是死一般的沉寂，顿时觉得人间肯定有难了，于是就派人去查此事，在得知了事情的原委后，三公主很是生气，对这个自私的魔王更是愤恨到了极点。于是，三公主决定亲自去收拾魔王，夺回火，把温暖的生活还给人间。

就在三公主准备走的时候，突然想到自己的三儿子雷豹已经成年，武艺也已修炼得差不多了，却一直没有得到历练的机会。于是三公主临时决定让自己的儿子来完成这个任务，也希望他能在与魔王的战斗中更加成熟、稳练。

三公主把事情告诉了雷豹，雷豹当即发誓一定带回火，否则就永不回天宫。说完这些，雷豹就带着自己的银枪出发了。初来人间的雷豹根本不知道魔王的巢穴在哪儿？这可难坏了他，除了四处询问，他也没有更好的办法。但人间毕竟多数都是普普通通的凡人，只知道再也没有火了，却根本不知道到底是什么原因，所以雷豹不辞辛苦，不断地询问着，却始终没有结果。

这天，雷豹来到一条小河边，看到一位上了年纪的阿婆晕倒在岸边。雷豹快速走上去，这才知道这位阿婆就是因为长时间的影响不良，再加上疲劳才晕倒的。雷豹便用法术唤醒了阿婆，并把她送回了家。到家一看，雷豹才知道阿婆的家人都已过世了，而原因就是长期食用生冷食物而感染了疾病。现在只剩一个孤苦伶仃的老人家，雷豹怎忍心撇下她，所以就留了下来照顾阿婆。

开始的时候，雷豹还在不停地询问魔王的消息，但始终毫无进展。雷豹对找到魔王的希望渐渐泯灭，再说一直陪伴阿婆的雷豹，两人就像母子一样相依为命，雷豹干脆还认了阿婆做干娘。这种平淡的生活使雷豹渐渐忘记了寻找魔王的任务。

他们就这样过了平静的三年，三年后，干娘看雷豹已能独当一面，便想给他娶个媳妇。于是，阿婆就告诉雷豹，让他去东山找雷爷爷，说:“雷爷爷见多识广，一定能帮雷豹找个好妻子！”一听到干娘要为自己娶妻，雷豹这才忽然想起自己神仙的身份和此次来凡间的使命，不由得心中一阵羞愧：我怎能把这么重要的事都给忘了呢？这百姓还在受苦受难，难道就让他们一直过这样的苦日子吗？于是雷豹谢绝了干娘的好意，并说:“干娘，谢谢您的好意，可我本是天上的神仙，此次来凡间就是为了帮大家找回火的。现在任务还没完成，我怎能娶妻呢？”干娘听了，微微一笑，说:“傻孩子，这我都知道，可成亲和找火并不冲突啊！再说你娶了妻子，她还能帮你一起去找，岂不更好！快去吧，你雷爷爷见多识广，一定能帮你的。”雷豹还想辩解，但看着干娘坚定的表情，只好点点头，说:“那好吧，我现在就去东山找雷爷爷，干娘，在我不在的这段时间，您可要好好照顾自己。”看干娘慈爱地答应了，雷豹这才放心地拿着武器，向东山出发。但是，雷豹知道自己来找雷爷爷并不是为了让他给自己娶妻子的，而是听干娘说这雷爷爷见多识广，说不定知道魔王的消息，所以他才来试试看的。

雷豹经过一番长途跋涉后，终于来到东山，找到了雷爷爷。眼前出现的是一位头发、胡子都已花白的老爷爷，但他的精神却很好，看起来一副智者模样。看着眼前的雷爷爷，已经有些失望的雷豹再一次燃起了希望之火。他快步走上去拜见雷爷爷："您好，雷爷爷，是我干娘让我来找您，希望您能告诉我一些关于魔王的消息。"

"嗯？是吗？"雷爷爷笑眯眯地看着雷豹，过了好半天，才问，"你干娘只是让我告诉你一些魔王的消息吗？"虽然这个雷爷爷看起来很慈祥，但他的眼神却让雷豹有些心虚，不得已他只好说了实情："对不起，雷爷爷，我不该骗您。其实干娘让我来，是想让您给我找个好妻子。但我答应过我娘，一定要找到魔王，找回火，现在我的任务还没有完成，怎能成亲？希望您能理解我，帮助我。"

雷爷爷摸摸胡子，哦了一声，沉思了好一会儿，才再次抬起头对雷豹说，"这样，你先到后院的竹林里，把每棵竹子都爬一遍，并且每次都要爬到最顶端，你可别偷懒啊。这件事如果你能做到，我就告诉你一些事情。"雷豹听了雷爷爷的话，感觉他就是在惩罚自己，让自己做些无用功，可出于无奈，只好答应了。于是他就来到后院，开始爬竹子，后院的竹子可真多啊，但雷豹已经答应了雷爷爷，所以没有丝毫的懈怠，一棵棵地爬起来。就这样，这些竹子竟让他花了整整九天的时间，才终于爬了个遍。疲惫不堪的雷豹赶紧去找雷爷爷，希望他能给自己一些提示。

雷爷爷看着完成任务的雷豹笑眯眯地说："真是个不错的小伙子，有毅力！这样，明天中午的时候，你到西边的河畔，那里有一棵大树，树上有一些衣服，你去把那件粉红色的衣服拿走，然后躲在树后的山坡上，等着衣服的主人来跟你要衣服。"雷豹有些疑惑，刚想张口说什么，却被雷爷爷打断了："天机不可泄露，你只要按我说的做就可以了，快去吧！"雷豹只好一脸迷茫地离开，等待着第二天中午的到来。

第二天中午，雷豹来到西边的河畔，找到了那棵大树，果然在树上有好多衣服，雷豹拿走了其中的那件粉色衣服，就在他准备离开的时候，却听到一串银铃般的笑声，雷豹循着笑声发现，有几位漂亮的姑娘正在湖中洗澡嬉戏着。这些女子应该还不知道自己被偷窥了，还在尽情地玩闹着。雷豹立刻就明白了，他拿的衣服的主人应该就是这些女子中的一位。他很清楚自己不该偷看，更不该拿走人家的衣服，可再一想，这也是为了找到魔王的下落，于是咬咬牙，带着衣服就躲到了树后的山坡上。

在太阳快要落山的时候，这些美丽的女子纷纷上岸。只见她们飞身上树，穿好自己的衣服，然后一个个朝天上飞去。难怪她们都如此漂亮，原来都是仙女啊！雷豹心里想着，更加不确定自己做的是否正确。

正想得出神的时候，忽然一个声音传来："哎，那个人！你干吗把我的衣服拿走啊？快还给我！"雷豹向四处望去，这才发现躲在树上的女子，女子用树叶遮挡着身体，满脸通红地跟雷豹说着。雷豹看此情景，也是红了脸，赶紧就要把衣服还给她，可他突然想到，如果把衣服给她，她也飞走了怎么办？自己可是向母亲承诺过，找不回火，就永远不回天宫。为防万一，还是先问她为好！

想到这里，雷豹站起来，结结巴巴地说："想要衣服，你就得先告诉我，魔王在哪？"女子奇怪地问："你找他干吗？他可是个十恶不赦的大魔头！""我是天宫三公主的儿子雷豹，因受母亲之命前来人间找魔王，为了人间的百姓，我一定要找到他，打败他，夺回火，让百姓重新过上安稳的日子。所以如果你知道的话，就请你帮帮我，告诉我魔王在哪儿？我也不是有意拿你衣服的，还请见谅，现在就还给你。"正直的雷豹还是觉得自己做的不妥，把衣服还给了女子。

"原来你就是雷豹啊！关于魔王的消息我还真不知道，不过我相信，雷爷爷一定知道！可是那魔王法力无边，你一个人恐怕不是他的对手，这样，看在你是为百姓的份上，我就帮你一起去夺回火吧！多一个人多一分力量嘛。对了，忘了介绍，我是云仙子。"女子穿好衣服从树上跳了下来，站在雷豹面前笑吟吟地说。

雷豹还真有些不敢相信，自己拿走了人家的衣服，而她竟然还愿意主动帮助自己！激动之下，雷豹赶紧向仙子道谢，并带着她一起去找雷爷爷。

雷豹带着云仙子来到雷爷爷的家，此时雷爷爷正坐在院子里喝茶，看着二人一起归来就发出一阵爽朗的大笑："嗯，不错，好小子，这么好的媳妇都被你领回来了！”雷豹一听雷爷爷的话紧张得不行：“雷爷爷，别取笑我，云仙子只是答应帮我打败魔王的。”再看云仙子，这时仙子脸上明显露出一丝红晕，向雷爷爷盈盈一拜：“谢雷爷爷赐婚。”雷豹这才知道，眼前这位善良漂亮的女子就是雷爷爷为自己找的妻子啊！雷豹看云仙子都同意了，也赶紧向雷爷爷表示感谢。

雷爷爷满意地点点头，收起笑容，一脸严肃地说：“关于魔宫的地址我会告诉你们，但这魔王很是强大，你们一定要小心应付。只有你们齐心协力才能战胜魔王，夺回火。这是地图，你们快去吧！”说完这一切，雷爷爷就不见了，一张兽皮模样的地图缓缓出现在桌面上。雷豹心中大喜，快速查看了一番地图，就带着妻子出发了。

他们整整走了一个月才找到魔宫。一番休整后，雷豹冲锋陷阵，带着妻子闯入魔宫。魔王发现竟有人私闯宫殿，很是生气，大吼一声就冲了过来，雷豹快速上前迎战，还不忘嘱咐妻子好好照顾自己。

魔王的法力的确很强，就算是武艺出众的雷豹也有些招架不住。开始的时候云仙子还不时地出手帮助，两人勉强还能应付，但云仙子的力量很快就用完了，剩下雷豹一人只能被动地防御，没一会儿好几处都受了伤。

就在雷豹快要抵挡不住的时候，传来了云仙子清脆的声音：“十恶不赦的大魔王，去死吧！”紧接着，一团火球不偏不倚地砸在了魔王身上，魔王对火很是恐惧，看到身上的火球，顿时慌了神大叫起来，这时雷豹趁机一枪刺过去，将魔王杀死了。

原来，聪明的云仙子看出自己和雷豹两人根本不是魔王的对手，于是在雷豹还有力气的时候，赶紧去找到火，并把它放了出来，这才救了雷豹。

夫妻俩带着火高高兴兴地回来，把火重新送给了人间，百姓们感激不尽，雷豹和云仙子看着凡人又能恢复以往的幸福生活，心中也是很高兴。而雷豹也终于完成了任务，长出一口气，带着自己的妻子回到了天宫拜见三公主。

三公主看着儿子如此出色地完成了任务，心中很是高兴，更高兴的是儿子还找了这么好的妻子，于是雷豹就被封为了火神，而云仙子则被封为烟神。这就是我们现在常说的烟神和火神，他们的勇敢、善良、舍己为人值得人们永远尊敬。

千里眼和顺风耳

从不同的传说中我们知道了千里眼和顺风耳这两位神仙。据说这两人的长相更是奇特：先说千里眼，这人的头上长着两只角，一张红色的脸，两只眼睛总是瞪得大大的，虽然紧闭着嘴巴，但看着他那双眼睛，还是让人很害怕的；再说顺风耳，这人的长相更是吓人，典型的青面獠牙，再加上那对硕大的招风耳，那样子瘆人极了。虽然他们样貌丑陋，但他们却有着常人所没有的奇异能力，顺风耳对千里之外的任何声音都能收于耳中，而千里眼则是能看到千里之外的细微之物。

大家都认为这两位传奇人物的形象是来源于师旷和离娄。据传千里眼人物的形象来源于离娄，而离娄则是神话故事中的人物，有人说他能看到很远的地方的东西，小到毛发，都能看得一清二楚，所以人们对他的能力也是越传越神，才有了千里眼。而顺风耳的形象来源于师旷，他是一位音乐家，音乐艺术高超，但却双目失明，可能也就是因此，他的耳朵才对声音有了非常灵敏的感知，能听到常人所听不到的声音。

千里眼和顺风耳属于道教的守护神，地位低下，正是因为他们有着常人所没有的超能力，才让他们在古代神话中出类拔萃。关于这两个神奇人物的形象，在很多古代神话小说里都有出现过，他们亦正亦邪，配合着主角演绎了一段段离奇美妙的故事。

神话传说中关于千里眼和顺风耳两位奇神的记载有很多，广为流传的就是下面的这几个。

这第一个故事里，传说千里眼和顺风耳是亲兄弟，千里眼叫高明而顺风耳叫高觉。在远古时代，人们的生活艰辛，各部落间更是战事不断，保护族人中女人、老人和孩子的重任就落在了男人的身上，高氏兄弟当然也不例外，而他们却在一次战斗中不幸双双遇难。

高氏兄弟的魂魄没有了归宿，只能成了孤魂野鬼，兄弟俩为了彼此照应，所以一直没有分开，相互扶持着寻找落脚的地方。当时会法术的人大有人在，兄弟俩为了不被那些法术高强之人打得魂飞魄散，所以勤加练习武艺，并在一次次的实战中提升自己，从而练就了顺风耳和千里眼的奇异能力。原本他们是亲兄弟，在配合上就要比别人有默契，再说现在他们还有了奇异的能力，兄弟联手更是强大，再也没有可让他们忌惮之人了。

后来兄弟俩来到了一个叫桃花山的地方，见此处山清水秀，灵气充足，关键是这里人烟兴旺，住在这里也不至于太孤单，于是两人便决定留下来长居此处。但这两个玩世不恭的家伙怎能平平静静地过日子，为了解除寂寞，两人常常找村民消遣。所谓艺高人胆大，高氏兄弟仗着自己不凡的法力，更加胡作非为，渐渐地竟成了扰乱地方、危害百姓的妖精。

直到有一天，两人遇到一个人，才知闯祸了。

事情是这样的，这天两兄弟闲来无聊，就在山上转悠，忽然看到半山腰处有一位女子，两人便想前去捉弄一番。待两人走上跟前，才看出这女子貌美如花，两人一盘算，便决定强行把这女子带回去做老婆。可谁知这女子却不是普通人，她就是妈祖，堂堂的妈祖竟被两个小妖逼婚，这可真是滑天下之大稽。妈祖因有事路过此地，虽然早就听说这里有两个法力高强的妖精，但妈祖根本没放在心上。只是妈祖还没去找他们，他们却先送上门来了，不得不说，这也太巧了！

妈祖看着这两个狂妄自大的家伙微微一笑，说："这样吧，只要你们能打赢我，那我就乖乖跟你们走，可如果打不过，你们两个就要终生做我的奴隶！"

高氏兄弟一听一个弱女子，怎么可能是他们两个大老爷们的对手，于是爽快地答应了。但经过一场打斗，兄弟俩才知道今天算是遇到对手了，本来妈祖的法力就比他们高许多，再加上他们两个轻敌，妈祖几乎就没怎么出力就将他们打得落花流水，跪地求饶。

妈祖看他们真心悔过，就停住了说：“从今以后你们就是我妈祖的仆人了，要记住一心向善，不可再祸害百姓！”兄弟俩这才知道，这女子原来就是妈祖，现在更是无话可说，只能点头答应，从此追随妈祖左右。

在接下来的这个故事中，两人还是亲兄弟，名为高明和高觉，但事情是发生在商朝末年。这两兄弟天赋异禀，一个能看到千里之外的细微东西，一个能听到千里之外的细微声音，也因此，“千里眼”和“顺风耳”就成了这两兄弟的绰号。

高氏兄弟在商周交战的时候投入了商超的旗下，凭借自己独特的技能，很容易就能偷听来敌军的情况。两兄弟也因此立下了赫赫战功，而对西周来说，他们却成了心腹大患。姜子牙和部将不管商量的什么计划都能被高觉盗听去，并且他们一有风吹草动就能被千里眼高明看到。好像他们的一切都在别人的监视下，这就使得周军很是被动，死伤惨重，姜子牙为此也是心急如焚，却没有良策以应对。

一天，一位随从看姜子牙为了这两人是头疼不已，便安慰道：“那两个讨厌的家伙也就是能听到、看到罢了，只要我们扰乱他们的视觉和听觉不就可以了！”姜子牙一听，顿时感觉灵光一现，计上心来。为了防止计划被偷听，姜子牙什么也没有说，只是走出去，命令众人拿来了军中所有的军旗和战鼓，姜子牙让士兵们列好阵，所有人尽力舞动手中的旗子，还把战鼓敲得震彻云霄。

高明、高觉发现了周军的异常，就出来刺探军情。可谁知千里眼的视线被那些军旗都给挡住了，根本什么也看不到。而顺风耳也被那震彻云霄的鼓声给影响，除了鼓声什么也听不到。高氏兄弟俩顿时感觉有些惊慌，毕竟他们是因为这特异的能力才被留在军营的，如果没有用了，肯定就会被逐出军营！两人越想心里越慌，便用尽全身的力气来刺探消息，突然只听两声凄惨的叫声，鲜血分别从千里眼的眼睛和顺风耳的耳朵里流了出来，就这样他们彻底失去了特异能力。原来，早在混乱之时，姜子牙就派人潜入了商军营地，在靠近商营的地方泼洒狗血，这才使得两兄弟的能力消失。

没有了千里眼和顺风耳的帮助，商军很快就被打得溃不成军。而千里眼和顺风耳两兄弟也在战乱中死去。但他们却是因为受到了姜子牙的计谋才死去的，所以心有不甘，魂魄不肯散去，于是两兄弟的魂魄就留在了桃花山，祸害一方百姓。

后来，善良的妈祖知道了这两个已成为精怪的高氏兄弟的恶行，正义的妈祖便要为民除害，还百姓太平。于是，妈祖就带着铜符长剑上了桃花山。正义凛然的妈祖武艺高强，这两个精怪哪是她的对手，没一会儿两人就无力反抗了。两人见根本不是妈祖的对手，连忙跪地求饶，希望妈祖能饶他们一命，并表示愿意改邪归正，留在妈祖身边马首是瞻。妈祖看两人诚心改过，同时也为了防止他们继续祸乱人间就收了他们，让他们留在自己身边，帮助自己驱邪镇恶，保护百姓平安。

当然也有人说，这千里眼和顺风耳并不是亲兄弟，并且也根本不是人而是妖，各自都有着自己的本姓，千里眼姓金，顺风耳姓柳。他们俩因异能互补就厮混在一起狼狈为奸，加入商营后更是搅得周营不得安生。姜子牙想尽办法却仍是对这两人束手无策。

没办法，姜子牙只好派大将杨戬到金霞洞去请求玉鼎真人的帮助。玉鼎真人看商朝气数已尽，就把这两只妖怪的来历和克制方法一并告诉了杨戬。

杨戬返回周营后，姜子牙便迫不及待地问他可有解决之法，杨戬为了不让顺风耳得知自己的计划，便摇了摇头什么也没说，只命令士兵们列好阵，挥舞旗帜，并敲锣打鼓，用这种方法来干扰千里眼和顺风耳。杨戬等到时机一到，便把玉鼎真人教的方法告诉了姜子牙。

姜子牙听后喜上眉梢，命杨戬立即着手去办。于是杨戬带了三千人马来到棋盘山，拔光了满山的桃树和柳树，都焚烧了。直到所有的树都被拔完烧完，杨戬才带着众人回了军营。

当晚，千里眼和顺风耳就感觉到了事情的异常，于是带人偷偷过来，准备偷袭周营。两个妖精直到靠近周营时，才发现自己的神技统统失效了，一身的法力也所剩无几了。原来，这千里眼和顺风耳就是那棋盘山上的柳树精和桃树精，现在他们的根基已毁，自然活不久了。

其实姜子牙早就料到他们会来偷袭，早早地在附近做好了埋伏，所以商军的人也算是被瓮中捉鳖，全军被俘。对于千里眼和顺风耳，姜子牙更是用打神鞭，将二人打得皮开肉绽，一命呜呼。周营几乎没费劲儿就打了胜仗。

然后的事倒是和前面讲过的有些相似，这两个小妖因心有不甘，魂魄不肯散去，便留在桃花山祸害百姓，正义的妈祖得知后收复了他们，从此他们便跟随妈祖左右，维护世间和平。对于千里眼和顺风耳的形象后人也塑了许多雕像，虽然他们还是那样的丑，但是却很好辨认。千里眼又被称为金精将军，满面红光，头顶还有两只角，他的嘴永远都在紧闭着，因为据说他要吃金子，只要张开嘴，再多的金子也能被他吃光，所以只能永远闭着。而顺风耳又被称为水精将军，大张着嘴，青面獠牙，头顶一只角。据说水精将军只吃水，是洪水的克星，所以不用闭着嘴。

关于最后千里眼和顺风耳分别成为金精和水精将军一事还真有点不可思议。想必是因为人们觉得天赋异能的人结局太落魄也是不好的，也有可能是念在他们后来跟着妈祖为人间造福，才对他们有了敕封。看来人间还是好人多啊！

许由洗耳

在古代的帝王中，尧帝算是很贤能的一位了，在他的治理下天下太平、百姓安居。尧帝看着百姓安居乐业、夜不闭户、路不拾遗很是欣慰，对自己也是非常的满意。

这天，尧帝心情大好外出视察民情，看着百姓们在自己的治理下生活幸福、美满，很是满意。就在这时对面走来一位耄耋老人，在那时长寿的人并不多，所以尧帝对此人的印象尤为深刻，还记得那老人名叫壤父。老人家已经八十岁了，但身体仍然硬朗，只见手里拿着一只瓦盆边敲边唱，慢慢悠悠地散着步。

周围的人看壤父如此快乐，不禁感慨道："尧帝不愧是个贤明的君主，这么大年纪的老人，也能生活得如此健康幸福！"

听了大家的话，壤父有些不高兴了，说："我这么快乐是因为我靠着自己的双手天天日出而作，日落而息，自己养活自己。这跟尧帝有什么关系，他有给我什么恩惠吗？"

尧帝听了老人的话，心里感觉很不舒服，想着原来自己对百姓们来说根本没有多大用啊！经历了打击的尧帝，便想退位，找一位更贤明的人来打理江山，真正地让百姓感到幸福。

许由就是当时很出名的一位贤人。他德才兼备，百姓对他也很是喜爱。也有人说许由原本就是尧帝的老师，尧帝对他了如指掌。所以在观察了一段时间后，尧帝决定把帝位传给许由。并对许由说："我想把天下交给你，因为我觉得你更能为百姓带来幸福。”

许由听后，心中不悦，他只喜欢平静的生活，对政治根本就不感兴趣。于是他就对尧帝说：“天下在你的治理下已经很好了，为什么要让给我？我对这些名利权势又不喜欢。总之我是不会答应的。”说罢，他就趁机逃跑了。许由心里很清楚，虽然自己颇有才华，辅助帝王还是可以的，但真的要让自己治理天下，那可是万万不可的。想必这个道理，应该只有隐士才能明白吧。

再说许由逃跑后来到了箕山脚下，他看这里地处偏僻，但风景优美，于是就决定在这里开始他的隐居生活。尧帝看许由逃走，还以为他只是因为谦虚才不肯接受，所以更加相信许由能够给百姓带来更幸福的生活，于是，便派人四处寻找许由的下落。

人多好办事，很快就找到了许由。来人带着尧帝的命令拜见了许由，还是说尧帝想让许由接管天下，造福百姓。许由一看到那人就知道还是为这事而来的，所以还没等那人说完，就一口气跑到颍水边去洗自己的耳朵，以此来表明自己不愿当帝王的决心。

这时，许由的朋友巢父刚好牵着牛来给牛饮水。这位巢父和许由一样都是隐士，所以两人关系很是要好。巢父看自己的好友趴在水面上却不知在干什么，就好奇地问：“嗨，朋友你在干吗呢？”

许由看来人是巢父，就叹了口气，说出了自己苦恼之事。许由本以为巢父会对他的高风亮节加以赞赏，却不曾想，听了他的话，巢父愤怒地说：“你这就是作茧自缚！你要真是想归隐山林，必定会躲在深山之中，又怎会自己跑到外面显摆，让人家跑到这里找到你呢？被人追到这儿还好意思跟我说！你现在在这洗耳朵，还不把水都给弄脏了，这让我的牛还怎么喝啊！算了算了，我也不跟你计较，以后你也别来找我了，我现在就去上游喂我的牛！”巢父一气之下，牵着牛就走了，从此便与许由断绝了来往。

看着巢父离去的背影，许由竟有些不知所措。他傻傻地站在原地愣了半天，才闷闷不乐地回去了，对巢父所说的话他又怎会不懂呢？如果真的不在乎，就不会放在心里，更不会给自己增添烦恼！洗耳朵虽说是发泄了烦闷，但就其根本还是自己的心不静，才会心烦意乱。

说到这里故事就算结束了，留下的就让世人评价吧！有人觉得许由是假清高，也有人对他的坚持和高风亮节持赞赏态度。其实这也不怪许由，在中国历史上人们对隐士的说法就是众说纷纭，他们追求的是“宁静以致远”，可又会说“学而优则仕”。而那些真正看破尘世真心归隐的，是不会留下痕迹让人们有迹可循的，那些留下名字的，多数都是假清高之人。

或许像许由一样的人，他们是把这种方式作为一种处事策略，方便自己想出仕的时候就能出仕，想归隐的时候就能归隐，生活也会变得更自由洒脱。这个故事主要用意就是为了反映这些文人对仕途的矛盾心理，但这一问题就是到了今天好像也没有找到合理的解释或者答案。也许，生活最佳的方式就是随心而活吧。

干将、莫邪铸剑

传说，在楚国境内有一位非常有名的铁匠，他的铸剑工艺可谓是登峰造极，并且他铸造的剑锋利无比。恰此时有人给楚王进献了一块千年寒铁，于是，楚王就命令干将用这块精铁为他铸造一把宝剑。

干将想尽办法，而这炉火也整整燃烧了三年，却未能把那精铁融化。对此干将很是苦恼，而楚王也已经来了好多次催促，可是精铁不熔，又该如何铸造宝剑呢？这天，干将盯着熊熊燃烧的炉火正发呆，他突然想起自己的师傅当初也是为了铸造一把非常难铸的宝剑，而最终和他的妻子一起跳入火炉来祭剑。干将的师傅已经把毕生所学统统教给了干将，而干将对铸剑也是很有天分，他的师傅对他也是十分的满意。干将一想到师傅，就想难道现在自己也必须要这样才能铸成剑吗？

干将的妻子名叫莫邪，他们夫妻二人一直都是互敬互爱，莫邪对于干将师傅的事自然也是知道的。当她看到丈夫的表情，就把丈夫的心思猜得差不多了，开始的时候莫邪感觉很伤心，就一定要这么做吗？除了这就别无他法了吗？一想到这，莫邪突然拉着丈夫就进了屋，然后拿出剪刀，分别将丈夫和自己的指甲、头发剪了下来，扔进了火炉里。

古人说："身体发肤，受之父母，不敢毁伤，孝之始也。"所以莫邪才想出用指甲和头发代替自己。果然，就在莫邪把那些东西投入火炉后，火势就突然变大了，精铁也开始慢慢熔化。干将心里可高兴了，立刻动手开始铸剑，而莫邪就在他旁边帮他烧火、擦汗。

前面已经说过干将铸剑的手艺堪称一绝，这精铁经干将之手很快就成了一雌一雄两把宝剑，这可是他这一生所铸造的最好的剑！莫邪看着铸好的剑高兴地说："终于可以把剑进献给楚王了，以后我们也就不再受他约束了！"但此时干将仍是愁眉不展。原来，干将对楚王的为人还是很清楚的，他知道楚王在得到剑后，为了不让自己以后再造出比这更好的剑，一定会杀了自己。

莫邪看着心情不悦的丈夫，只是有些惊慌却不知该如何安慰丈夫，这时候他们的孩子已经快降生了，难道要让孩子一出世就失去父亲吗？干将此时表现得很冷静。到了交剑的日子，干将知道这次是躲不过去了，只好对妻子说："可以肯定我这一去必是有去无回。但现在我想把这把雄剑留给我们的孩子，希望在他长大成人后能够替我报仇。记得在他长大后，你就告诉他：出门后看向南山方向，如果在石头上长有松树，那这把剑就在石头后面。还有就是你要好好照顾我们的孩子！"莫邪也是没办法，只能流着泪目送丈夫离开。

不出所料，楚王在拿到剑后，就以干将故意拖延时间为由，下令让士兵杀了他。楚王杀死干将后，开心地拿着宝剑说："从此以后，这天底下就没有谁再有比我这把更好的宝剑了。"干将死后没多久，莫邪就顺利产下一名男婴，取名赤鼻。莫邪时刻记得丈夫的话，好好地抚养孩子长大。时间如流水一般稍纵即逝，很快赤鼻就长成了一个大小伙子。有一天，赤鼻突然问母亲："我的父亲呢？他去哪里了？"莫邪也已感觉赤鼻已经长大了，所以就把干将受害的消息告诉了赤鼻，并把干将临行前嘱托的话一一告诉了他。赤鼻听完早泪流满面："这可恨的楚王，竟然这样杀害我那可怜的父亲！我一定要为父报仇，杀了楚王！"

赤鼻按照父亲的嘱托出门面向南，可他并没有看到山，却的确看到一棵很大的松树，而在松树下就有一块大石。赤鼻就用斧子敲碎了石头，果然在里面找到了宝剑。从此以后，赤鼻为了替父报仇就开始勤加练剑，满脑子都是报仇的想法。

就在赤鼻整天苦苦练剑的时候，那楚王却一连多日梦到一个少年提着宝剑怒气冲冲地前来找他索命，还口口声声说要为干将报仇。楚王害怕极了，于是就派人去查和干将有关联的人。经查，当年干将铸剑的时候共铸成了两把，并且在他死后，他的妻子还为他生了一个儿子。而干将留的那把剑正由他儿子使用，他的儿子也正在勤学苦练，想杀了楚王为父报仇。

楚王听了这些，自然吓得要死，于是就用千金悬赏赤鼻的人头，另外命令侍卫追杀他，还命令城门守军严加盘查，以免让赤鼻混进城来。赤鼻虽有一腔热血，但毕竟还少不更事，面对这样的追捕只好逃进大山深处。赤鼻觉得这样一来为父报仇就有些希望渺茫了，所以很伤心，就连练剑也是无精打采的。

一天，赤鼻正在树下一边唱着悲伤的歌一边擦拭着他的剑，忽然来了一位壮士，对他的歌声很是奇怪，就问道："年轻人，你年纪轻轻为何会唱如此悲凉的歌曲？"

赤鼻一听感觉更伤心了，泪水不由自主地流了出来："你可听说过干将？早在十多年前，他为楚王铸好了宝剑却被楚王杀死。"赤鼻一看那壮士点头，就哭得更加伤心了，他恨恨地说："其实，我就是干将的儿子，我父亲临终的时候让我为他报仇，可现在我根本连接近楚王的机会都没有，更别说杀了他。"

赤鼻的话让壮士十分同情他，于是就决定帮他报仇。壮士告诉赤鼻："楚王用千金悬赏你的头颅，如果你相信我，就请把你的头颅和剑都给我，我会帮你报仇。"

"你愿意帮我报仇，这是真的吗？"赤鼻欣喜若狂地看着壮士，见壮士坚定地点了点头，赤鼻"扑通"一声就跪下给壮士磕了个头，"那就拜托你了！"然后想都没想，提起宝剑就将自己的脑袋割了下来。

壮士捧起赤鼻的头和宝剑，说："你就放心吧！我一定替你报仇。"于是就带着这些下山了。

壮士来到楚王的宫殿，向楚王献上了赤鼻的人头和宝剑。赤鼻因死不瞑目，所以怒目圆睁，楚王看得心惊胆战，但还是看出他就和自己梦里的少年是一样的。这一来楚王才真正放心了，还将赤鼻的那把宝剑赐给了那名壮士。残酷的楚王为了庆祝赤鼻被杀，还命人将赤鼻的头放到大鼎里去煮，其实这也是他想克制赤鼻的灵魂罢了。

就这样赤鼻的头颅被放进大鼎煮，可奇怪的是一连煮了三天三夜赤鼻的头竟还是完好无损。于是那名壮士就告诉楚王："您是九五之躯，具有很强的震慑力，如果你能亲自去看看，说不定他的头就能煮烂了！”楚王对此也很是诧异，于是就亲自来到鼎边，当他伸着脖子往大鼎里面看的时候，那壮士迅速拔出宝剑，手起剑落，楚王的头就掉进了大鼎里。

所有卫兵见此情景都很惊愕，快步上前想要抓住那名壮士，可还没等他们到跟前，壮士就用手中的宝剑将自己的头颅也砍了下来，也掉进了大鼎里。这时再看鼎里，那三颗头颅已都被大火煮烂，根本分不清谁是谁的。于是人们只好把三个头颅一起和楚王的身子埋葬。壮士为了兑现对赤鼻的承诺竟付出了自己的生命，而赤鼻也算为父报了仇。而那两把宝剑却被留了下来，人们分别称它们为干将和莫邪。

这个故事是个悲剧的复仇故事。还有另外一个版本，则是讲述了干将和莫邪之间那可歌可泣的爱情故事。

传说，干将、莫邪这对夫妻彼此间相敬如宾，相亲相爱，是一对人人羡慕的鸳鸯。据说干将是一个铁匠，勤劳能干，而他的妻子莫邪温柔体贴，在干将干活的时候，她就在一旁为他烧火、扇扇子、擦汗。

因干将的技艺高超，于是楚王就让他为自己铸剑。可这一眨眼，就过去了三年，这剑还是没能造出来，因为那火炉里的金铁之精根本就没有熔化。这些金铁之精来源于巫山六合，想要炼化是非常艰难的，事到如今干将也是没了办法只能叹气。莫邪看着丈夫愁眉不展、整天闷闷不乐的，不禁暗自流泪。如果这金铁之精不熔化，楚王交给他的任务就无法完成，这样一来，楚王一定会杀了他，一想到这些，十分爱丈夫的莫邪怎能不心痛呢？这晚，莫邪为干将做了许多菜，还温了酒，说是给丈夫放松一下。这段时间干将为了铸剑之事的确累得筋疲力尽，于是在妻子的安慰下，干将好好吃了顿饭，还喝了不少酒。醉意朦胧中，干将只记得莫邪那如花的笑脸。

第二天一大早，干将就起来了，因为他还在为金铁之精的事担心着，可此时却发现没有了妻子莫邪的身影。再一回想昨晚妻子的种种反常，干将似乎想到了什么，变得害怕紧张起来。他快速跑到铸剑炉边一看，果然，莫邪就像一个仙女一样站在旁边，她应该精心给自己打扮了一番，换上了平时都不舍得穿的长裙。

瞬间，干将觉得万箭穿心，声嘶力竭地喊："莫邪……"

在古老的传说中，据说精铁是有灵性的，如果想要炼化它，就必须以人身来祭奠它，而莫邪就是因为看那金铁之精始终不化，才决定帮助干将用自己来祭炉。干将一时疏忽，竟没有看出妻子的想法，妻子为了自己而跳入火炉，怎能不让他心痛？

莫邪含情脉脉地看着干将，虽然在笑可眼角却流着泪，说："干将，我不会死的，我会永远和你在一起……"说罢，就跳入那滚滚的炉火之中。干将也只能眼睁睁地看着妻子跳入火海，却无力挽回。

在莫邪跳入炉火后，那精铁就熔化了，干将靠着自己高超的技艺很快铸成了一雄一雌两把剑。为了怀念已故的妻子，干将就把这两个宝剑分别取名为干将和莫邪，并且在给楚王献剑的时候只是送了雄剑"干将"。可没多久，楚王就知道了干将私藏"莫邪"宝剑的事，楚王愤怒不已，于是就派人追杀干将。

干将知道自己哪是那么多士兵的对手，只好束手就擒。于是他打开剑匣看着"莫邪"剑，悲伤地问："莫邪，究竟我们要怎样才能在一起？"忽然，"莫邪"剑跳出剑匣，变成一条美丽的白龙，带着干将飞腾而去。

后来在千里之外的一个荒凉贫困的县城，有个叫延平津的大湖里，突然就来了一条美丽的白龙。这条白龙十分的善良，自从它来之后，常常为百姓呼风唤雨，使得这个贫穷的县城变得谷物满仓，于是人们就把这座县城改名为丰城，代表丰收的意思。

但是人们常常看到这条善良的白龙独自在延平津的湖面上失神地观望着，满眼还噙着泪水，好像在等什么。百姓们看了它那哀伤的眼神都会觉得伤心不已，却不知该如何帮它。

就这样过去了六百年。这一年，丰城县令看县城的城墙太过破旧，就想重新翻修。可在修筑的时候，人们从地下挖出一个石匣，打开里面竟是一把宝剑，剑身上还刻有"干将"二字。县令很是高兴，要知道这可绝对是把绝世好剑！于是县令就天天带着这把剑。

一天，当他路过延平津湖畔的时候，突然腰上的佩剑发出蜂鸣声，然后自己蹿出剑鞘，跳进了湖里，正当县令惊讶之时，只见湖面翻滚着浪花，瞬间出来了一黑一白两条龙。两条龙还不断向县令致谢，然后互相缠绕着沉入了水底。

从此以后，丰城的百姓就发现，那个经常出现在延平津湖面上等待了几百年的白龙忽然不见了，而小城里却新来了一对十分恩爱的小夫妻。丈夫是个很优秀的铁匠，铸造技术可以说是到了登峰造极的地步，可他只是打造一些农具，不肯打造那些价格更高的兵器，而他的妻子平时就是拿着扇子，帮他扇扇子、擦汗。

十八层地狱

对于人来说，生老病死那是自然之事，所以人们在解决了基本的生存问题之后，一旦有亲人离开自己，就会不由自主地思考关于“死亡”的问题。人死后就真的什么也没有了吗？而佛教和道教都认为，人是有灵魂的，人的死亡只不过是肉体的死亡，灵魂是不灭的。善良之人死后灵魂便可以进入天堂，而那些邪恶之人死后，灵魂就会去一个特别的地方，那就是地狱！

据传，地狱是地府的一部分，地府由阎罗王管理着，而地狱则由他下属的十八位判官来帮忙打理着。那么相应地，这地狱就分为十八层，并且每一层都比上一层在地势上更低，并且灵魂所受的惩罚也会更严重。在惩罚的程度上可谓是上一层的二十倍，并且受惩罚的时间也会延长一倍。

举例来说，假如第一层地狱的一天是指人间的三千七百五十年，同样一月为三十天，而一年有十二个月。而那些邪恶之人的灵魂在这里就要赎罪一万年，这样算下来，这一万年的时间就相当于人间的一百三十五亿年。而第二层地狱的一天就是指人间的七千五百年，那些邪恶之人的灵魂要在这里赎罪两万年，也就是人间的五百四十亿年。以此类推，到第十八层地狱的时候，那些罪恶的灵魂几乎就要永生永世待在这里受苦，永远不得再世为人。

或许这种说法是有些夸张，但再想这十八层地狱的传说不过是想让人们心存畏惧，也是为了规劝那些邪恶之人能够放弃邪念，多为人类作贡献，要心存善念。以免做了恶事，就要到十八层地狱里受尽折磨。

其实在佛教文化里，所谓的“十八层地狱”，并不是说这地狱就像高楼一样有十八层。其实在地狱里是没有层次之分的，而它只是以区域的大小或者惩罚的方式来区分，世人认为它是高楼式的不过是误解罢了。据说，在这十八层地狱之外还有一个叫作无间地狱的，不管是谁只要来到这个无间地狱，就要不停地受苦受罚，一分一秒也不能耽误，所以这个无间地狱也被称为永世不得超生的地狱。

不管是哪种说法，这所谓的十八层地狱却是一样的。那么关于这每个区域的惩罚又是怎样不同的呢？

传说第一层为拔舌地狱。这里关押的都是那些平时爱嚼舌根、油嘴滑舌、喜欢挑拨离间的人，还有那些爱狡辩、爱撒谎的人。在这里，如果那些罪恶的灵魂不肯自己领罪，就会有专门的小鬼负责掰开他们的嘴，然后用冰冷的铁钳夹住他们的舌头硬生生的给拔下来。而且，通常他们还不是一下子就给拔出来，而是会一点点地把舌头拽出来，直至全部拔掉。听起来好像很残酷，但你要知道这拔舌可是十八层地狱里最轻的惩罚了。

第二层为剪刀地狱。在今天看来这个地狱的设置似乎让人觉得有些不可思议，但这和古代那提倡贞节烈女的时代，却有着很大的用处。因为这剪刀地狱就是专门给那些教唆别人改嫁或者给他们牵线搭桥的人所设。这样的人一旦到了这里，就要被小鬼用大剪刀把十根手指全部剪掉。其实在古时候，那时的医疗条件不是很发达，所以男子早死也属正常现象，可就因为所谓的贞节，导致那么多的妙龄女子终身守寡，孤独终老！

第三层为铁树地狱。这里所说的铁树，应该就是一个铁架子，不过外观上像树罢了，但不同的是那上面的“树枝”，都是无比锋利的刀剑。只有那些生前挑拨过骨肉亲情、夫妻关系等致使人家不和的人的灵魂才会来到这里。这些人在死后，地狱里的小鬼就会用树上的利刃从他们的背后刺入，然后把他们吊在铁树上忍受锥心刺骨之痛。能够看出，古人对家庭的和谐、亲人的相爱还是很看重的。

第四层为孽镜地狱。从这层地狱名字里的“镜”字，让人不禁想到天宫的照妖镜。而在这层地狱里也的确有一面镜子，这面镜子能够照出所有人这一生的真实情况。即便他们在生前用谎言将自己的罪行掩盖了，可一旦到了这孽镜地狱，所有的行为都会被照得清清楚楚，自然躲不过地狱的惩罚。

第五层是蒸笼地狱。一说蒸笼我想大家第一想到的应该就是家用的蒸馍头、菜肴的蒸具。不过这地狱的蒸笼可是数不胜数。来这里的灵魂都是一些平时喜欢东家长西家短、喜欢得理不饶人的。这些人和前面讲的第一层地狱的那些长舌妇有些类似，虽然他逞了一时之快，却不知他的一句话让别人如何的痛苦。再加上一些人喜欢陷害诬蔑他人，这样的后果可能就更严重了。所以，他们的灵魂就要被打入蒸笼地狱，投进去好好蒸煮一番。然后再经冷风吹晾，人身修复后，他们还要被带到第一层地狱接受拔舌之苦。

第六层为铜柱地狱。估计看过《封神榜》的人，都会对那昏庸无能的商纣王和蛇蝎心肠的妲己所发明的炮烙之刑记忆犹新。所谓的炮烙，就是把犯人绑在一个巨大的空心铜柱上，然后架起大火把铜柱烧得通红，就这样上面的犯人被活活烧死。而铜柱地狱的刑法和炮烙之刑基本上是大同小异的，对于那些罪恶的灵魂，小鬼们会强行扒掉他们的衣服，然后让他们抱着一根直径一米、高两米的空心铜柱。之后那些小鬼就会往铜柱筒里不断地添加炭火，把铜柱烧得通红，而那铜柱上绑着的人就忍受着这火热的炙烤。一般来这里的灵魂都是一些生前曾故意放火，或者用火来销毁罪证。

第七层叫刀山地狱。来到这第七层地狱的灵魂一般都是那些生前杀生的人。一般人们认为杀牛羊这些牲畜是没关系的，只要不杀人应该就没事，可在地狱里，任何有生命的东西都是不分高低贵贱的，哪怕你就是杀了一只羊或者一条狗，在地狱也要受到刀山地狱的刑法。那到底什么是刀山地狱呢？所谓的刀山地狱就是用锋利的刀堆起的山，让那些罪恶的灵魂赤身裸体地爬过刀山，而需要爬的时间的长短则是按照他们罪恶的程度来判断的，甚至有些人就只能永远在刀山上了。从这里就可以看出，为什么佛教是提倡不杀生的。

第八层为冰山地狱。在这里只有痛苦的鬼哭狼嚎，根本不会有“泰坦尼克”号上的浪漫故事。来到这一层的灵魂一般都是那些不孝不善、不仁不义，还嗜赌如命的人，另外还有那些怀了身孕却恶意堕胎，或者与人通奸谋害亲夫的女人。一旦来到这里，那些小鬼们就会扒光他们的衣服，然后把他们赶到冰山上忍受寒冰之苦。从这些就能够看出，冰山地狱就是强调孝悌之义，以及古时女子对丈夫的无条件服从。但在今天，那些女性的三从四德已经不复存在，但关于孝悌之义，还是要时时牢记于心。

第九层是油锅地狱。来到这里的通常是那些欺软怕硬、卖淫嫖娼、污蔑诽谤、强抢劫持、坑蒙拐骗之人的灵魂。一旦他们到了这里就会被扒光衣服然后丢进滚烫的油锅不断翻炸。对那些罪孽深重的人，还会在翻炸之后捞出来丢在一边，一旦等他恢复得差不多了再扔进油锅继续翻炸，就这样反反复复的，直至能把他的罪孽消尽为止。

对于上面所讲的这九层地狱，也被称为东地狱，虽然里面针对的有些罪行是一样的，但这也是为了督促那些作恶之人能够弃恶扬善。前面已经说过地狱共有十八层，那另外的九层就被称为西地狱，而这西地狱更是残酷不已。

第十层为羊坑地狱。顾名思义，羊坑肯定和羊离不开，据说这羊坑里可是养着无数只的盘羊。而这羊坑地狱就是为那些在人间时随意宰杀牲畜并以此为乐的人，再者就是那些把自己的快乐建立在别人的痛苦之上的人。到了羊坑地狱那些小鬼就会想尽一切办法来折磨你，让那些盘羊用蹄子踩、用犄角顶，或者直接用嘴啃咬。也许有人会说这盘羊有什么可怕的，是的，一只两只是不可怕，但成千上万的盘羊可就让你招架不住了。尤其是被那些一向性格温顺的羊摧残，对心灵也是种不小的打击。

第十一层叫作石压地狱。在古代，医疗条件水平不够，那时人们的生活也很艰苦，所以生下来不健康的孩子也会多些，而那些生下不健康或者痴呆、残疾的孩子的家庭一般都会认为，这样的孩子只会加重他们生活的负担，所以这些孩子一般都会被溺死。再者就是那些有重男轻女思想的人，为了要男孩更是不惜把刚出生的健全女婴杀死。这第十一层地狱就是为那些刚出生就被以各种理由杀害的无辜可怜的婴儿申冤泄恨的地方。在地狱就连动物的生命都是珍贵的，更何况人！所以那些狠心杀死婴孩的人死后就会来到石压地狱，被投进一个方形的大石槽里。在石槽的上方有一个用绳子吊着的巨石，一旦人被放进石槽，小鬼就会砍断绑着的绳子。且不说那巨石的重量，单是那巨石下降的瞬间就会把人吓得半死。

第十二层是舂臼地狱。大家都知道舂臼就是古代用来舂米的工具。所以不难猜出这层地狱就是为了惩罚那些浪费粮食的人的。甚至，一些在吃饭时说了污言秽语，或者有泼妇骂街一般的行为的人，也要到这层来接受地狱的折磨。他们会被放到臼里一下一下慢慢地舂，以承受连续不断的痛苦折磨。

第十三层为血池地狱。来到这里的人都是那些在人世间不恭敬长辈、父母，对人不友善，走邪门歪道的人。这些人死后就要被带到这血池里泡上一泡，不过你可不要觉得像泡澡一样，那血池里面可是滚烫的血浆，会把人煮得像条可怜的、离开了水的鱼。但是也有人说，这层地狱是专门给那些对佛不敬，侮辱甚至弑佛的人所准备的。

第十四层叫作枉死地狱。那枉死到底是什么意思呢？大家理解的枉死应该就是被冤枉而被错杀之人。如果真的是这样的人，来到地狱受苦岂不说不过去了。所以，在这里的枉死有着不同的解释。人生在世短短几十载，从母亲辛苦生下来的那刻起，就会受到父母无微不至的关怀直至长大，可这漫长的时间并非易事。所以说不管是谁都有保护好自己的权利，可有些人稍有不如意，或者觉得生活困苦就选择自杀，如：服毒、上吊、割腕、跳河等。对这些人阎王可是很不待见的，既然你觉得活着的时候过得艰难，那就也让你觉得死也并非那么简单！阎三就把这些人带到这枉死地狱受苦受难。所以这层地狱旨在劝慰人们珍爱生命，反思自己。

第十五层为磔刑地狱。所谓“磔”，就是裂解，古时在祭祀中多用来磔裂当作祭品的牲畜等。磔刑和车裂有些相似。既然能用到如此残忍的惩罚，可以想象犯罪之人的罪过该是多么严重，不过对于详细的责罚我们也不太清楚，所以在这就不多做陈述了。

第十六层为火山地狱。据说来到这里的都是那些生前损人利己、假公济私、贪污受贿、杀人放火，无恶不作的人。由此可知这些人所犯罪过都是不可饶恕的。一旦他们来到这火山地狱，小鬼们就会把他们的灵魂赶进火山，一直“享受”那熊熊烈火的焚烧，虽然一直被烧但却不会死，所以他们被焚烧的时间也是永久的。还有记载称，那些犯戒的和尚、道士也会被带至此处。可能这火山就是为那些越轨之人准备的，所以说人生在世就要安安分分，做力所能及的事。

第十七层叫石磨地狱。这一层和第十六层地狱在惩罚的类型上有些相似，而来到这层的多数是那些习惯小偷小摸、欺压百姓、贪污之人。这些人一旦来到这里就会被送进石磨，然后被碾压成肉酱，之后还能自行恢复被再次碾压。大概这层地狱是最能让百姓解恨的了。

第十八层是刀锯地狱。来的人主要是那些欺上瞒下、奸诈狡黠、偷工减料的买卖人。来到这里后小鬼们就会把他们五花大绑在木桩上，然后就钝锯施刑。试问这切肉磨骨的痛有几人能忍受？

在印顺法师的《成佛之道》中还存在着另外一种说法，他认为地狱应该分为四大类：

八大地狱：据说在这里到处都是熊熊大火，炽热得让人难以忍受，所以这八大地狱也叫作八热地狱。那些想要成佛之人就必须历经这八大地狱的磨炼，因为这是成佛之道的根本。而无间地狱就是这八大地狱的最底层，也叫阿鼻地狱。

游增地狱：据说，在八热地狱里的每处都有四扇门，而每一扇门后面还有四个小地狱，所以就共有一百二十八地狱。如果能够从八热地狱出来，接着就要依次到这一百二十八地狱里“游历”，所以称为游增地狱。

八寒地狱：有热就有寒。而这八寒地狱就是汇聚了尘世间最为阴冷的寒气，所以是极其寒冷的，来到这里的人都会被冻得全身麻木，毫无知觉。

孤独地狱：人世间最可怕的就是孤独，它是一种发自内心的恐惧，它像有一只小老鼠噬咬着你的内心，你的灵魂，让你想躲也躲不掉。所以说这孤独地狱又叫人间地狱，需要受此难的人就要在人间的山间、江边等一些非常偏僻的地方，度过一段十分孤独的时光。

印顺法师所认为的地狱就是包括这八大、游增、八寒、孤独。

出于对《西游记》的热爱，顺便提一下《西游记》中关于十八层地狱的描述，人们通过这短短一段歌诀，就能认识到地狱真实的面貌：

吊筋狱、幽枉狱、火坑狱，寂寂寥寥，烦烦恼恼，尽皆是生前作下千般业，死后通来受罪名。

酆都狱、拔舌狱、剥皮狱，哭哭啼啼，凄凄惨惨，只因不忠不孝伤天理，佛口蛇心堕此门。

磨捱狱、碓捣狱、车崩狱，皮开肉绽，抹嘴龇牙，乃是瞒心昧己不公道，巧语花言暗损人。

寒冰狱、脱壳狱、抽肠狱，垢面蓬头，愁眉皱眼，都是大斗小秤欺痴蠢，致使灾屯累自身。

油锅狱、黑暗狱、刀山狱，战战兢兢，悲悲切切，皆因强暴欺良善，藏头缩颈苦伶仃。

血池狱、阿鼻狱、秤杆狱，脱皮露骨，折臂断筋，也只为谋财害命，宰畜屠生，堕落千年难解释，沉沦永世不翻身。

龙头金钗

中华民族历来都是把龙作为图腾，而龙也有着不同的意义。它不仅可以代表皇权，象征着无可替代的地位和身份，而且还可以代表飞黄腾达、吉祥如意，代表着人们美好的意愿，代表海中的最高权力者，以保证给人们带来风调雨顺、丰收……所以，在中国古代的诸多神话小说里，龙的身影总是此起彼伏，通常它也能给人们带来幸福和希望。下面要说的这个故事就是讲龙是如何帮助人类的。

从前有个田坳村，这个村地理位置优越，村前是一片茫茫无边的大海，村后是青山绿水环绕。而要说的故事就发生在这个村。因这个村地处海边，所以无穷无尽的海资源养活了居住在这里的世世代代的人，虽然大海养育着他们，但他们也曾因大海而丧失好多人的生命，即便这样，他们对大海还是一如既往的喜爱。在这个村子里住着一对兄弟，老大叫大郎，弟弟叫二郎。苦命的兄弟俩很早就没有了父母的照顾，两人相依为命。庆幸的是兄弟俩都很勤奋，并且兄弟情谊深厚，生活也还算可以。

海边的土地不是很肥沃，所以村民们每到晚上的时候，就会把那些前来上岸觅食的小虾蟹抓来，埋在地里当肥料。这种方法、勤快的兄弟俩自然也是心知肚明的。在一个晴朗的夜里，这时的番薯正在生长期，需要更多的养分才能长得更好。

于是，兄弟俩趁着月色，带着扁担、箩筐就去海边了。大郎走在前面，用扁担在地面上不断敲打着，沙下的沙蟹一个个都跑了出来，二郎就跟在后面捡。慷慨的大海赐予了田坳村数不清的财富，沙蟹、红钳蟹之类的更是数不胜数，兄弟俩看着收获满满，干劲更大了，没一会儿二郎就捡了满满两箩筐。

善良的二郎看大哥敲得有些累了，便跟大哥说："大哥你先歇会儿吧，我去把这两筐先挑回去埋在地里，再过来捡。"说罢，二郎就挑着那满满的两筐虾蟹往自己的番薯地走去。

二郎这一去一回可是一刻都没敢耽误，就是想能多捡些，可等他急急忙忙赶回来的时候，却发现大哥不见了，二郎在附近找了又找，可始终没有大郎的影子。会不会是大哥先回去了？不应该啊，大哥那么勤奋，怎么可能先回去呢？会不会是大哥不舒服这才回去了呢？想到这里，二郎就赶紧往家赶。但到家一看，屋里也没有大郎的身影，二郎不死心又去番薯地找了一番，可还是没有大哥的人影。

大哥到底去了哪儿呢？二郎虽然心急可也是没办法，都快急哭了。过了好一会儿，二郎忽然想起村里最聪明的老公公，于是就想试着去问问是否有大哥的消息。

听了二郎的话，老公公想了好久，才说："其实这海里有一条千年黑鲨鱼，性情极为残暴，经常会到海边来吃人。你的爷爷和父亲都是被它吃掉的，我想大郎估计也是遭此横祸。"

二郎一听，顿时气得火冒三丈，同时也感觉心痛不已，好一会儿才缓过神来。他气愤地说："这个可恶的黑鲨鱼害我家破人亡，我一定要为家人报仇，免得它以后再出来害人！"

老公公看二郎去意已决，就告诉他说："单凭你现在的本事想要报仇，应该很难，要不你去龙山湾求龙公主帮忙吧！她为人还是很善良的，应该会帮你。"

二郎听了老公公的话，拜谢了他便回家收拾行李准备去龙山湾找龙公主。他爬过一座山，翻过一道坳，终于到达龙山湾。只见这龙山湾里有个巨大的龙潭，二郎猜想龙公主应该就住在里面！但是二郎走近一看却犯了愁，因为这龙潭黑黢黢的没有一点亮光，根本不见潭底，二郎靠近用手摸了一下潭水，刺骨的凉意顿时涌了上来。

这该如何是好？二郎一筹莫展地看着这龙潭，在龙潭周围走了一圈又一圈，想到自己可怜的大哥，忍不住掉下了眼泪。泪珠滚落进龙潭，这龙潭就发生了变化，闪过一道亮光，一座金碧辉煌的宫殿出现在了水面上。二郎一看，喜上眉梢，快速爬起来冲进了宫殿。

这可是龙公主的宫殿，自然奢华，二郎走进去才发现里面有很多房间，每一面墙壁都是用水晶砌成的，熠熠生辉、光彩夺目，煞是好看。墙壁上还挂满了各种珍珠翡翠、珊瑚，把整个宫殿装饰得更加富丽堂皇。

看到这一切，二郎竟有些不知所措了，于是就朝东边找去。看来看去，他感觉每个房间都是一样的，一时间他也不知该进哪一间了。就在这时，他突然看到一道红光从一间房子里发出，于是他就走了进去。

原来，这里只是一个巨大的蒸笼，热气腾腾的烟雾正在往外冒着，一条全身通红的火龙攀附在蒸笼的外面。火龙看有陌生人闯入，就很生气，朝二郎“呼”的一下喷出一团白雾。哎呀，这滚烫的雾让二郎感觉很不爽，于是顺手抓起一只水桶，泼向了火龙。火龙属火性，对水自是害怕不已，看到二郎朝自己泼水，就害怕的赶紧逃走了。

二郎走了这么久都没吃过东西，现在这蒸笼里正冒着香气，于是就毫不客气地打开想要填填肚子。只见这蒸笼里满是鱼虾，已经蒸好了，于是二郎便拿出吃了起来。这鱼虾可不是一般的鱼虾，只见二郎每吃一口，身体就长高一些，力气也变大一些。所以在他美美地吃好后，他已经长成了一个高高大大的壮小伙儿。

填饱了肚子的二郎开始了继续寻找龙公主的任务。这次，他改变了寻找的方向，向西而去。没走多远，二郎就听到美妙的音乐声，还有女子的欢笑声。顺着歌声传来的方向，二郎看到了一处小宫殿，向里看去，只见一群穿着五彩盛装的姑娘们边唱边跳，正玩得起劲。心急的二郎对这优美的歌声和曼妙的舞姿都没有心思，他一心想找到龙公主救出大哥，于是就大胆地喊了一声：

“都别跳了！你们有谁知道龙公主在哪儿？”

这突如其来的一声巨吼着实把姑娘们吓了一跳，纷纷朝门口望去，只见一位英俊的少年在此，都嬉笑着大声说：“龙公主现在不在，不如来陪我们跳舞吧！”

二郎一听龙公主不在，便想转身离去，可就在这时，传来一个清脆如百灵鸟一般的声音："二郎请留步！"

二郎回过头看，只见两名宫女簇拥着一位貌似天仙的女子，旁边的姑娘悄悄告诉他，这就是龙公主。二郎这才明白过来，赶紧上前叩拜。

龙公主将二郎扶起，问："对于你此行的目的，我已知道，但我要告诉你，那黑鲨鱼可是十分残暴的，你就一点儿不怕吗？"

二郎摇了摇头，说："为了给父兄报仇，也为给乡亲们除去一害，就算要我死，我也万死不辞！"

龙公主听了，微微一笑，就从头上拔下一支金灿灿的龙头金钗交给了二郎，说："你把这个带上吧，必要时它会帮你的！"

二郎接过金钗，叩谢了龙公主，便立即离开了龙宫，去找黑鲨鱼报仇了。

二郎来到海边，看着一望无际的大海，又开始犯愁，这么大的海，谁知道黑鲨鱼躲在哪里？要是有条路指引我找到它该多好啊！这些疑问在他脑中慢慢闪过，就在这时，龙头金钗发出金光，而那无边无际的大海也自动分开，露出宽阔的大陆。二郎很是高兴，心想这龙头金钗果然非同凡响。

二郎沿着大路跑起来，也不知跑了多久，累得筋疲力尽，没办法才停了下来。在他停留地方的附近刚好有一个沙丘，二郎就坐在上面观察着。可没一会儿就发生了奇怪的一幕，那沙丘竟然动了起来！这到底是怎么回事呢？待二郎定睛一看，这才发现原来那沙丘就是黑鲨鱼的藏身之地！它睡醒了，抖动了身子，自然沙丘就动了。

还没等二郎反应过来，那眼疾嘴快的鲨鱼就一口把二郎给吞进了肚子。黑鲨鱼肚子里一片漆黑，什么东西也看不见，关键还憋气。二郎只能拿出龙头金钗，来为自己照亮。等四周的光线慢慢亮起了，二郎才发现自己的大哥大郎也昏睡在里面。二郎看到大哥激动不已，快速扶起他来，摸摸他的身体，还存在着生命的迹象！原来这黑鲨鱼可是一口吞下了大郎，现在还没开始消化呢！二郎再次取出龙头金钗，在大郎的心窝上照了一下，就这样大郎慢慢恢复了体力，活了过来。

二郎一看大哥活了过来很高兴，还没等大哥问他，他就急忙说道："大哥，我来救你了，别怕。现在咱们正在黑鲨鱼的肚子里，你先休息会儿，待我杀了这可恶的家伙，我就带你回家！”说完，二郎让大哥躺下休息，自己拿出龙头金钗对这黑鲨鱼的心脏狠狠地刺去。

黑鲨鱼被刺后，痛得来回翻滚着，把海水都给掀得翻滚起来。二郎看此法奏效，便不住地刺向黑鲨鱼，没多久这头黑鲨鱼就一头栽进了沙丘，死了。

二郎一直等到黑鲨鱼彻底不再挣扎，才用金钗将黑鲨鱼的肚皮划开，带着哥哥钻了出来。重获新生的大郎呼吸着新鲜的空气，望着蓝天白云，高兴地对弟弟说：“弟弟，你真是太棒了，谢谢你救了我，现在我们快回家吧！把黑鲨鱼已死的消息告诉乡亲们，这样大家以后都不用再害怕了！”

听到大郎提到乡亲们，二郎说：“大哥，不如我们把黑鲨鱼带回村里，让乡亲们剥它的皮，吃它的肉，一来乡亲们也能饱饱口福，二来也能让乡亲们解解恨！”

大郎惊叹道：“这也太大了，我们两个根本没办法把它弄回去，还是算了吧！”

二郎听了微微一笑，说：“放心吧，看我的！”说罢，就对着龙头金钗说：“金钗啊金钗，我想把黑鲨鱼带回村里，我该怎么做呢？”

二郎话音才落，只见一道道金光从金钗上发出来，没一会儿就游来了两条大鲸鱼。两大鲸鱼排好队，拖起黑鲨鱼就往田坳村的方向游。二郎眼疾手快，趁机坐在了黑鲨鱼背上。巨大的黑鲨鱼背非常的软乎平坦，比草地还要舒服许多，再加上那两头鲸鱼的拖动，兄弟俩就像坐上了快艇，很快家乡的影子就出现在了眼前。

至于二郎最后有没有把龙头金钗还给龙公主呢？这就需要我们自己想象了。

嫦娥奔月

每当八月十五中秋节的时候，人们就会看向那皎洁的明月，就会想起嫦娥奔月的故事。关于这个神话故事的主人公嫦娥，人们对她众说纷纭，有人说她背叛了后羿，自己偷食长生不老药，但也有人说她是为了天下苍生才牺牲了自己的……那么，关于嫦娥奔月的事到底是怎么一回事呢？难道她真的是为了成仙，为了保持永久的容颜才背叛后羿的吗？这中间到底有什么隐情吗？

传说后羿和嫦娥原本都是天上的神仙，后羿器宇不凡，并且对射箭之术很是精通，而嫦娥则是能歌善舞、样貌出众，他们二人本是相亲相爱的夫妻，只因后羿得罪了天帝，而嫦娥也受到了连累，这才把他们二人贬落到凡间。

关于后羿得罪天帝的事，还得从天上的太阳说起。

原本天上是有十个太阳的，这十个太阳都是天帝帝俊的儿子。平时他们就居住在一个叫汤谷的地方，汤谷中有一棵神奇的树，名叫扶桑，而这棵树就是这十个太阳的落脚点，别看太阳炙热无比，可对扶桑却没有任何的伤害。每天他们都会从扶桑树出发，向西飞行，一直到最西边的虞渊，这样一来人间就会出现相应的日出和日落，也就是一天。十个太阳每天轮流工作，因为他们长得都一模一样，所以人们并没有察觉其实每天的太阳都是不同的。在母亲羲和的监督下，十个太阳还是老实，没有做出任何出格的事，就这样相安无事过了千万年。

一天，天界举办聚会，羲和要去参加，所以当天就不能监督太阳们的工作了。这天刚好是羲和最小的儿子值班，而他这个小儿子最是调皮捣蛋，所以羲和对他最是不放心，在临走前对小儿子千叮万嘱才离开。你可别小看这个小天子，平时在母亲面前总是毕恭毕敬，可等羲和前脚刚走，他就开始捣蛋了。他对九个哥哥说：“虽然我们是天帝之子，可我看只是个虚名，你们看那些神仙，多自在，没事了还能聚聚会，可我们呢？每天除了干活就是干活，这无聊的生活简直就像是牢狱之灾。”

九个哥哥听他这么一说，也觉得小弟说得在理，顿时觉得生活无味。小天子看哥哥们都被自己说动了，就接着说：“今天母亲去聚会，没人管我们，我们也可以好好放松一下啊！我看我们来玩个游戏怎么样？我们一起出去，看谁能发出最热最亮的光，谁要不愿去就算是自动认输啊！”话音一落，十兄弟间顿时炸开了锅，十个太阳欢呼雀跃。

忽然神树扶桑摇晃了几下，开口说：“尊贵的天子们，我都听到你们说的话了。但你们可千万不能一起出去啊！你们要知道，如果你们一起出去，所放出的热量就会比平时扩大十倍，这样一来，大地就会成为一片焦土，而人类也将面临巨大的灾难！”

十个太阳被扶桑的话给吓傻了，因为平时这扶桑树别说说话，就连哼都没有哼过一声。这时最小的天子第一个反应过来，对扶桑树骂道：“扶桑老儿，你也不看看自己几斤几两，竟然敢管我们的事，再说我们十兄弟一起出现，只会让大地更加明亮，更加辉煌，怎么会像你说的给人类带去灾难。你就别在这儿危言耸听了，哥哥们，别听这个老东西瞎说，我们走。”说完，最小的天子便朝天空飞去。

就在他飞出去的瞬间，扶桑树猛然将数根树枝一弯，变成了一只巨大的手，抓住了小天子。可这个狡猾的小家伙立即变成了圆溜溜的球，从巨手中溜走了，走时还不忘对哥哥们喊道：“这只是预赛，谁若逃不出扶桑的手掌，谁就不算个男子汉！”眼见小弟已经冲了出去，九个哥哥也学着他的样子，变成圆球，逃走了。扶桑即使有千万根树枝，可这些个天子实在太狡猾，也只能眼睁睁地看着他们冲向天空。

顿时，人间灾难降临，万丈光芒一泻而下：大地上树木、庄稼都被烤焦了，河水被晒干了，就连大地也被烤得到处冒烟，所有有生命的东西都被烤得气息奄奄，为了逃避烈日的炙烤，都不得不躲在山洞里。

此时，就洞庭山上的一个石洞内，就聚集了成千上万的遇难百姓，他们谩骂着，哭嚎着，在洞口跪着一位满头白发的老人，这人不是别人，就是人类的国君尧，他此刻正在向上天祈祷。尧帝看着自己的百姓如此受罪，心痛不已，希望天帝能听到他的祈祷，前来解救处于水深火热中的人类。

人间百姓正在遭遇疾苦，而天上却是歌舞升平。众神正在观赏嫦娥的广袖舞。嫦娥本就生得一副好面容，其舞姿更是精妙绝伦，整个人就像一缕轻烟，柔软、妩媚。大家对嫦娥的广袖舞甚是喜爱，对嫦娥冠以“舞蹈皇后”的美誉。

帝俊正在陶醉之时，忽然耳边传来一阵声音，这正是尧帝祷告的声音。帝俊一听，这才知道是自己的儿子们闯了祸，顿时脸色大变，眉头紧皱，但现在大家正在聚会，再加上这一切都是自己的儿子胡作非为，于是天帝就把身边的羲和拉了过来，将此事告诉了她，并说：“我碍于天帝身份现在不方便离开，你去把他们召回来吧。”

羲和听了天帝的话，又是气愤又是担忧，于是找了个借口便出去了。刚到南天门，天上那耀眼的光芒就清晰可见，十个孩子正在天上嬉闹着，一会东奔西走，一会又排成排。羲和想靠上去抓回这些调皮的孩子，可此时他们所发出的光芒实在太过刺眼，照得她感到晕眩，只得远远望着，没办法羲和只好大喊让孩子们回去，可他们几个正玩得高兴，哪里听得到，没办法羲和只好回禀了天帝。

天帝看着优美的舞姿，但耳边的祈祷声却越来越痛苦、急切。天帝也不忍百姓受此苦难，只好借机离开。他带着羲和来到一间密室，二人商量后，决定让神箭手后羿来解决此事。

很快后羿就来了，可他刚一来就给天帝跪了下来，还喊道：“臣知罪，还望天帝宽恕。”天帝被他这么一说反而有些摸不着头脑了，只好问他发生了什么事。后羿说：“臣之妻嫦娥，自从编了广袖舞以来，每次跳舞都能吸引众多人的欣赏，却不想今天让您不高兴了，一定是她跳得不好，天帝您才会中途离场，要打要罚臣都愿意代她受过。”

天帝听了后羿的话，哈哈大笑起来，忙将后羿扶起说道：“爱卿别误会，是有别的事才召你来的。”于是天帝就把自己儿子为祸人间的事告诉了他，并要他千万不能说与他人听。

后羿这才平稳下来回答道：“天帝放心，臣一定守口如瓶。陛下有什么吩咐，臣定当竭尽所能，万死不辞。”

天帝拍手笑道：“我果然没有看错人，这真是太好了。本来这事在天界就可以完成，但羲和说这十兄弟现在发出的光芒太过刺眼，所以只能让你去人间完成此次任务。这里有十支白色神箭，你可以用它们来召回我那调皮的孩子，希望你能早日完成任务，回归天庭。”

听了天帝的话，后羿竟错以为天帝是要让他射杀太阳，还连忙为天子们求情。天帝笑了笑说：“你又误会了，我可不想让你杀了他们，只是召回他们即可，你只要把箭从他们耳边擦过，这样他们也该知道天高地厚了。我也知道这件事不容易，但你箭术精湛，又有一颗赤诚之心，所以才放心派你去做这件事。”后羿听后恍然大悟，告别了天帝便准备去人间了。

出发前后羿遇到了妻子嫦娥，怎奈何嫦娥再三追问，后羿只好将事情本末告诉了她。嫦娥听后，面色凝重，对他说：“此事不容小觑，如果你有什么闪失伤了太阳，我们夫妻可就要大难临头了。”听了妻子的话，后羿很是不高兴，心想自己的妻子竟然怀疑自己的箭术。嫦娥看出了后羿的心思，赶忙说道：“不是我不相信你的箭术，只是他们身为天子，难免骄横，不管遇到什么事，一定要冷静。”后羿牢牢记住了妻子的话，带着神箭便飞向了人间。

后羿先来到洞庭山，拜见了尧帝，表明了来意。尧帝看到他心中自然很高兴，百姓听说天帝派了神仙来帮助他们渡过难关，个个欢呼雀跃。寒暄几句，后羿站在洞口，面朝太阳，用天帝赏赐的神箭，向太阳射去了第一箭。

随后，一声怒吼从天空传来：“哪个不知死活的妖孽，活得不耐烦了，竟敢对天子放箭？”后羿恭恭敬敬地回答道：“我乃天神后羿，奉天帝之命，让你们快速回去，不要再祸乱人间。”这时，不知是哪个太阳，竟回道：“原来是该死的后羿，明明就是你想放箭杀死我们，还敢假传圣旨，各位哥哥，今天决不能放过他。”

看这些太阳如此蛮横无理，后羿刚想发火，忽然想起妻子的忠告，还是强忍着怒火，冷静了下来，继续对太阳喊道：“我后羿一向忠于天帝，假传圣旨实属不敢。射箭召日，可是天帝亲自下的命令，我绝对没有要伤害你们的意思，希望各位天子多多包涵。”

太阳们怎能相信后羿的话，最调皮的小天子讥讽地说：“哼，根本就是你箭术不好，自己没有射中还想欺骗我们！哥哥们，咱们一起冲下去，烧死这个不知死活的妖孽。”说完所有的太阳都朝后羿冲来。

眼看太阳们就要冲过来了，后羿没有时间思考，他心中只有一个想法，就算是自己粉身碎骨也要保护人间受苦受难的百姓。于是他将剩下的几支箭全部拿了出来，数箭齐发，只听空中一连串“轰轰”的爆炸声响起，火花四溅，顷刻间，原本气势汹汹的太阳们只剩下一个了。就在后羿准备再一次把剩下的太阳射下来的时候，尧帝及时上前制止了，说道：“太阳对人类来说还是不可缺少的，就把这最后一个留下吧。”后羿一听，觉得尧帝说的也有理，便收了弓箭，转身准备返回天庭请罪。

后羿把九个太阳都射了下来，拯救了受难的百姓，人们为了感激他纷纷跪拜，求他留在人间，可后羿对天帝的忠心乃日月可鉴，最终还是决定回天庭为自己所做之事负责。

当后羿返回天庭的时候，剩下的那个太阳正在和天帝哭诉，天帝得知后羿杀死了自己的九个儿子，很是气愤，但这祸事的起因还是自己的儿子，天帝只能除去后羿夫妇的仙籍，贬为了凡人。

被贬入凡间的后羿夫妇虽然生活拮据，倒也安稳。可有一天，嫦娥梳妆的时候，突然发现额头多了一些细细的皱纹，不禁黯然神伤，对后羿说：“夫君，我已经开始长皱纹了，你也是比以前老了许多。人间虽苦，但我都可以忍受，只是一想到人人都会生老病死，我就感觉很伤心。”后羿叹口气说：“是啊，现在我们都只是普普通通的凡人了，没有了神仙的长生不老之术。”后羿刚说完，嫦娥忽然大叫一声：“对了，之前西王母曾要送给我们长生不死药，我觉得咱们是神仙，要那东西也没用，所以就没有要，现在能用得着了，我们可以去和她要啊！”后羿一听，转忧为喜，说：“那我明天就去找来长生不死药。”

西王母住在遥远的昆仑山上，第二天天刚亮，后羿就带着干粮，去找西王母。经过一路的跋山涉水，后羿终于见到了西王母，并说明了来意，西王母听后没有片刻的迟疑，递给了后羿两个纸包，并告诉他："这里面就是长生不老药，吃一包可以长生不死，吃两包便能立刻升仙。但你要记住，这药只能在八月十五月圆的时候服用才有效。"

后羿拿着不老药，拜谢完西王母，就返家了。一进家门后羿就把两包药都给了嫦娥，并且告诉她西王母的话。嫦娥激动地说："有了这药，我们就再也不用担心老死之事了，我们就能永远在一起了。"好像一切都已准备妥当，只用等着八月十五月圆之夜服药就行了。

现在离八月十五还有几天，刚好村里的几个猎户找到后羿，想让他一起去打猎。忠厚老实的后羿没有拒绝，只好陪着猎户出去打猎了，临走前他告诉嫦娥："我一定会在十五之前赶回来，你一定要等着我，到时我们一起服药。"

时间稍纵即逝，很快就到了八月十五这一天，嫦娥左等右等，却始终没有后羿的影子。在太阳快落山的时候，村里的一个"长舌妇"，来到嫦娥家对她说："我告诉你啊，你还是别再等那个后羿了，我听别人说，他在打猎的时候遇到了一个大美人，今晚就要拜堂成亲呢！"

嫦娥一听，感到很吃惊，在那个长舌妇走后，便开始胡思乱想："我也知道这长舌妇好嚼舌根，喜欢把事情夸大，我也相信后羿对我的真心，定然不会辜负我。可无风不起浪，如果真的没有，这长舌妇又是从何听说的呢？再说自己现在日渐衰老，难道后羿真的被美色迷惑……"就这样，嫦娥越想心里就越烦闷，可后羿呢？一直到明月高挂空中，还不见他的踪影，就连和他一起去的猎户也没有一个回来。

嫦娥有些绝望了，自言自语道："既然是你不仁，先抛弃的我，那这人间对我来说，还有什么好值得留恋的，不如我就把两包药都吃了，重新返回天宫。"说完嫦娥就把两包药一起吃了下去。很快，嫦娥就感觉身体轻如鸿毛，渐渐地离开了地面，向天空飞去。

而此时，后羿正在慌忙地往家赶。原来在这次打猎中，他的确遇上了一个美丽的女子，可事实是，这女子正在山中采药，受到老虎的袭击，刚好被后羿给救了下来。在他们返回的途中，有个猎户不小心摔断了腿，一路上都是众人轮流背他，这才导致回来晚了。

后羿急急忙忙地赶回家，却发现没了嫦娥的身影，再看看那两包长生不死药，顿时明白是嫦娥独自吃了药，升仙飞回了天宫，顿时后羿感到万念俱灰，失声痛哭起来。

再说嫦娥，自从飞升后就一直飞呀飞，竟来到了月亮上，一座写着“广寒宫”的宫殿现于眼前。她小心翼翼地走了进去，这才发现如此广阔的宫殿里竟然只有一棵巨大的桂花树、一只三条腿的蟾蜍和一只小白兔，除此之外什么也没有。

嫦娥走出宫殿，望向人间，又开始思念自己的夫君，并且她开始后悔不该听信那长舌妇的话，怎么着也得等后羿回来问清楚了再说。其实她也相信后羿不是花心之人，更不会抛弃自己，可现在说什么也已经晚了，不老药的药力已经过了，她根本飞不起来了，更别说重返人间了。从此，广寒宫里就只有嫦娥一个人住着。每当月圆之时，人们就能看到月亮里有个人影，那就是嫦娥正在思念后羿呢！

吴刚伐桂

说到吴刚，大家都知道他每天只能按照玉帝的旨意重复做着无用功，那就是只能在冷冷清清的广寒宫里，用一把钝斧砍着伤后立即便会愈合的粗壮的桂树，就像西方传说中不断推动必然会滚落的巨石上山的西西弗斯一样。

据说，吴刚原本也只是一名凡夫俗子，为什么会来到月宫，和那忍受万年孤独的嫦娥一般，而且还要做那些无休止的无用功？这有什么原因呢？据传，这吴刚在人间的时候其实就是一名好吃懒做的家伙，他的父母很为他头疼。之后，他也不知道从哪里听说一旦成了仙就可以不吃不喝，还有很高的法术，于是他便开始一心扑在修炼法术上，对其他事都是一概不管。

玉帝在一次游历人间时，听说了此人，再看他已年迈的父母，为了这个不争气的孩子也是操碎了心，于是玉帝就想惩罚他一下。这时玉帝就想到了广寒宫里那壮实的桂树，玉帝把吴刚带到了月宫，并告诉他："我就是玉帝，我知道你一心想成仙，现在我就给你一个机会，如果你能把这棵桂树砍倒，我就答应列你入仙班。"吴刚一听，很高兴，他感觉这事很容易，于是拿起玉斧便砍了起来。直到他砍下第一斧，再继续砍的时候，才发现只要斧子一离开树，之前的伤口就会立即愈合。所以虽然吴刚不停地砍着，但这棵桂树却依然是完好如初。并且就在他想要放弃离开的时候，才发现自己的腿根本迈不开，直到这时他才知道这一切不过是玉帝对他的惩罚罢了，没办法他就只能一直砍下去了。

这种说法显得有些单调，世人这样编排大概就是为了督促那些懒散之人吧。

另外还有一种说法，听起来应该更为世俗化一些，估计也更能被人们所接受。

据说吴刚原名吴权，汉朝河西人，为人倒真的是“无刚无权”，他每天什么都不做，就是吃喝玩乐。对于他的不思进取，他的妻子曾多次劝说却都无济于事。

一天，他从外面晃荡回到家后，就像害了病一样，茶不思饭不想的，只是傻傻地思考着什么。他的妻子虽然看出了他的不正常，但也无心过问，只是一如既往地去给他烧饭。待他的妻子把饭菜做好叫他吃饭时，这吴刚好像忽然想通了什么，一拍大腿，傻笑着说要外出寻访仙人，想要修炼成仙。原来他在外面与人交流的时候得知了成仙的很多好处，很是羡慕，所以决定自己也要修炼成仙。这吴刚虽然懒惰但也是个爽快人，说干就干，于是他立即收拾了行李准备前去修仙。他的妻子得知了他的想法也没办法，只好让他去，于是就把家里所有的积蓄全部拿给他以作不时之需。这吴刚倒是良心发现，只拿了其中一少部分就出发了。

吴刚离家后就过起了居无定所的生活，为了能得到仙人指点或者被收为徒弟直接学习仙法，他四处漂泊，到处寻访高人逸士。但修仙讲究的是仙缘，再说现在高人本来就不多，而吴刚呢可以说是一无是处，又怎会有仙缘能够遇到高人呢！这一晃就过去了好多年，可吴刚还是一无所获，还因此把自己搞的狼狈不堪、蓬头垢面像个乞丐。吴刚觉得实在没有希望了，于是就想返回家乡。

俗话说：“山中一日，世上千年。”一直出门在外求仙的吴刚并不知道自己的家早就变了样。吴刚在经历了长途跋涉后，带着一脸的倦容来到家门口，原以为还能看到妻子那忙碌的身影和她为自己做的热乎乎的饭菜，可谁知在他推开家门后，看到的竟是三个小孩正在院子里嬉闹着！自己的老婆虽然在忙碌着，可屋门外还有一个男人正在灶膛边“吭哧吭哧”地劈着柴！

看到眼前的情景，吴刚感觉很吃惊，还以为是自己走错了地方，可瞬间他就清醒过来，眼前的就是他的妻子啊！而他的妻子看到吴刚的归来也是吓得愣住了，随后还是将吴刚迎进了屋，将事情的前前后后原原本本地说了一遍。

原来，这吴刚当初是拍拍屁股就走人了，可留他妻子一人在家可受了不少罪。虽然她有心等待吴刚归来，可她毕竟只是一介女流，家里的重活根本做不了，并且还会常常受到那些居心不良之人的调戏。所以在三年后，吴氏彻底绝望了，就改嫁给了常常帮助自己的伯陵，并为他生了三个孩子，如果不是吴刚回来，这个家应该还是很幸福美满的。

吴刚听妻子说完后，感觉心里很憋屈，自己的老婆却给别人生孩子，这搁谁也受不了。一怒之下，吴刚竟夺过伯陵砍柴的斧头，直直地朝伯陵砍去，虽说这伯陵要比吴刚壮实一些，可事情来得太突然，伯陵根本没有防备，再加上的确是自己做了对不起人家的事，就这样这伯陵糊糊涂涂就丧失了性命。伯陵那滚烫的热血溅到了吴刚的脸上，这时他才一个激灵清醒了过来，原本他还想杀了那三个孩子的，可看着他们那么小、那么可爱，让他动了恻隐之心。这吴刚虽然人懒散但心肠不坏，并且他还想和吴氏继续生活，就扔下了斧头，叹起了气。

不过这日子还真算安静下来了，虽然吴氏很难过，但她自知理亏，也不好说什么，还让三个孩子认吴刚做父亲，小心翼翼地经营着这个家庭。

很快身为太阳神的炎帝就找到了吴刚，当然不是来渡他成仙的，而是来兴师问罪。原来那个被吴刚杀死的伯陵竟然是炎帝的孙子，这炎帝怎能轻易放过他？按照古代的律法，妻子与人通奸，而丈夫杀死奸夫是不能重判的，炎帝也没办法，为了惩罚吴刚就只好想别的办法了。

炎帝身为太阳神，自然对冰冷的地方有些惧怕，他认为那些极其寒冷的地方用来惩罚犯错的人是再好不过了，于是就想把吴刚关押到一个既冷清又有单身女子的地方。思来想去，符合这些条件的地方就只有月宫了，因为那里常年冷冷清清，还有一个美丽单身的嫦娥，炎帝一想到自己的妙计不免沾沾自喜。其实这炎帝能想到嫦娥也是私下和嫦娥有过节，不过这过节硬要加到嫦娥的头上就有点冤枉她了，只因嫦娥的丈夫后羿当年射下了九个太阳，最后只剩炎帝一人，你说炎帝能不恨他吗？而这后羿偏偏又死的糊涂，所以这笔账就只能算在嫦娥头上了。

但在这里还有一个问题，那就是虽然炎帝贵为太阳神，但对月宫之事还是爱莫能助的，这件事必须找月宫的主使者女娲娘娘，女娲娘娘乃是上古月神，但她现在已经不问红尘俗事，现在的月宫归王母娘娘管理，于是炎帝就去找王母娘娘。原本这王母娘娘对后羿也是非常的欣赏，但他却糊里糊涂地死了，王母娘娘只能把事情怪罪到了嫦娥的头上，所以，对炎帝的做法她并不反对。

在这一连串的巧合下，吴刚被发配月亮之上也就成了必然之事。炎帝为了显示自己的大度，在吴刚去的第一年里故意不给他安排事情做，其实炎帝这么做的用意就是想让吴刚和月宫里的嫦娥之间能发生一些什么事情。要知道那嫦娥可是长得倾国倾城，天宫多少人都对她的美色所垂涎不已，然而这嫦娥为了后羿却是一直独守广寒宫，众仙碍于面子也是不敢有什么越轨行为。而吴刚在广寒宫的时候知道了这里有嫦娥这样一个美女相陪，心里还是感觉挺美的，可吴刚也知道自己不能做什么对不起妻子的事，起码可以饱饱眼福也是不错的。然而这嫦娥自住进广寒宫以来就几乎从不出门，这样一来，一年内吴刚能见到嫦娥的机会也是寥寥无几。

一年后，炎帝就给吴刚安排了任务，给了他一把神斧让他去砍树，还告诉他只要他能把桂树砍到就可以放他回家。吴刚一看那神斧阴森森的透着寒意就想一定是把利斧，再加上回家的诱惑，吴刚很爽快地答应了。可等他看到那棵桂树的时候就有些后悔了，因为这棵桂树有几百丈高，后来他才知道足足有五百丈，一眼望去，根本看不到树顶，并且枝叶很是繁茂，光主干就要好几个人才能抱住。

吴刚看着树叹了口气，就把斧子收好，回去休息了，准备养好精神第二天再开始。其实早在山中苦寻高人的时候，吴刚的痞性就已经被磨掉了不少，再加上过去一年的无边孤独和无聊，他的耐心和毅力也被锻炼了不少。原本他还以为要在这里孤独终老了，可现在有一个能够回去的希望，虽然希望渺茫，可吴刚还是很感激的，有总比没有要好不是吗?

直到第二天，吴刚开始砍树，这才知道自己被炎帝戏弄了！因为在他挥动斧子砍向桂树的时候，只见那锋利的斧尖完全没入树身，但这棵巨树却没有丝毫的晃动。并且在吴刚抽出斧子的时候，树身上的斧痕发出一道青绿色的光，刚才被砍的斧痕立即愈合了，就像从未受伤一样，只是地上落下了一些木屑，但这也只能表明吴刚刚才确实砍过一次罢了。吴刚根本没想到这棵树竟然能够自愈伤口，再看吴刚手里的神斧就在一瞬间变得锈迹斑斑，钝意十足。

这到底是怎么回事呢? 这桂树能够自愈伤口，这要砍到什么时候才能被砍倒呢? 还有这斧子不会是用一次就要磨一次吧? 想着这些吴刚感觉有些绝望了，这时他才意识到根本就不该相信炎帝，他怎么会如此好心呢？此时的吴刚心乱如麻，丢下神斧，坐在桂树下傻傻地发着呆。

其实这神斧的锋利程度是和使用者的思想纯度有关的。使用者在用的时候思想越单纯，神斧就会越锋利，而思想越复杂神斧就会越钝。开始的时候吴刚只是单纯地想回家，觉得事情还有希望，所以心情也好，但后来，他满脑子只有失望和放弃，所以这神斧就从未锋利过。

经过沉思后的吴刚，还是想通了，他觉得这桂树虽然自己能治愈伤口，但掉下的木屑表示它还是有受到伤害的。只要他不停地砍，总有一天，树总会被砍倒的，那时，自己就能回家和妻子团聚了！吴刚认为，虽然自己什么都没有，但时间却是大把地有，还怕完不成吗？

就这样吴刚开始日复一日地、重复着砍树的工作。在吴刚的时代，这棵桂树应该就是至高无上的权威和传统秩序的代表，任何人都不能抗拒和推翻它。还好，这吴刚能及时给自己信心和鼓励，没有放弃回家的愿望。

这终日重复无聊的工作，在耐不住寂寞的吴刚面前，还真是很无聊呢！他为了打发那无聊的时间，还想出了许多自娱自乐的方法：砍树的时候用不同的节奏，然后跟着节奏哼唱曲调，自己编排词曲，甚至有时还模仿各种动物的声音来唱歌……

乐观的吴刚已经忽略了桂树的生长，所以在千万年的时间里，他仍在不停地砍着那棵神奇的桂树。到了桂树开花的时候，那沁人心脾的桂香倒也给他的生活增加了一丝乐趣。

还好吴刚并非正常人，如果是正常人这么多年的时间干着同一件无用之事估计早就疯了，吴刚在烦闷的时候就停下手中的工作，利用自己在人间道听途说的修仙之法修炼一下，也算是一种排遣！经过这千万年的时间，倒也让他悟出了一些小法术，而长生不老更是不在话下。又到了桂树开花的季节，吴刚突发奇想，想偷偷去趟凡间。当然不是要去看望他的妻子，这么多年他也知道妻子早已不在人世，而他此次下凡的目的就是想把桂树传到人间，也算是为人类做件善事。

前面已经提到吴刚性子耿直，想要做什么必会付诸行为。他知道想要去凡间炎帝定然不会同意，不过在这千万年的时间里，早已没有神仙来看守他，想必天宫里也没有几个人还记得他了，所以只要他小心一点，应该就不会被发现。

这里再说在杭州的两英山下，有一个寡妇，人称“仙酒娘子”，这仙酒娘子不仅长得漂亮，为人还十分善良豪爽，为了生计还开了个家酒馆。平时她会从山中采来野葡萄，再加上自制的配料用来酿酒，她酿出来的酒味甘、醇香，自然赢得大家的喜爱。

就在这年冬季，天气也格外寒冷，这天下了一夜的大雪，直到天亮还在下个不停，仙酒娘子像往常一样打开酒馆大门，看到一个衣衫褴褛、瘦骨嶙峋的汉子倒在雪地上。善良的仙酒娘子走上前摸摸他的鼻息，发现还有气息。仙酒娘子赶紧把他背进去，用姜汤热酒给他暖身子，没多久这人就醒了过来。

汉子看到自己的救命恩人仙酒娘子就感激地说：“谢谢小娘子的救命之恩。我是个瘫子，现在外面冰天雪地的，如果出去那是必死无疑，还希望小娘子能多收留我几天！”仙酒娘子很清楚，寡妇门前是非多，更何况她还经营着酒馆，所以对这个汉子的要求很是为难，可再看他可怜兮兮的样子，就心软了，还是决定把他留下来。

果不其然，没几天，街坊邻居就对仙酒娘子指指点点，慢慢地，大家都开始疏远她，这样一来，她的酒馆生意也是一落千丈，可这她也怨不得别人，毕竟是自己做的决定，酒仙娘子咬咬牙还是隐忍了下来。

渐渐地，她的酒馆生意越来越差，生活就变得越来越艰难，有一天那汉子却不辞而别了。善良的仙酒娘子担心他有什么不测，就赶紧出去找。找到山坡上时刚好看到一个白发苍苍的老者，显然那老者岁数已经很大了，却不在家享清福，倒在这荒山上扛着一担沉重的干柴蹒跚而行。仙酒娘子就想上前帮帮老人，可还没等她到达老人身边，那老人就先晕倒了，身上背的柴也掉了一地。

仙酒娘子快步走上前扶起老人，让他靠在旁边的一块大石头上，昏迷中的老人颤抖着嘴唇不停地喊着：“水……水……”这可难住仙酒娘子了，这荒山上哪有水啊？没办法，酒仙娘子为了救这老人一命，只好咬破自己的手指，把自己的鲜血喂给老人喝。就在第一滴血快滴到老人嘴里时，却吹过一阵清风，老者突然消失了！只见刚才老人靠着的大石头上有一个黄色的布袋，仙酒娘子打开袋子，发现里面除了一些小黄纸包，还有一个黄布条，上面写着：“月宫赐桂子，奖赏善人家。福高桂树碧，寿高满树花。采花酿桂酒，先送爹和妈。吴刚助善者，降灾奸诈滑。”

直到这时仙酒娘子才明白，原来之前的流浪汉和山中的老者都是吴刚所变，就是为了给桂子寻找主人，特地来考验她的。消息不胫而走，人们对仙酒娘子的看法再一次有了改变，纷纷对她称赞不已，远亲近邻都纷纷来向她索要桂子。而这些桂子只要落在善良人的手里，就会很快长大，开花。而一旦被那些心术不正之人拿到，桂子要么不发芽，即便是发芽长出来也是一个幼小的蔫蔫儿的小苗，根本长不大，而那些种不成的人还会受到别人的讽刺，为了不受到大家的排挤，就不得不改过自新。

人们对仙酒娘子也是感激不已，都说是她感动了吴刚神仙，才让凡间有了桂树。仙酒娘子利用桂花更是酿出了桂花酒，从此，她酒馆的生意越来越好，她的酒也受到越来越多的人的喜爱。

虽然开始的时候吴刚这人并不惹人喜欢，但毕竟他的心还是善良的，并经过多年的修行把桂树带到了人间，也算是功德一件。所以人们更愿意相信吴刚是个善良的人，对他之前的所作所为也是愿意原谅的。

其实也有人说，待在月宫里的吴刚的生活其实并不孤单。因为在他被罚到月宫后，他的妻子因心中有愧，就让她的三个儿子去月宫陪吴刚。三个儿子一个变成兔子，一个变成蟾蜍，还有一个谁也不知道变成了什么。可能是念在嫦娥和自己同病相怜，于是吴刚就把那只兔子送给了嫦娥，另外两个则陪着自己。兔子给大家捣药，而蟾蜍没事的时候，就开始制造钟、磬等乐器，还有一个就制作箭靶。聪明的吴刚从砍树声中发现了音乐的韵律，于是他们就一起努力发挥想象，创作了不少曲谱，闲来无事就会弹弹唱唱，来丰富自己的生活。据说唐明皇在游玩月宫的时候时，就是吴刚接见的他，而唐明皇还有幸听到了吴刚他们创造的音乐，于是一一记下并带回人间，这才创作了《霓裳羽衣曲》。

传说就是传说，相同的故事却有着不同的版本，还有人说其实吴刚本身就是神仙，不过地位低下，只是在南天门守门罢了。

在一次偶然的机会下，吴刚和嫦娥相见了，彼此一见钟情。毕竟后羿的事已经过去太久了，所以嫦娥的行为也是无可厚非的。吴刚为了能常常见到嫦娥于是就不断地往广寒宫跑，为的就是能和所爱之人在一起，就这样对本职的工作有些疏忽了。玉帝得知后，大发雷霆，将一桌子的杯盘碗盏摔得粉碎。玉帝生气很大一部分的原因可能是因为嫉妒，毕竟像嫦娥一样的孀居美人儿，哪个不想去占点便宜？再说天上那么多位高权重的人，可嫦娥却偏偏选了一个微不足道的吴刚！这对众仙来说无疑是重重的打击，所以对吴刚都很怨恨，就纷纷向玉帝数落吴刚的不是，就连一些鸡毛蒜皮的小事也被拿来数落一番，就像他们平时和吴刚多熟悉似的，可实际上，吴刚在他们眼里根本不值一提。

玉帝一生气，就派吴刚到月亮上砍那棵能够自愈伤口，还能永远生长的桂树。并且玉帝还放出话，吴刚如果想回南天门就必须把这棵桂树砍倒才可以，否则就永远也别想回去，更别说再见嫦娥了。到后来玉帝干脆把嫦娥也关在了广寒宫，让这两个苦命的鸳鸯近在咫尺，却始终无法相见。

吴刚一向都很勤快，日夜不停地工作，就这样过了有大半年的时间，就在他即将砍倒桂树的时候，玉帝派来了一只乌鸦将吴刚的衣服叼走了，吴刚并不知道这是玉帝的诡计，于是就去追他的衣服，等他回来的时候，发现那棵桂树伤口自愈了，就连砍掉的那些树枝也重新长回到树上，这样一来吴刚就不得不重新开始砍树了。

从那以后，每次在吴刚将要把树砍倒的时候，总会出现这样那样的事来阻止他，并且还让那桂树重新长好。无奈的吴刚，只能不停地砍，不停地工作。虽然很累，但只要一看到远处的广寒宫，他就感觉一切还有希望，为了心爱之人就算付出再多也无悔。

传说，每年的八月十六，就会有一片桂树的叶子从桂树上掉落下来，飘飘悠悠一直飘落到人间，据说这桂叶也是被吴刚的坚持所感动才掉落人间的。如果有人能捡到这片叶子，就能一生幸福、美满，快乐终生。

五百罗汉

在佛教中，地位最高的就是佛，菩萨次之，罗汉排列第三。罗汉又名阿罗汉，早期从印度传入中国。罗汉都是金身，而且还能够接受天地间人气的供养，可见其修行是如此之高。据说，罗汉可以帮助人们排除生活中的一切烦恼，甚至还可以减少他们的苦难，让人类免受轮回之苦。所有的罗汉都是六根清净，在他们那里无仇无怨、无烦无恼，更无生死，这也是佛陀的弟子修行所达到的最高境界。

这五百罗汉的来历是在民间流传最为广泛的，在很早的时候就已出现他们的绘画或者雕塑。不过，这五百数字显得过于庞大，所以他们的形象很可能只是人们臆想出来的，或者只是匠人们的临场发挥罢了。这样一来，他们就会和许多神话故事中的人物很相像。这些神话故事大都只是为了安慰人心，让人们有自己的信仰才编纂出来的，但这丝毫不影响五百罗汉在人们心中的地位。

而关于五百罗汉来历的传说更是多达六个不同的版本：

第一个版本，他们认为在释迦牟尼去世时，前去参加第一次经律结集的五百位比丘就是所谓的五百罗汉，而这其中以大迦叶和阿难为首。可在这个版本中，除了出名的十大弟子外，其他的就不知道名号了。也有人说，这五百人不过就是大迦叶召集来的，是为了整理释迦牟尼的遗物罢了。

第二个版本，他们说这五百罗汉就是释迦牟尼在世时，常常随着他广传佛法的五百名弟子。也就是说他们都是佛祖亲传的弟子，所以才有着很高的地位。

第三个版本，他们认为这五百罗汉乃是大雁的化身。据传，当年释迦牟尼在波罗奈国讲经授法之时，有五百只大雁刚好经次飞过，大雁们听到佛的声音，纷纷停下来，认真听取佛法。后来，在这五百大雁死后，就升天化作五百罗汉。也有人说，是有一位猎人逮到了这五百只大雁，却因它们听佛法有些功德，才化身为罗汉，如果它们能有所感悟，说不定还不止是成为罗汉呢！其实关于五百罗汉是大雁化身一事，还有另外一种说法：古代的某位国王有一天突然很想吃大雁肉，便下令让人去抓捕。猎人撒好网，刚好有五百只大雁落入网中，雁王也在其中。就在猎人准备杀雁王的时候，突然感觉于心不忍，于是就决定放了雁王。国王听说了此事，便决定从此以后再也不吃雁肉。而这国王就是阿阇世王，而那只雁王就是佛，那五百大雁即为五百罗汉。

第四个版本，他们说这五百罗汉是由蝙蝠化身而来的。据说这五百只蝙蝠住在一个巨大的枯树的树洞里。一天，一个商队路过此地，晚上就在树下休息，其中一位商人为了取暖便点起了篝火，商人取暖的同时还在诵读着经书。而洞中的蝙蝠刚好听到了经文，便有所领悟，以至于后来，大火烧到了枯树，蝙蝠们依然不愿离开，而被活活烧死。它们对佛法的虔诚深深感动了佛，于是它们转世为人，经过修行，成为五百罗汉。

第五种版本就是“放下屠刀立地成佛”最好的例子。传说在某个国家，有一帮强盗，刚好五百人。后来被官兵围剿，成了俘虏。残忍的官兵并没有痛快地杀死他们，而是活生生地挖掉了他们的眼睛，然后再把他们放归山林。失去眼睛的强盗们在山林里不断摸索着，因绝望而伤心痛哭。这哭声令佛陀也不忍心，于是佛陀就施法为他们治好了眼睛。五百强盗对佛陀感恩戴德，决定皈依佛门，弃恶从善，最终修成正果，成为罗汉。

最后一个版本是说这五百罗汉原本就是仙人。只因他们在不经意间听到了音乐天紧那罗的歌声，顿时退失禅定，才成了罗汉。

这五百罗汉的传说流传到了中国。刚开始的时候，因为他们人数太多，根本记不清更别说辨认清楚了，于是人们就在潜意识中忽略了他们真实的形象，只记住了“五百”这个数字而已。与此同时，有人觉得做罗汉是一种有身份的象征，于是有古代皇帝也为自己塑了罗汉形象的雕塑。比如在四川成都的宝光寺罗汉堂，就有两位罗汉雕塑皇帝：康熙和乾隆。康熙被封为阇夜多尊者，而乾隆则是直福德尊者。

对于罗汉堂，也有自己的名堂。罗汉因为修行的还不够圆满，比不上佛或者菩萨，所以他们住的地方只能称作“堂”，而不能叫“殿”。由此可以看出，在佛教里也有着很鲜明的级别之分。

其实罗汉的修为还是很高的，他们能领悟出很深的道理，有足够的智慧和毅力。但是他们为众人做的事情比不得菩萨那么多，所以并没有得到人们全心的崇敬，故而地位也比菩萨要低一些。在世人眼里，菩萨可是大慈大悲的，他们济世救人，有时为了救人甚至愿意牺牲自己的生命，而这些就是那些一心修炼、几乎不问世事的罗汉们所不及的。

据说，为此罗汉们还常常受到释迦牟尼的责备，说他们是“焦芽败种”，让他们更深入地潜心修行，多向菩萨学习。

对于这五百罗汉，下面大致介绍一下，不过当然不是全部，五百这数字还是过于庞大了些。

说到罗汉不得不先提一下“迦叶”，它是“饮光”的意思，只是一个姓，也就是说他自己本身就能发出光，从而照亮周围的一切。在五百罗汉里，就有三迦叶。

优楼频螺尊者：摩诃迦叶是他的另一个称呼，在梵语里“摩诃”的意思是“大”，所以也有人称他为大迦叶。他是佛陀的十大弟子之一，还有“上行第一”“头陀第一”的称号，是禅宗的第一代祖师，专门从事后勤工作。

那提迦叶尊者：“那提”乃是河的名字，因他出生在河边，故取了这么个名字。在罗汉中他的修行也是最好的，而心境提升的也最高。

伽耶迦叶尊者：“伽耶”是城名，因他的修行一直在该城进行，因此而得名。这是位学术很高的尊者，后来用于教化众生，也算学有所用。

达摩波罗尊者：这位尊者乃是古印度某个小国的大臣，所以也被称为“护法”。他有着极强的辩论能力，为印度佛教的十大论师之一，还编写了《唯识论》一书。

破邪神通尊者：这位尊者并没有什么过人之处，但他的名字译为“贤爱”，听到此便让人不禁肃然起敬。

坚持三字尊者：而这三字就是“阿弥陀”，它的意思是“无量寿”。据说这位就是净土宗的始祖慧远，他是一名中国僧人。

毒龙皈依尊者：“瞿波罗”乃是他的本名，意为“放牛的人”。据说他曾经可是一条毒龙，后皈依了佛教，所以才叫毒龙皈依尊者了。

皆空第一尊者：从字面上来看，就能看出这位尊者在解悟“空”这一方面，无人能及。原本，佛教的核心内容之一就是“空”，是非常重要的，“空”的领悟甚至还影响到最终是否能够涅。也不知道《西游记》里孙悟空的名号是否就是借鉴于此。

无忧禅定尊者：所谓的无忧就是指没有烦恼忧愁，这也是佛与人的不同之处。人生在世难免受到“贪”“嗔”“痴”的影响，所以才会有无穷无尽的烦恼。在这里也是想借机警醒世人：世上本无事，庸人自扰之。当然，有太多的理由让你烦恼，如果你能摆脱掉那就能成佛了，可即便摆脱不了，也要学会尽快调节自己的方法。

无量本行尊者：据说他乃阿弥陀佛的前世身。原本他是一位德高望重的国王，却因一心修行而放弃了王位，法号法藏，最终修炼成佛。

具寿具提尊者和严土尊者：这二位可是佛祖的得意弟子。前一个被称为是“精进第一”，意思就是他的修行速度超快，而后面一个就是十方诸大菩萨之一。

雷德尊者：这位尊者名为阿揭多，据说雷电之事皆由他管，就像神话故事中的雷神一般。

香象尊者：为南方四尊之首，居于密教金刚界曼荼罗之外院方坛，也被称为香象菩萨。据说，他有着很高的修为，可谓是诸行皆圆满，并与佛陀并列位于十六尊里面。他的密号为大力金刚、护界金刚，他名字里的“象”就是因为他力气大才有的，而“香”则是指不管他到哪里，都能畅通无阻，不受约束。

明月尊者：据说这位尊者的智慧与佛祖不相上下，而该尊者也是以智慧而闻名于世的。

羼提尊者：罗汉自然不比菩萨的善心，多自私自利了些，但是这位羼提尊者作为十方大善菩萨之首，也是以他的慈悲之心而闻名于世的。可能他最终被归为菩萨也是这个原因，也或许是人们觉得不能让五百罗汉不过绝情罢了。

马胜尊者：这位尊者乃是佛祖的大弟子之一，也是最初跟随佛祖出家的五人中的一个。

调达尊者：本名提婆达多，他可是佛祖出家前的堂弟，佛名为“南无”。

宝幢尊者：有一个不动的世界存在于娑婆世界的上方，据传宝幢尊者就是不动世界里的相佛前菩萨。

……

虽说这五百罗汉在传入中国后，被赋予了汉语的名字，但他们中间还有许多罗汉有着异国的身世和传奇的故事。

宝莲灯的传说

很久以前，有一座西岳庙坐落在华山的莲花峰上。在圣母殿上，供奉着一位三圣母娘娘，这位娘娘善良仁慈，人们对她很是敬重。三圣母有一盏神奇的宝莲灯，能为那些在山中迷路的人指引方向，帮助人们找到回家的路。

某年，有一个书生名叫刘彦昌，准备进京赶考，在路过华山的时候，听说三圣母很灵验，于是就前去膜拜一番。

进入大殿，三圣母的雕像就映入眼帘，这雕像是那么惟妙惟肖，好像美丽的三圣母正在睁着她那柔情似水的眼睛，含情脉脉地看着他，刘彦昌彻底看傻了，过了好久才缓过神来。上完香的刘彦昌，看着美丽的三圣母竟产生了爱慕之意，不舍得离开，便在墙上题了一首诗。这时的三圣母和侍女灵芝赶赴东海之宴，根本没有在庙里。刘彦昌便决定在庙里歇息一宿，希望能在梦中与三圣母相聚。

等到三圣母和灵芝回来后，竟发现自己的庙宇中睡着一个人，而这人就是刘彦昌。三圣母走到近前，看到了墙上的诗，心中不免有些欢喜。没多久，刘彦昌就醒了。他站起身拍拍身上的灰尘，向庙外走去。

三圣母静静地注视着他，心中百感交集。在他面前的这个书生风流倜傥、风度翩翩。可她一想到自己身为天上的神仙，而他只是一介凡人，便又心伤心不已。看着刘彦昌渐行渐远，三圣母的内心再也没办法平静下来。

刘彦昌走出庙宇后一直朝前走着，山中渐渐起了浓雾，野兽的各种叫声也从四面八方一阵阵传来，刘彦昌听后心中很害怕。东躲西藏的，不想竟然迷路了。

忽然，一只斑斓猛虎猛地窜了出来，刘彦昌被吓晕了。当他醒来的时候，第一眼看到的竟然是三圣母。原来，三圣母预感，刘彦昌将有难，于是拿着宝莲灯前去搭救。

刘彦昌对三圣母的救命之恩很是感激，看着眼前的三圣母他竟忘我地盯着她看，而三圣母也正含情脉脉地看着他。灵芝一眼便看穿了他们的心思，说："我提议，以宝莲灯为证，由我来给你们做媒，见证你们的婚姻。"就这样刘彦昌和三圣母结为了夫妻，开始了朝夕相处的生活。

二人在生活了一段时间后，刘彦昌的考期将近，所以他不得不离开了心爱的妻子。此时的三圣母已怀有身孕，刘彦昌交给她一块祖传的沉香，并告诉她以后他们的孩子就取名为"沉香"。刘彦昌在交代了这一切后便进京赶考去了。

这时刚好是王母娘娘的寿辰，天宫正在举办蟠桃盛会。所有的神仙都前来祝贺，唯独没见三圣母前来。这事，很快就被三圣母的哥哥二郎神知道了。二郎神这时才知自己的妹妹竟和一个凡人成了亲，顿时大发雷霆。

三圣母被带回了天庭。二郎神告诉三圣母："如果你还想做神仙，就必须和刘彦昌断绝来往。否则，就要被剔除仙籍。"可是，三圣母乃是重情重义之人，怎会就此屈服。对二郎神的警告更是一点不害怕，因为她有宝莲灯，什么妖魔鬼怪都不惧怕。

二郎神自知妹妹有宝莲灯在手，不敢贸然前去，就让哮天犬前去悄悄偷走了宝莲灯。就这样，可怜的三圣母被二郎神压在了华山之下。在这漆黑的黑云洞中，可怜的三圣母生下了儿子沉香。为了让沉香不招来杀身之祸，三圣母血书一封将它和孩子一起交给了灵芝，让灵芝带着他们去寻找刘彦昌。

这边再说刘彦昌一举成名，中了状元，接受朝廷的命令前去出任洛州知县。就在他春风得意，衣锦还乡后，却发现自己的妻子早已不在他们的茅舍内。刘彦昌很是着急，遇到人便询问妻子的下落，可人们都说从未在那里见过茅舍。伤心欲绝的刘彦昌痛哭着，不知该如何是好，只能先去洛州赴任了。

灵芝历经千辛万苦才找到刘彦昌，告诉他三圣母的情况，并把沉香交给了他。

沉香长大成人后，得知了母亲被压于华山之下，便想去救出母亲。他把自己的想法告诉了父亲，可刘彦昌只是一介书生，他能有什么办法。于是沉香为了救母，独自离开了家。沉香历尽千辛万苦，这才赶到华山脚下，可他并不知道母亲被压于哪座山下，着急的沉香竟放声哭了起来，刚好他的哭声被路过此地的霹雳大仙听到了。大仙看在他一番孝心的分上，决定帮他一把，主动给他带路。

霹雳大仙在前面快速地飞着，累的沉香在后面喘着粗气。没过多久，就在他们面前出现了一条宽广的大河。大仙轻轻松松地飘过了过去，眼看大仙越走越远。这宽阔的河上既没桥也没船，沉香忧心如焚，只听“扑通”一声，沉香跳了下去，向大仙追去。奇怪的是沉香跳入水中并没有往下沉，反倒是感觉自己浑身充满了力量。原来，这条河就是天河，这也是大仙故意在考验沉香救母的决心。

很快，沉香就跟着霹雳大仙来到火山口，取出劈山神斧。之后沉香便能腾云驾雾，快速来到了华山黑云洞前。他呼喊着母亲，那声音穿透岩石传入三圣母的耳朵。可怜的三圣母听到儿子的呼喊，顿时悲喜交加，她知道儿子已经能独当一面了。

沉香接着又找到二郎神，向他苦苦哀求。可是，铁石心肠的二郎神哪里肯放了三圣母，反倒还想伤害沉香。沉香见自己的请求没有丝毫的作用，觉得这二郎神实在可恶至极，便抡起神斧，二人厮打起来。霹雳大仙觉得二郎神竟如此对待自己的亲外甥，简直就是六亲不认，于是暗中帮了沉香，打败了二郎神。可恶的二郎神见大事不妙，仓皇而逃，就这样宝莲灯回到了沉香的手中。

打败了二郎神，沉香举起神斧，拼尽全力朝华山劈去，只见一声“轰隆隆”的巨响，华山被一分为二。被压十三年的三圣母从中走了出来，这对相隔多年的母子终于得以重聚。

最后，二郎神向三圣母和沉香认了错；而沉香也被玉帝敕封了仙职。从此，刘彦昌、三圣母和沉香一家三口过上了幸福的生活。

彭祖的传说

彭祖历经夏、商两个朝代，据说是世上活的最为长久之人。在他七百多岁的时候，依旧身强体壮，耳聪目明，和年轻的小伙儿没什么两样。

相传，彭祖是颛顼帝的玄孙，其父是陆终氏，其母是鬼氏的女儿。二人婚后不久，鬼氏的女儿就怀孕了。谁料这一怀孕就是三年。而且生下的是一个圆球。当时彭祖的父亲见了，非常诧异，认为这定是个妖孽，决定用刀砍了这个圆球。彭祖的母亲连忙上前劝阻，毕竟是自己怀胎三年所生，实在不忍。就在俩人争执之时，这个圆球自己打开了，从里边先后蹦出三个小孩，先出来的为兄，后出来的为弟。彭祖就是最后出来的那个小弟。

长大后的彭祖很懂得养生长寿之道，永远青春有活力。他为人谦逊随和，从不在人前炫耀自己的青春永驻。他不敢将仙家之事随意泄露，因此也就没人知道他这不老的神功是哪里来的。

彭祖的家境还算殷实，家里车马都有，但他为了能够亲身体验大自然的美好，经常徒步四处游走，也没人知道他的踪迹，而且一走就是几个月。有时还在很长一段时间内不吃不喝。有人就对他的种种怪状感到好奇，想偷偷地跟着他看个究竟。可是每次都跟丢了。他每次游走回来，还继续过着常人的生活。

其实彭祖是一个清心寡欲的人，对功名利禄从不感兴趣，他喜欢恬静的生活。后来，殷王听说了彭祖长生不老的事。他为了得到长寿的秘诀就封彭祖为大夫，彭祖根本就不以为然，经常不去参朝。殷王不但不责罚他，还带了许多的金银珠宝去探望他，即使这样彭祖也没有告诉他长寿的秘诀。因为他知道仙机是不能随意泄露的。

殷王没有得到长生之道很是苦恼。没过多久他就派一个叫采女的女人，去彭祖那里学道。采女学成之后就将此术告诉了殷王。他体验过后很是见效，他暗自窃喜。彭祖料定殷王会起歹心，要杀了所有知道长寿道术的人，知道自己也不例外。他就离开了此地，游走到外地了。果不其然，当殷王带人来杀彭祖的时候，彭祖早就没了踪影。

由于彭祖的长寿，始终和年轻的男子一样。普通的女子嫁给他，也就共同生活几十年就老去了，因此彭祖的一生先后娶了一百多个妻子。他的最后一个妻子，很想知道彭祖的长寿之术，便想方设法讨好彭祖。一日，她深情地看着彭祖说："我本想与夫君长相厮守，无奈我会随着年华老去，可是夫君却能青春永驻，如果我能像夫君那样长生不老，就能永久地陪伴着夫君了。"彭祖本对这个妻子也是最为喜爱，他想妻子说的也对。思虑过后就将长寿的秘密告诉了她。

原来彭祖长寿的秘密就是，阎王爷管理的生死簿上根本就没有彭祖的名字，有他名字的那一页，早就被撕下来做成了纸捻。

此时的阎王，对彭祖长寿不老之事也早有察觉。可就是找不到他的名字。无奈他就派两个小鬼到彭祖村边的小河里去洗炭，想从他妻子的嘴里套出实情。果然，他的妻子见这两人在此洗炭，感到非常的奇怪，心想这炭还能洗成白色？她很是不解，就对这两人说："炭怎么能洗白呢？别说我活了几十年，没见过炭能在水里洗白了的，就是我家夫君活了八百岁了，都没见过。"

两个小鬼相互对视后说："你不相信我们的炭能洗白，我们还不相信你的夫君活了八百岁呢！"彭祖的妻子为了能证实自己的丈夫确实八百岁了，情急之下，就说出了夫君长寿的秘密。两个小鬼将套出的实情告诉了阎王爷，随后阎王就找到了纸捻，并派小鬼把彭祖的魂魄勾走了。彭祖死后，人们很是惋惜，觉得他不应该把秘密告诉妻子，是这女人害了彭祖。

九尾狐的传说

提到九尾狐，大家想到的肯定是聪明、敏锐、华丽的皮毛、迷人的眼睛以及它灵敏的身姿。如果让你想象它成精的样子一定是个妩媚、妖艳的女子。

要说起狐狸精，九尾狐则是它们当中的佼佼者，是所有狐狸精所向往和崇拜的灵兽。许多东亚地区的国家都有关于它们的各种传说。

相传隐居在日本和朝鲜半岛的狐狸，由于长时间的修炼和吸收天地之间的灵气，它们尾巴的数量就会逐渐增加，直到长出九条尾巴就算功德圆满，变成了狐狸精，成为了最高级别的灵兽。成精之后的九尾狐不但会长生不死，还会一些法术，它们皮毛的颜色也会变成金黄色，脸变白。人们称之为“白面金毛九尾妖狐”。

还有一种说法就是，它们每修炼一百年就能长出一条尾巴来，也就是修炼九百年后它们就能长出九条尾巴，变成九尾狐。再经过一百年的修炼就有变成人形的机会了。也就是前前后后要经历千年才能修成人的样子。

世间万物的修行，都是以修炼成人形为它们的终极目标。九尾狐也不例外，据说它们要想修炼成人，还需要吃掉一百个人的心脏。我们在影视剧中，也经常看到这样的画面，它们都是以吃人肝脏的方式提高自己的功力，最终变成妖艳多姿的女子。它们虽然美丽动人、妩媚妖娆，但都是用血淋淋的身躯换来的，也着实让人害怕。

其实九尾妖狐变成人的最后一步，也不是那么容易的。它们需要吃掉一百个肝脏才能功德圆满。但是它们在吃最后一个人时，这个人如果能得到他人的帮助，就能战胜九尾狐。不过帮他的人一定是之前自己帮助的人，不管是动物或灵魂都可以。这样一来九尾狐就会功亏一篑。

也有的地方说九尾弧是四脚神兽，有着通身火红的皮毛，有法术且善于使用诱骗的把戏吃人。九尾弧经常变成小孩后啼哭，专等那些心善或好奇之人靠近时，就把他们吃掉。当地人都很忌讳看到它们，认为它们是不祥之物，只要它们出现就会给人们带来不幸和灾难。

其实，九尾狐和其他的狐类最早都是出现在图腾里。这一说法，在《山海经》里有记载。其中有一段就是描述它们九条尾巴的形状和吃人的情形。大致讲述的是：在青丘国，有一种神兽，长有九条尾巴。经常变成婴儿的样子吃人。不过吃了它的肉不会受到邪灵的侵扰。

因此在南方的青丘国，人们不光把九尾狐看作是一个吃人的灵兽，还有着另一种看法。它们认为九尾狐超强的能力可以保护那里的人们；可以用牙齿撕咬敌人并吃掉他们。因此当地的人们都信奉九尾狐，让它作为部落的图腾，以此来达到驱魔辟邪的目的。

相传，大禹治水时期，他的妻子涂山氏的部落也是以九尾白狐作为她们的图腾，以此来保佑这里的人们。大禹治水经过涂山时，看见一只漂亮的白色九尾狐，立刻为她的美艳所迷倒。他还听到一支赞美九尾狐的歌，歌中赞美九尾狐是吉祥幸福的象征，有王者的风范。涂山就是九尾狐祖先所居之地，还说涂山氏就是它们的后人，此地的人们都能得到白狐的庇佑。大禹听了这赞歌后，就决定要在此地成家，并娶了当地一位叫女娇的姑娘为妻。有人说女娇就是一只九尾白狐，后和大禹做了一世的夫妻。

以至于在后来所有的传说里，都把涂山氏作为白狐的后人广为流传着。只要是狐狸精都说自己是涂山氏，也就是白狐的后人，以此来显示自己高贵的身份。它们都以为涂山氏为傲。在它们的心里，九尾狐是无比尊崇的神兽。

九尾狐以它独特的外表和生活习性被称为特殊的物种。它们一般都生活在深山野林里，修行的道行也深浅不一。全身的皮毛洁白如雪，眼睛血红色。一般都是在夜晚出行，动作轻盈敏捷，所以也很少被人发现。

九尾狐一直都以它的聪明美艳著称，据说九尾狐生下来只要经历一百年的修炼就能成人形，而且个个都是举世无双的美人儿，妖艳无比。也正因如此，天下多少人都想一睹它的芳容，想看看它们那美丽的容颜。可最终也没有几人见过它们。

到了大汉时期，人们对它的崇拜也慢慢消减了，以前都是以除妖镇魔，祥瑞之身的图腾形式出现，如今只是在家具器皿上出现的图案。它们在仙界的地位也有所下降，沦落到与白兔、三足鸟这些瑞兽是一个级别了，这些都是因为随着人类社会不断的进步和发展，对九尾狐的认知也逐渐清晰了，不再那么崇拜它们了。后来人们对龙、凤的信奉和崇拜也远远超过了九尾狐。

随着九尾狐在人们心里位置的下降，普通的狐狸就更是得不到人们的喜爱了。把它们看作会伤人的妖魔，被人们憎恶，让人忌讳。而此时的九尾狐也遭受人们的争议，有人说它们是正义的化身，也有人说是妖魔的化身，褒贬不一。也从之前的一身的王气被视为妖气，被人们所唾弃。至此它们在人们心里的位置一泻千里。

到了明、清时期，人们对狐狸的各种形象陆续出现在许多神话故事里。它们大都以狡猾、妩媚、阴险、来去自如的形象出现。在民间早已将狐狸视为妖孽，是祸害人间的邪恶动物。时至如今，人们还是对狐狸有着这样的认知。

那么，关于九尾狐的传说，最为人知的就是封神榜中的苏妲己了，她是商纣王的宠妃。相传她就是九尾妖狐，被女娲派去迷惑纣王、残害忠良、祸乱朝政，因此加速了商朝的灭亡。女娲之所以派九尾狐苏妲己去执行这个任务，是因为商纣王曾经冒犯过她。相传，商纣王在一所神庙里见到了女娲娘娘的神像，便垂涎女娲的美色，口出不敬之语。女娲娘娘本是上仙女神，怎可容忍这等侮辱，很是恼火，决定要惩罚商纣王，又加之商朝的气数也将至，便派妲己执行此任务，来加速商朝的灭亡。而这时姜子牙也辅佐了周王，开始伐纣，商朝就这样很快灭亡了。

它们经过千辛万苦修炼成的九条尾巴，虽然代表着它们至高无上的法力和无限的骄傲，但也是它们变成人形的一个最大障碍，它们的尾巴最难变化。在许多传说里，它们的尾巴总是在喝醉后，或是在功力减弱时现出原形，被人所识破。当然苏妲己也是因此被识破身份的。

商朝灭亡后，苏妲己也被姜子牙所擒。姜子牙便施法将她现出原形，这时的苏妲己还不忘利用自己迷惑人的本领，她楚楚可怜、含情脉脉地看着那些士兵，使那些对他行刑的士兵不忍对她下手，姜子牙就命令士兵闭着眼睛行刑，苏妲己见那些行刑的士兵看不见自己妩媚的样子，她想既然看不到，那还有耳朵可以听。她就用娇滴滴的声音乞求士兵。士兵听了还是不忍下手。最后姜子牙只好让士兵堵上耳朵，闭上眼睛，把苏妲己装在布袋里乱棍打死了。

从苏妲己的这个传说里，我们不难看出，当时的人们对九尾狐的描述都是以妖孽、祸乱和妩媚的字眼来形容的。它们都是以妖媚女子的形象来祸害人，被扣上了红颜祸水的帽子，可见它们圣洁的形象早已不复存在了。

以至于后来，所有关于九尾狐的传说里，它们都是以淫乱、妖孽的形象出现的。只有小说《狐狸缘》中的九尾狐是被吕洞宾割掉八条尾巴后收服的，其余小说里都是写九尾狐的淫乱形象。慢慢的，人们就把九尾看作专门会勾引男人的妖孽，直到后来人们形容一个女人行为不检点、不守妇道都用“狐狸精”这个词。可见九尾弧被人们憎恶到何等地步。

有一个九尾弧的故事，就是讲述它从生到死的整个经历。

相传远古时期，一只在印度出生的九尾狐，经过千年的修行终于成了人形，四处游玩。它先是在夏桀时期变成了妹喜，又在商纣时期变成苏妲己，二者都是以迷惑君王，残暴百姓的形象出现的。后经姜子牙的追杀，它伺机又逃到了日本。也是用自己的看家本领迷惑了鸟羽天皇，得到了天皇的宠爱。后来还是一位叫安培晴明的法师看出了它九尾狐的身份，最后施法将它杀死了。

这只游走了三个国家的九尾妖狐，死后才得以让世人一睹它的芳容。它全身金黄色的绒毛，九条大尾巴和漂亮的脸庞，确实招人怜爱。以往人们都是通过传说想象九尾狐的样子，现在终于看到了真真切切的九尾狐。

那么我们回过头来想想，随着历史车轮的前行，为什么九尾狐从开始被人们崇拜到后来慢慢被人看低，到最后被看成妖魔遭人唾骂呢？就是因为它太过美丽，太过完美了，免不了会遭到嫉妒和诋毁。正所谓树大招风，也许是人在高处不胜寒的道理吧！现实社会也是如此，一个人如果出尽了风头，不会得到周围人的喜欢，迟早也会得到众人的排挤和嫉妒。

还有一些关于九尾狐的其他传说，有的是变成一个有才华的女子伴随夫君左右，助其金榜题名后被弃，只好含泪离去。有的是贪恋人间的荣华富贵，变成美女陪王伴驾，之后使得国家大乱。还有贪玩的狐精的变成人形，找到如意郎君后，想与其过人间的正常生活。不料心爱之人始乱终弃。使得它伤心欲绝，由此想报复天下的负心汉，最终在报复的过程中又遇到了自己的真爱。这些都是关于狐狸精家喻户晓、广为流传神话故事。

由于九尾狐在民间流传甚广，就有专家想对其进行仔细的研究。之后经过考证说九尾狐应该是赤狐华南亚种，在福建厦门一带就有这种狐狸，它们的尾巴大而蓬松，让人想象是九条尾巴的样子。根据大灵猫为九节狸、小熊猫为九节狼的推断，认为赤狐华南种就是九节尾狐。

其实这种推断毫无科学依据，只不过是这项科学领域要对此有个说法罢了。我想大多数人还是喜欢美丽的事物，还是希望心中的九尾狐是圣洁、美丽、智慧和祥瑞的样子。它是历史长河里一朵美丽的浪花。

牡丹花对抗武则天

众所周知，牡丹是我国的国花，是花中之王，代表着富贵吉祥，是身份和地位的象征。每年的四五月就是它盛开的时候。它的品种很多，无论是哪一种花开都是惊艳四射、高贵典雅、重压群芳。它不但有观赏价值，其花和根还能酿酒和入药，有很高的经济价值。

早在大唐盛世时期，牡丹就最为盛行，被称为国花。在当时繁华的长安城里，家家都养殖牡丹，每年的四五月份牡丹花都纷纷盛开，一朵朵的色彩艳丽、雍容华贵。整个长安城弥漫着牡丹花的香气，真可谓是花香四溢、香气宜人，整个长安城里到处洋溢着喜庆的景象。由此也留下“洛阳牡丹甲天下”的美名。这也是牡丹受到大家喜爱的原因。

牡丹被称为花中仙子，具有端庄、大气、优雅和不入凡尘的气质，由此牡丹也称为牡丹仙子，是众多花仙子当中的魁首，像极了一个人的高贵地位和优雅的气质。牡丹之所以能带给人这样的想象，是因为它自身的美丽深深地在了人们的心里。

在唐朝时期，还有一位称作“武则天”的女人，她是封建王朝有史以来唯一一位以皇帝自称的奇女子。敢于挑战封建王朝陈旧的传统制度。她相貌虽算不得出众，但她身上有着一种高贵、庄严、大气的气质，当时被称为唐朝最惊艳的“牡丹花”。武则天也是非常喜欢牡丹花的，因为牡丹花是花中之王，雍容华贵，象征着自己的至高无上的皇权和高贵的气质。

在民间还流传着一个花王和女王的传说。讲述的是人间的“牡丹花”——武则天，将牡丹赶到洛阳的故事。

就在公元690年的冬天，胸怀大志的武则天坐上了龙椅，成为了一代女皇。登基不久的武则天遭到大臣们的反对，认为她一个女人怎么能治理好天下呢？她为了稳固政权，就想先找个机会展露一下自己的才能，也好服众。

话说这日，正值隆冬之际，天下起了大雪，天地之间一片洁白，一片祥瑞的景象。大臣们都纷纷上言对武则天说：“此雪乃吉兆，正所谓瑞雪兆丰年。这都是托陛下的宏福，也是您治国有方，使得国泰民安。”武则天听后很是高兴，自己也感到非常欣慰。她想自己费尽周折，不惜废黜自己两个无才的儿子，才坐上这皇帝的位子，如今百官们也算是臣服于自己了，由此也证实了自己的能力。此情此景武则天怎么会不开心呢？

武则天高兴之余便邀请群臣赏雪，吟诗作赋，还大摆宴席，与众臣开怀痛饮。大臣们纷纷向武则天敬酒祝贺，就这样武则天一连喝了好几番，觉得有些醉意，决定到后花园去散散酒气顺便赏赏雪景。

雪后的御花园里一片银装素裹，各种花草的干枝都披上了白雪，像是长短不一的雪柳，别有一番素雅风情。心情正在澎湃的武则天，心里想着要是满园的春色更配自己此刻的心情。然而此景却太过素雅，不适合自己的心情使武则天有些不如意。一股凉风吹来，再加上喝了酒的缘故，武则天便有些站不稳了。

跟随的宫女们也察觉到了武则天的心思，就连忙劝武则天：“陛下，这隆冬之季的冷风吹久了不好，还是回宫吧！您若是喜欢，咱们明天早上再来观赏可好？”武则天也确实有些乏累，就被宫女搀扶着回宫了。

回宫后，她总觉今天有些扫兴，没能看到满园的春色有些遗憾。便借着酒劲提笔写下了一首诗：明朝游上苑，火速报春知。花须连夜发，莫待晓风吹。写完倒头就睡着了，在睡梦里看到了心里想象的春景。

谁料第二天早上，她真的看到了满园的春色和争先斗艳的花朵，香气满园。她高兴之余还是有些不解，心想这个时节怎么能开花呢？她突然就想起昨晚自己做的那首盼春到、盼花开的诗。肯定是花仙看到了我的“旨意”，便下令一夜间百花齐放。于是她暗自窃喜自己的威望很大，连花神都听自己的旨意。

武则天这边高兴地带着众人欣赏着美景，可园里的百花这边却为了此事发生了争执。

原来百花仙子们接到圣旨，要一夜间就得百花盛开，这可难坏了她们，因为这个时节正是她们吸收精华，为开春做抽枝发芽的准备，如果此时强行开花，就会损伤她们几年的元气，耗损它们几年的功力。其他的仙子都怕得罪武则天，都勉为其难地让自己开花，只有牡丹仙子根本不予理会武则天的圣旨，还气冲冲地对其他仙子说："我就是不开花，凭什么她武则天就那么霸道，非得改变这千古不变的自然规律，在这个时节让我们开花呢？要我说你们都不用理会她，咱们还是继续休养吧！"

其他的仙子听了牡丹仙子的话，也觉得是武则天无理取闹，但他们还是不敢违背女皇的旨意，就对牡丹仙子说："她是皇帝，是真命天子，姐姐是花中之王自然不怕她，我们哪里敢和她作对呢？就算是损耗再多的元气也得开花啊。"说完便继续努力地让自己的花开得更大更美。

牡丹仙子听后更是生气，便说："既然是皇帝，那就更得体察实情，不能下此不合理的圣旨。再说了她只不过是凡间的皇帝，我们都是仙子，她有什么可怕的？"说完就甩袖子回去休养去了。

园中的百花都竞相开放了，个个千姿百媚，争相斗艳。武则天看的是美不胜收，沉醉在这美景之中。得意自己的帝王身份，连花神都尊听自己的旨意。突然，她发觉这百花当中，还有一些如同雪柳状的枝条，依然在那里一动不动。她上前仔细一看，原来是自己喜欢的牡丹花的枝叶，竟然一朵也没有开放。

武则天的心里很是不爽。心想定是那牡丹仙子看不起我这个女皇帝，真是枉费我这么多年一直喜欢牡丹。武则天一气之下就下令，让牡丹滚出长安城，既然不愿在自己面前开花，就罚它到洛阳邙山去。她知道邙山都是坟墓，让它和那些坟墓做伴。看它还能傲起来吗？一定要杀杀牡丹的锐气。

牡丹被贬到邙山后，便扎根在此。没想到的是，这里的气候和水土反而让牡丹更加茁壮地成长起来了。它没有气馁，虽然和陵墓为伍，但到了开花的季节，还是开出了美丽妖艳的花朵，同时还繁殖出许多新的品种。这里的人们发现邙山竟然多了一种花，而且还是那么地美丽妖娆，于是大家都很喜欢牡丹，便都在自家也种上了牡丹。短短几年的时间邙山的百姓家家都种植了牡丹。牡丹在此就得到了繁衍和扩充。

转眼又是一个春天，百花争艳。武则天想着这么好的时节，正是春游的好时候，便下令到邙山去春游。她乘坐车辇来到邙山附近，远远看到那里的人们都在欢喜地欣赏着什么。她也立刻走到跟前去看个仔细。原来人们都争先恐后欣赏的不是别的，正是娇艳欲滴的牡丹花。武则天觉得很没面子，顿时心情不爽。心想：这牡丹真是够倔强的，我都下令不许它开花了，竟然还敢在这里开得争相斗艳，看来是想和我抵抗到底。

武则天顾虑自己皇帝的身份，便压抑着自己愤怒的心情，假装随意走到牡丹跟前仔细观察。她见这牡丹不但没有服输，竟然比在长安时更加茂盛了，而且还繁殖了许多新品种。她看着这些牡丹花，朵朵都开得争相斗艳，显得那么高傲。分明是向自己示威。原本就心高气傲的武则天哪里受得了这些怨气，顿时就怒气大发，心想这牡丹连连和我作对，分明是把我这个皇帝不放在眼里，一定要让它知道自己的厉害。盛怒之下便下令烧死这些傲慢的牡丹。她想只要烧死了牡丹，从此它就不能再独领风骚了。

人们都惋惜这娇艳的牡丹花，就这么被大火烧死了，无奈皇帝下令谁敢阻拦，见火势大了就纷纷逃走了。

武则天看着被大火烧坏的牡丹的枝叶和花朵，这才着实出了一口气，便匆匆地回宫了。

转年的春天，武则天看到五颜六色的花都争相斗艳地开着。不由想起去年烧死的牡丹花，想想就得意的很。于是她又下令到邙山想看看牡丹的笑话，看它还敢和自己作对吗?

武则天到了邙山却被眼前的一切惊着了，没想到，牡丹在它那残枝败叶下依旧开得那么灿烂，那么妖艳。新长出来的叶子和茎是那么的顽强，武则天蹲下仔细再看，只见那烧焦后的杆黑黢黢的。可是在杆的缝隙当中钻出来的枝叶比之前更粗壮了，生命力更为顽强了。当地百姓对重生后的牡丹更为爱戴了，便给它们起名为焦骨牡丹，也就是后来的“洛阳红”。

牡丹的傲骨征服了武则天，她佩服牡丹的不屈不挠的精神，想想这牡丹倒和自己的性格很像，一样的倔强，一样的端庄大气。心想既然大火都烧不死牡丹，也许是上天要留下这牡丹。她觉得自己也老了，大家也都那么喜欢牡丹，还是放过它们吧。

这是一个花王和女王同样傲慢，同样倔强、不屈不挠的故事。其实今天的人们，又何尝不是为了催熟果实、催生花而做着违背时令的事情呢？有的是以火炉取暖的方式，或是水浸的方式，作为不会说话的植物来说，它们没有能力反抗，只是在人们的要求下尽力地开花结果。不管怎样它们还是完成了自己的使命，使人们吃上了反季节的果实。相比之下在邙山那里倔强高傲的花王也是可以理解的。也正是因它们的倔强，使牡丹的种类增加了不少。

虽然这只是个传说，但武则天下令让百花提前开放，确有此事。

也是一个初春的季节，春回大地，万物复苏。各种植物的茎也悄悄地伸展着，小小的花骨朵也悄悄地上了枝条。但是还没有能达到立即开放的地步。经历一整个冬天的武则天心里想着，若是此时就能看到上苑的百花盛开那该多好啊！于是她便提笔刷刷点点即兴作诗一首：明朝游上苑，火速报春知。花须连夜发，莫待晓风吹。

武则天就是想表达自己迫切想看到满园春色的心情，顺便展露自己的文笔，压根就没有真的让百花提前开放的意思。武则天虽然是一代女皇帝，有些霸道。但对于植物生长的常识她还是懂的，不能违背千古不变的生长规律。

但是那些专门讨好武则天的大臣们却不以为然，他们想尽办法让武则天高兴，于是便下令三日后必须让武则天看到百花开放，否则就会要了这些花匠们的性命。花匠们吓得连忙按照吩咐忙乎起来。他们用各种方式给植物取暖，结果三日后还真是百花齐放了。可是因此被冻死的花匠们的灵魂，也就留在上苑里了。

武则天认为上苑里迷人的景色是因为自己的诗句，才出现的奇迹。哪里知道是花匠们牺牲了自己的性命所换来的。也没有人敢告诉武则天实情，如果因为这样扫了女皇的兴估计也是难逃一死。但是由于牡丹花本就不易养殖，开花也就更难了，最终在这百花当中唯独牡丹没有开放。我想武则天虽然是女流之辈，但她也是有胸怀的皇帝，也如此喜爱着牡丹花，不会因此就责罚它们的。

之所以牡丹迁植到洛阳，也是因为那里更适合它们的生长。任何植物的倔强生长，哪里是人力可以控制的。牡丹既然是国花，不光是长安，作为陪都的洛阳自然也要大量种植。随后却发现洛阳更适合牡丹的生长。那么这个关于武则天贬牡丹去洛阳之说，也就根本不存在了。

八仙过海

八仙是道教的传人，他们的故事在民间广为流传，被世人歌颂。提到八仙大家也都知道有铁拐李、汉钟离、吕洞宾、张果老、曹国舅、韩湘子、蓝采和、何仙姑。他们个个神通广大，历经几世的轮回，才功德圆满修道成仙。“八仙过海”这个故事就是他们在即将列入仙班之际经历的一个劫难。

话说这八仙经历了重重的劫难终于功德圆满，要进入仙界。他们得到了仙友们祝福的同时，自己也特别高兴，想着历经过的许多磨难，如今终于修成正果了，心里都很激动。可就在这时他们接到了白云仙长的邀请，到蓬莱仙岛观赏牡丹。大家都认为这是双喜临门，一是修道成仙，二是他们早就有共同游东海的愿望，此次去蓬莱，东海是他们的必经之路，借此可以完成他们八个人的共同心愿，便高兴地踏上了他们的行程。

这日他们八人来到东海边上，铁拐李建议大家都不要坐船，而是利用各自的本领过这东海。大家都表示赞同，于是纷纷掏出自己的法宝。

铁拐李首先掏出了他的宝葫芦，扔向海里，自己坐在葫芦上向对岸行驶。接着就是汉钟离坐在了变大的芭蕉扇上向前行驶。吕洞宾也不示弱，踏着他的宝剑冲向前方。何仙姑则是以优美的站姿站在观音菩萨所赐的荷花上追向前面几人。蓝采和觉得何仙姑动作如此优美，自己也不甘示弱，就想玩一把新花样儿，于是他念动口诀，瞬间把抛向水里的花篮变成一只漂亮的花船，各种名贵的鲜花围绕在船身上。他做出各种搞怪的动作，逗得大家哄堂大笑，连连称赞蓝采和有创意。

蓝采和得到大家的赞赏，游得更是起劲了，他一边游一边做着花式动作。一会儿就追上了何仙姑，就与何仙姑并排同行。接着他就挑逗何仙姑说："怎么样，我的花船漂亮吧！你要是喜欢我可以和你交换着坐。"

何仙姑根本就不理会他的调皮，笑着提醒蓝采和说："你啊！还是注意安全的好，这是在海上，可比不得陆地。"这时其他几位仙人也都陆续赶了上来。只见韩湘子站在由萧变化而成的小舟上；张果老怀揣着纸驴，钻进了竹筒里；曹国舅则是站在玉板上也冲过来了。真可谓"八仙过海，各显其能"。

一路上，你一言，我一语，大家沉浸在笑声中，不知不觉来到了海中央。突然，在何仙姑乘坐的莲花底部形成了类似旋风形状的水圈，何仙姑一个没站稳"扑通"一声坐在了莲花中间。蓝采和本就与何仙姑并排同行，见势不好，赶紧上前相助，他施法让船上的花藤缠住莲花座，使其稳定。何仙姑自己也施法，这样莲花座慢慢平稳下来了。他们刚想松一口气，突然，海底冒出了巨大的章鱼和水蛇，将二人的坐骑死死缠住。他们二人动弹不了，更是无计可施，其余众仙见状都纷纷过来帮忙，一起施法对付水怪。眼看就要治服两个水怪了，就在这千钧一发之际，水里又猛地冒出一个巨大的怪物。

这个怪物庞大无比，身上还长满了刺状的东西。只见它不停地翻滚海水，海面顿时掀起了惊天骇浪。瞬间八仙的法宝都被海浪打翻。八仙也都纷纷落入水中，更可恨的是，大怪物还不时地从它那刺里喷出恶臭的东西来。其他人都还好，就是何仙姑在刚才打斗时伤了元气，还要不停地躲闪喷过来的臭物。此时她的体力有点支撑不住了，怪兽喷出的臭物几次差点落到何仙姑的身上，都是蓝采和及时拉开何仙姑才躲过的。情急之下蓝采和就用一根丝带拴在了何仙姑的身上，这样也好随时拉动何仙姑，躲避怪物。

就在大家慌乱之时，怪兽张开了血盆大口，吞向何仙姑和蓝采和。等到其他众仙发现时已经来不及了，只见这怪兽瞬间便沉入海底。随之蓝采和与何仙姑也不见了踪影。

这时，韩湘子第一个意识到蓝采和与何仙姑是被怪物吞走了。众仙不由都紧张了起来。随后其余的六位仙人决定先离开这海面，到附近的一个岛屿上商量对策。他们都是一脸的迷惑，认为蓝采和与何仙姑在这东海上没有结下什么仇人，这怪兽为何单单对他们二人下手呢？

这时汉钟离说：“我们现在最重要的是，要知道他们俩在哪儿，尽快救出他们。时间久了恐遭不测。”

吕洞宾沉思了片刻说：“这里是东海龙王管辖的地盘，我与他平日里还有一些私交。我想如果找他应该能帮助到咱们。”大家听了一致赞同吕洞宾的意见，就一起来到了东海龙宫。

他们刚到宫门口就被虾兵蟹将拦住了，一个虾兵气势汹汹地说：“你们是何人？太子有令，今天不接受任何人的拜访。”众仙相互看看都无计可施，这时，吕洞宾上前一步将随身携带的东海龙王的信物拿出来，交给虾兵，让他们拿着此物进去请示。一会儿，虾兵蟹将就出来了，说：“东海龙王今日不在，去北海龙宫赴宴去了，你们还是先回去吧！”

曹国舅不甘心就这么走了，连忙上前说：“我们是上界的八仙，只是想和你们龙宫谈一件事情。劳烦再通禀一声。”

这个小兵一听是八仙，态度更是坚定，说：“龙宫你们是进不去的，还是死了这条心吧！若是你们不听我的劝告会后悔的。”

众仙相互对视后，都意识到何仙姑和蓝采和之事定和他们有牵连。无奈他们进不去龙宫，也只好假意离开，再偷偷观察龙宫的动静。

过了一会儿，龙宫的门口出来了两个人，向守门的虾兵询问关于六仙的情况，一个穿着打扮像个头领样子的人问道：“你们说说看，刚才来的那六个人都分别长什么样儿？”门口的虾兵就毕恭毕敬地回答道：“他们自称是八仙里的六仙，一个仪表堂堂的拿着宝剑；一个长者抱着个竹筒；还有一个身着官服，手持玉板……”

对面的人没等他把话说完就抢着说：“是不是还有一个瘸子和大肚子的，外加一个书生模样的人？”小兵们连连点头说：“二太子说得对，就是他们。”

众仙在一旁偷偷听着，吕洞宾告诉大家，那两个人就是大太子摩揭和二太子龙毒。

这时，只见大太子摩揭对二太子说：“看来老七掳走二仙的事，他们肯定是知道了，要不然也不会执意要进这龙宫。”

二太子得意地说：“知道就知道，我们也不怕他们。再说了老七不是也和他们交过手了吗？他们八个人加一起也没打过老七。你还怕什么？咱们还是赶紧喝七弟与那何仙姑的喜酒去吧！我可是馋酒了。”说完两人就大摇大摆地回了龙宫。

听到这里，众仙知道蓝采和与何仙姑确实是被他们捉到这里了，但对于喝喜酒的事他们还是有些摸不着头脑。

原来，那个浑身长满刺的大怪兽就是龙王的七太子，叫“花龙太子”。在所有的龙太子中，他的脾气最为暴躁，残忍。每日里就知道仗着龙太子的身份胡作非为，常常和他的大哥、二哥出去干那不是人的勾当，坏事做绝。今天正赶上老龙王出门不在家，大哥、二哥又在喝酒，他更是肆意妄为，偷偷溜出去闲逛。这时他闻到海面上传来阵阵的花香，还听到优美的乐声，他感到好奇就想上来看个明白。

他一上来看见八位仙人在海面上正利用各自的法宝过海。他一眼就迷上了何仙姑的美色，想娶何仙姑为妻，于是施法把何仙姑卷走了。回到龙宫后就将此事全告诉了他的两个哥哥。哥俩得知七弟战胜了八仙，也就不用担心八仙来报仇了，便同意他娶何仙姑之事。

回过头来再说，六仙听了摩揭和毒龙的谈话后，知道了事情的真相，立刻施法术使守门的虾兵们昏迷，六仙悄悄地溜进了龙宫，解开了何仙姑和蓝采和身上的枷锁，八仙赶紧往外跑，可还是被花龙太子发现了。

他们立刻启动了机关，把跑在最后面的吕洞宾抓住了，其余的七仙只得先逃出龙宫后，再做打算。

他们虽然救出了何仙姑和蓝采和，却把吕洞宾困在了里边。韩湘子建议等龙王回来再和他交涉此事，众仙也都赞同他的建议。

谁料，赴宴的龙王倒是回来了，可他根本就不相信七仙说的这些事。铁拐李气急败坏地用火功龙宫，大太子就向他的父亲进谗言说：“八仙根本就没把你这个东海龙王看在眼里。”老龙王听了气得直接叫四海龙王过来相助。双方展开了一战大战，最终八仙获胜，救出了吕洞宾。这边的东海龙王见斗不过八仙就向他们认输求和，但二太子却私底下请来三官大帝帮他们助战。

虽然此战八仙获胜救出了吕洞宾，但他们都损伤了不少元气。当他们再次和三官大帝交手时，节节败退。在此情急之下何仙姑利用观音的荷花使八仙融为一体，打败了三官大帝。大太子摩揭也因此身受重伤，七太子战死。

东海龙王痛失爱子后，四海龙王将此事告到了玉皇大帝那里。玉皇大帝得知此事就撤了八仙的名位，罚他们再经历一个轮回，才可以成仙。

他们就这样又经历了一百年的修炼，重新回到了天庭位列仙班。有人评论八仙的此次劫难都是因为蓝采和太过招摇所致，其实故事讲到此，无论是谁的过错都已经不重要了。

鲤鱼跳龙门

相传在很久以前，在一个美丽的湖里生活着许多大大小小的鲤鱼，小鲤鱼们每天都开心地在一起玩耍，嬉戏打闹，过着无忧无虑的生活。

在离它们生活之地很远的地方，有一个美丽的大湖。相传这湖是由长年累月的伊水下流又被龙门山拦截而形成的。

一天，一条小鲤鱼对其他的小伙伴们说："我听说，有一个叫龙门的地方，非常好玩。咱们一起到那儿看看怎么样？"

另一条小鲤鱼说："我也听说那个地方很好玩，但听大人们说那儿很远的，那么远的地方我们还能游回来吗？"

其余的小伙伴们一听说有好玩的地方都想去看看，就异口同声地说："回得来，回得来！"

大家一致同意去一趟龙门。于是他们约定好出发的时间和地点后，就纷纷散了。

第二天早上，他们都偷偷地离开家，准时到达约定地点，信心满满、兴致勃勃地朝着龙门的方向游去，开始的时候还好，游到中途的时候，他们都累得直喘粗气，但是为了能尽快到达龙门，谁都没喊累。

途中遇到一只乌龟，见他们急匆匆地游着，以为出了什么事，就上前问道："你们这么着急，是要干什么去？"

小鲤鱼高兴地说："我们要去一个好玩的地方，叫龙门。"

他们继续向前游着，途中又遇到一只海星，海星对他们说：“你们怎么跑到这儿来了？还是回家吧。”

鲤鱼回答说；“没事的，我们只是想到龙门那儿去看看。”

他们一路上有说有笑继续向前游着，突然出现一只巨大的鲨鱼，张着大嘴向他们冲来。小鲤鱼们灵巧的躲过了大鲨鱼，大鲨鱼也没有再纠缠他们就走了。他们躲过了一险，谁也不害怕，反而开起了玩笑说：“这个大鲨鱼肯定是不饿，只咬了一口，没吃到就走了。”

另一条小鲤鱼说：“或许是他看我们太小了，根本吃不饱就放弃了。”

大家一阵大笑后，接着向前游。没过多久他们就游到了龙门附近一个浅口处，就没有路可走了。于是他们就停下来商量一下怎么办。

一条稍大一点的鲤鱼说：“依我说，干脆就直接跳过去吧！”小伙伴们听了他的话都觉得这个办法不可取，他们觉得，这么高跳过去肯定会被摔死的。

大点的鲤鱼见他们都不敢跳，就站出来大声地说；“没事的，我先来跳，你们看着。”

说着他就向后缩了一下身体，猛地一跃，一下就蹿起很高，飞到空中向前冲着 。随后一团火就烧掉了他的尾巴，他忍着疼没有放弃，继续飞着，就这样他跃过了龙门掉到湖水里，瞬间就变成一条巨龙。

对面的鲤鱼们被眼前的一幕惊呆了，都不敢冒这个险。这时小鲤鱼变成的那条巨龙突然出现在天空中，对他的伙伴们大声地说；“伙伴们不要怕，我就是跳过去的小鲤鱼，你们要勇敢，跳过去就能变成龙啦！”

伙伴们听了他的话都鼓起了勇气，挨个跳龙门。可是只有几个跳跃成功变成了龙。其余的都没有跳过直接摔下来，把头都磕了一个黑疤。现在我们在黄河看到的鲤鱼就是这个样子。后来诗人李白还作了一首诗，来称赞鲤鱼的这种敢于跳龙门的精神。

百合姑娘

有一个苗族的村寨，那里的人们每天早出晚归，辛勤地耕作着，虽然不是多么的富有，但也算得上衣食无忧。他们就这样过着原本平静的生活。

可是后来，谁也不知道是为什么，寨子里就多了许多恶霸。他们横行乡里，霸占了寨子里的田地。从此，寨子里人们的生活就变得尤为艰难了。

寨子里有一个叫庄武的穷年轻人，由于家境贫穷，眼看快到三十岁了还没娶上媳妇。可是家里的田地都让恶霸抢走了，他只好到山上开垦新的田地，想尽快把日子过好了，也能娶上一个媳妇。就这样他每天早出晚归，不到三个月就开垦出一块新的田地来。

他看着自己开垦出来的田地，打心眼里高兴。由于没有随身带着种子，便打算第二天早早地再来山上播种，谁料到了晚上，他就又拉又吐的，还发起了高烧，也许是连日来开垦田地太过劳累，再加上不得吃、不得喝的，那个健壮的庄武便一病不起了，他浑身没有力气，根本就动弹不了。这一病足足躺了三天，还是好心邻居帮他请的大夫，又细心照顾，他才好起来的。

生病的这几天，他一直都惦记着那块新开垦的田地。因为这几天正是播种的好时候，再晚几天就真的耽误了。他又想到这几日田里没人管，一定会长出许多草来。他嘴里还不停地叨叨自己病的不是时候。于是他的身体刚好一点就上山去了。

果不其然，田里长出了许多的草。本来播种的时间就有些晚了，现在还要再搭上半天的时间除草。他一心想着快点拔完草，好种上种子。不知不觉就到了中午，为了不耽误时间，早上来的时候就带了中午的干粮，他坐在田边啃着干粮，向四周望去。

一阵微风徐徐而来，看着这郁郁葱葱的大山，又看着自己的田地，眼看就能播种了。心里觉得美滋滋的。随口还唱起了苗族的情歌。这时他看见不远处的草丛里有一株百合的秧苗，被风吹的倾斜了。他自幼就对大山上的各种植物了如指掌，知道这百合若是开花是非常漂亮的，而且还有一股清香味儿。他看着这眼前的百合苗，想着它也一定能开出美丽的百合花来。于是就上前把苗扶正培上土，然后找来一根小木棍给它支起来，又到周围找来一些破砖碎瓦，给它围起来。这样再有风吹来的时候就不会吹倒了。

从此，他只要到田里干活，就会照顾这株百合，经常给它浇水，除虫。经过庄武的照料，百合长得越发粗壮了。可是没过多久，这块田里的活就干完了，他想再去开垦别的田地。又怕这株百合从此没人照顾，有些舍不得。他想若是把百合连根带土一起带回家里，种在自家的瓦盆里，不就每天都能照顾它了吗？于是他就立刻动起手来，高兴地把百合带回了家。

庄武没想到，这娇气难养的百合自打到了自己的家里，长得更加郁郁葱葱、更加旺盛了。没过多长时间还开出一大朵花来。庄武每天干活回来，看着这漂亮的百合花，还有满院的清香，心情顿时觉得很爽。他便把家里打扫得干干净净，也好陪衬这美丽的百合花。

日子久了，庄武就经常对着百合花说话，说田里的庄稼长势如何，还说今年的虫子比往年少。有的时候还对着百合花唱情歌。就连田里来了野猪，毁了庄稼都和百合说。因为他实在是寂寞，再也找不到可以倾诉的对象了。他每天晚上都和百合说着自己的心里话，就这样说着说着就睡着了。

可奇怪的是，这百合一直就是这一朵花，而且从开花到现在都有好几个月了，丝毫没有要凋谢的样子，反而更加鲜艳了。庄武是个粗心的汉子自然对这些没有留意。还是一如既往地和百合花说着自己的心里话。

一晃就到了苗族的赶秋节，寨子里的老老少少都穿着节日新装。年轻人会聚到秋千架下，姑娘们则打扮得漂漂亮亮的，等待自己心爱的男子向自己示爱。小伙们就在此展示自己荡秋千的本领，以此来传达对自己心爱姑娘的爱意。

庄武平日里歌唱得非常好，荡秋千也是一流的高手，可就是在众人面前羞于展示。眼看着自己中意的女子都跟别的男子走了。也有对他示好的姑娘，可不是他中意的。天慢慢地黑了，所有人都走了，就剩下他一个人在那里站着了，最后便灰溜溜地回家了。

庄武走在回家的路上心里很是失望，嘴里还在不停地叨咕着："今年又没娶上自己心爱的人，那些姑娘们都喜欢爱唱歌的男子。可我就是张不开嘴，哎，活该自己就这么孤单着。"

庄武本来挺失落的，可是回到家看到那娇艳的百合花，心情立马就好了起来。晚饭后他照常来到百合面前。说起了自己白天在赶秋节上的事，说着说着他就对着百合花唱起了白天不敢唱的情歌。他唱得那么深情，那么专注，仿佛眼前的百合花就是他心爱的姑娘。唱完他深情地看着百合花发呆。

百合花像是被庄武的歌声所打动，也随风摇摆起来。突然从百合的花蕊中出来一位亭亭玉立的白衣女子，面目清秀可人，她深情地看着庄武说；"我是百合姑娘，我早就喜欢上你了，你的善良、勤劳深深地打动了我，还有今晚你的歌声也是特别动人。我想嫁给你，让我们永远地生活在一起，好吗？"

庄武被这突如其来的幸福给乐蒙了，以为自己是在做梦。他掐了一下自己的大腿感觉很疼，知道不是梦。他连忙羞答答地答道："好好！太好了！"百合姑娘见他那憨态可掬的样子，也抿着嘴笑了起来。

庄武和百合姑娘结为夫妻后，二人就过起了男耕女织的日子。庄武不但干活更有劲了，还把之前开垦的田地打理得更好了，为了能让百合过上更好的日子，他又在闲暇之余开垦了几块新田地。百合姑娘也不示弱，她除了在家里洗衣、做饭、收拾家务之外，还养了一些家禽。她每天收拾完家里的活儿，就把做好的午饭送到山上，亲眼看着庄武吃了自己做的饭菜，庄武之前在山上干活都啃着凉干粮，现在是吃着妻子送来的可口的热乎饭菜，心里别提多高兴了。庄武吃完饭后，俩人有说有笑的，庄武还经常给妻子唱歌听。百合也不闲着，便坐在田埂上一边听歌，一边给庄武缝补衣服。百合见自己的丈夫每天不停地干活，也很心疼。有时候在庄武吃饭的时候，百合就抄起锄头想帮丈夫干点农活，可是庄武却夺下百合手中的锄头心疼地说：“有你陪在我身边，就是我这辈子最大的幸福。这种粗活可不能让你干，累坏了我可是会心疼的。”百合听了丈夫说的话觉得自己也是最幸福的人。

等到日落的时候百合就和庄武俩人手拉手一起回家。起初寨子里的人都说，庄武没见过女人，笑话他如此宠爱老婆；也有的说庄武命好找了一个既漂亮又能干的老婆。可是时间久了，寨子里的男人都对自己的老婆说：“你看人家庄武媳妇，不但长得漂亮还这么能干。”可女人们都对自己的男人说；“你怎么不看看人家庄武是怎么疼老婆的呢？”听到这些话的庄武只是低头不语，心里甭提有多美了，而百合却是和他们打趣一番就走了。

就这样俩人越来越恩爱了，日子也过得越来越红火了。短短几年的工夫，两人通过自己的勤劳，攒下了不少积蓄，日子越过越好了。庄武就不再像以前那样勤快了。他变得得意起来了。他觉得现在的日子过好了，就不用那么辛苦地干活了。再后来干脆自己就不干活了，而是把田租给别人种，整日里就知道和那些无所事事的人在一起喝酒打牌，不务正业。

百合见庄武变成了一个无所事事、游手好闲之人，心里很是难过，百合最开始劝他，不能再这样下去了，他应付着答应了，可还是不干活。百合再劝他，他就嫌百合唠叨个没完，便没好脸色地对百合说：“以前咱们穷，当然要努力干活了，现在都过上富裕的日子了，就没必要这么辛苦了。”百合听了丈夫的话很难过。她想丈夫总这样下去肯定不行，一定得想个办法。

一天，百合对庄武认真地说;“庄武，当初我愿意嫁给你，是因为你善良勤劳，现在你不再是那个勤劳的庄武了。所以我也没必要留在你身边了。”说完她转身就坐在一只鹰的背上飞走了，院里的百合花也瞬间枯萎了。

庄武一看百合真走了，一下就傻眼了。知道自己错了，对不住百合的一片真情。他决定要做回之前那个勤劳的庄武、那个让百合喜欢的庄武。从此他又早出晚归地干活，晚上回到家还像从前那样，和院里的那株百合说着这一天所发生的事，诉说着自己对妻子的思念之情。他盼着百合能像之前那次一样，出现在自己面前。可是妻子一直都没出现。

庄武就这样一边辛勤地耕田，一边盼着自己的妻子能回来。转眼就到了中秋节，这天，他从田里回到家，屋里冷冷清清，也没有一口热饭。不由得想起百合在的日子，家里家外都料理得井井有条；想起他们之间种种的恩爱，那是多么幸福的日子啊。再看看现在，他心里恨极了自己。于是他难过地走到百合花面前，诉说着自己的懊悔，诉说着对百合的思念之情。眼泪一颗一颗地掉在了百合花上。突然，枯萎的百合突然绽放开了，百合又从花蕊里出来了。庄武激动地一把搂住百合，号啕大哭，说自己已经改好了，希望百合原谅自己。

其实，百合根本没想真的离开庄武，只是想用这办法让庄武变回原来的样子。从此俩人又过上幸福恩爱的生活。

黄河的传说

话说有一个叫黄河的年轻后生。不但人长得俊朗，还是一个射箭高手，无论远近高低都能射中，算得上百发百中。

黄河家境贫穷，就靠上山打猎维持生计。他每天都是早早地骑马上山，由于他的箭法好，每次都能打到不少猎物。当地有一个大户人家，家里非常有钱。这家的后花园修建得非常漂亮。而黄河每次打猎都要在这个花园旁边经过。

这天，黄河打猎回来，骑马从这儿路过。他闻到了阵阵的花香，于是他勒住马的缰绳，顺着香味望去，只见一位漂亮的姑娘站在围墙上正羞答答地看着自己，还不时抿着嘴对自己笑。黄河从未见过如此漂亮的姑娘，她身材婀娜多姿，面若桃花。黄河一下就看傻眼了。

这时，姑娘见黄河傻傻地看着自己，就将一只手镯扔给了黄河，自己便躲到了围墙背后。黄河立刻下马，上前捡起了手镯，又望了望姑娘刚才站着的地方，姑娘的一颦一笑还在黄河的脑海里回放着。心里不由得暗自窃喜。之后，黄河每次从这儿经过，都要停留一会儿，想着还能见到那个姑娘。可是一连十多天过去了，那里的围墙花草依然都在，就是那个姑娘始终都没有出现。

又过了十多天，这日黄河打猎回来的很晚，经过这里时月亮都出来了。但是黄河还是习惯性地停下来，向花园望去。这时，路边走出来一位姑娘，黄河趁着月光一看，就是自己要等的那个姑娘。便立刻翻身下马，走到姑娘的跟前说："你不会是仙女下凡吧？"姑娘抿着嘴笑，没有说话只是摇了摇头。黄河接着说："我从来都没见过像你这么漂亮的姑娘，不是仙女，那你是谁？”姑娘笑着说：“我是员外家的小姐，我知道你每天都会从这里经过，所以我今天就背着家里人偷偷跑过来见你了。”姑娘说完又羞答答地低下了头。

黄河一听是员外家的女儿，顿时就很失落，他想自己家境贫寒，又是个穷打猎的，哪里配得上员外家的小姐呢？他转身就要上马离开，可是被这姑娘一把拦住了。她深情地看着黄河说：“我知道你的顾虑，可我早就喜欢上你了，我根本就不在乎你的家境如何，能和你在一起，是我最大的心愿。”黄河听了姑娘的一番话，而且自己也确实非常喜欢这姑娘，也就没再多想什么了。俩人就细聊起来，直到半夜才依依不舍地分开，临走时俩人还约定了三天后的见面时间。

转眼三天到了，黄河如约来到这里，一直等到很晚，都没有见到姑娘的影子。黄河不甘心，就这样一连半月都到这里等着姑娘，可是自己心爱的姑娘一直都没有出现。他想姑娘不是那薄情之人，必定是家里出了什么事了。经过多方打听才知道，原来员外知道了女儿和黄河私下里有来往。就把女儿关起来了。黄河得知姑娘被关起来了，心急如焚，想着一定要救出姑娘。

我们再说这员外，他也敬重黄河是条汉子，可是一想到黄河家境贫穷，怎么也不同意把女儿嫁这么一个穷苦人家。员外一心想让女儿嫁给一个有钱的富家子弟。员外苦口婆心地劝说女儿，可女儿死活都不答应，心里只装着黄河一人。

员外见说服不了女儿，就想让黄河这头放弃追求自己的女儿。他知道黄河在当地也是小有名气的人，不能硬来。他就想出一个比箭招亲的主意来，到时候黄河做不到就会主动放弃了。于是他就四处张贴告示，说谁能在百步开外，把箭射到悬挂着的铜钱眼里，就把女儿嫁给他。

大家一听是“比箭招亲”，十里八村的人都争先恐后地来了，有的来看热闹，有的想参加比箭抱得美人归。好热闹的场面啊！比赛开始了，前面的人都没射中，轮到黄河时，他不慌不忙地向前走了几步，掏出一支箭放在弦上，只听“嗖”的一声，正好射在了铜钱眼儿里。赢得围观人的一阵掌声。

员外一看黄河射中了，若是当众反悔也没面子，就故意说要加赛。让黄河再射一箭，不过这箭要把之前的那个箭从铜钱眼里顶出去才算赢。黄河就又不慌不忙地射中了第二箭，把先前的箭也顶出来了。围观的人们见黄河的箭法确实了得，随后就是一阵欢呼呐喊声。

员外没想到黄河的箭法如此高，但他还是不肯罢休，又提出让黄河再射第三箭的要求，这一箭不但要射断栓铜钱的线，还要接住铜钱和线。黄河一听，分明是强人所难。射断线倒不难，关键是射断线后怎么可能在百步开外还能接住线和铜钱呢?

黄河就气急败坏地掏出一支箭，直接射向员外。员外一个闪身躲过了此箭。员外虽然躲过了此箭，却吓得出了一身冷汗。连忙吩咐手下人务必抓住黄河。

围观的人也都看出来是员外故意耍赖，就想帮助黄河，便一拥而上围住了他的手下人，这才让黄河趁机逃跑了。黄河一路跑到了山上，心想自己平日里都是百发百中，今日却没射中，也没能救出自己心爱之人，心里很是窝火。就决心在此苦练自己的箭法，发誓一定要救出他心爱的姑娘。

转眼一年过去了，黄河的箭法练得更加精准了。这天，他决定饱吃一顿后就下山去救姑娘。于是他一箭射下一只大鸟。谁料，大鸟突然开口说话了，它用乞求的眼神对黄河说:“好汉，只要你能放了我，我就告诉你一件很重要的事。”黄河听后就把大鸟身上的箭拔下来，真的放了它。大鸟就把他心爱姑娘的事告诉了他。

原来，黄河跑到山上后，员外就逼着自己的女儿嫁给一个财主，女儿誓死不从，就跳楼自杀了。临死前还不停地喊着黄河的名字。

黄河听后心如刀绞，伤心欲绝，顿时瘫坐在地上，号啕大哭。此时，大雁也飞到了空中。只见黄河的眼泪就流成了河，滚滚的河水向东边流去，也就是心爱姑娘所在的方向。从此人们就把这条河叫作“黄河”。由于黄河心怀仇恨，日夜想念心爱之人，黄河水就一直波涛汹涌地向东流去。

梁山伯与祝英台

梁山伯与祝英台的故事，讲述的是一对青年男女凄美的爱情故事。他们的爱情故事被世人流传千古，堪称千古绝唱。相传这个故事发生在一千多年前。

话说这个祝英台，是祝家庄祝员外的女儿，自幼就聪明可爱，长大以后出落得更是亭亭玉立，美丽大方。在那个时代，女孩是不能随便出门的，更别说出远门到外地求学了。祝英台从小就羡慕那些去学堂读书的人，她现在只能每天站在窗前看那些过往的读书人，心里一直想不明白为什么女子就不能进学堂呢？她的梦想就是想着有一天自己也能到学堂去读书。

一天，她不想再这样等下去了，就向父母坦白了自己的心愿。母亲听了很是吃惊，觉得这事儿太荒唐了，就板着脸对女儿说："哪有女子出门读书的。这也太不像话了，再说家里的书也很多，你若愿意可以随便读。"祝英台知道母亲的顾虑，就说；"我知道您不放心我一个女孩儿出门，我早就想好了，我穿上男人的衣服，梳男人的发式。不会有人知道我是女孩的。"

祝员外夫妇见女儿执意要去，还以男子的身份去，也就有了几分放心，就答应了。随后就给女儿和她的丫鬟各自做了几套男装，准备齐全后就等着明日动身了。

第二天早早的，祝英台和她的丫鬟就穿上男装出发了，高兴地奔往杭州求学。祝英台出了祝家庄别提多高兴了，就像是小鸟出了笼子，可以在天空无忧无虑地飞翔了。她和丫鬟一路上有说有笑，不知不觉就走到了杭州城外的一个草桥亭上，巧的是，她在这儿结识了一位叫梁山伯的书生，也是到杭州万松书院读书的。俩人一见如故，非常谈得来。

其实祝英台第一眼看见梁山伯就对他有好感，想到以后要和他天天在一起读书，一定能学到很多东西，心里便暗自窃喜。再说这梁山伯对祝英台也是一见如故，认为能和她在这草桥亭相遇定是一种缘分。于是他就提议要和祝英台结拜成兄弟。祝英台也很欣赏梁山伯，便高兴地答应了。俩人便立即结为金兰之好。当然了，梁山伯根本就不知道祝英台是个女儿身。

俩人就这样一起来到万松书院。他们一同读书，一起嬉戏，成了一对分不开的好兄弟。转眼三年过去了，祝英台早就深深地爱上了梁山伯，而朴实憨厚的梁山伯一直都不知道祝英台是女儿身，一直都把她当作最好的兄弟。

这天，祝英台收到一封母亲病重的家信。她心里很是焦急，决定要回家探望母亲，打算回到家后就把她和梁山伯的事情告诉父母，请求父母成全她和梁山伯的婚姻。

三年的朝夕相处，祝英台偷偷地爱着梁山伯，梁山伯对祝英台也是情深义重，眼看着自己的好兄弟要离开，他决定要送一送她。在路上，祝英台就想告诉梁山伯自己对他的爱慕之情，可又羞于出口。她便对梁山伯各种暗示和提醒。可憨厚愚钝的梁山伯始终都没听懂，也没想到这个叫了三年的“祝兄”是女儿身。

俩人继续走着，走到凤凰山的时候，祝英台心里很是着急，心想再不说就没机会了。于是她灵机一动，对梁山伯说：“我有一个妹妹，排行老九，和我长得一模一样。我想给你们二人做媒，到时候你一定要到我家来提亲。”说完就把羞红的脸扭到一边。

梁山伯一听说与祝英台长得一般无二，就高兴地连忙作揖道谢，说回家跟父母禀报一声，然后就去提亲。不知不觉，梁山伯已经送祝英台十八里路了。俩人依依不舍地分开了，临行前，祝英台再三嘱咐梁山伯一定要到她家提亲去，说自己会在家一直等着他。

祝英台回到家才知道事情的真相，原来母亲根本就没病，是骗她回来相亲的。祝英台情急之下就把她和梁山伯的事情告诉了父母。由于祝员外夫妇疼爱女儿，也就暂且答应下了。可是，她在家里等梁山伯来提亲，左等也不来，右等也不来，半年都过去了梁山伯还是没有来。

这时父母就生气地对祝英台说："你说的这个梁山伯，是个不靠谱的人，你不能再等他了。再有好人家就把婚事定下吧！"祝英台却告诉父母说："这辈子，我只嫁梁山伯。"这次，祝员外夫妇没有随着女儿的性子，偷偷把女儿许给一户有钱人家的马公子，而且不久就得完婚。

此时的祝英台茶不思、饭不想，一心只想着梁山伯能快点来。原来是因为梁山伯赶上考试，耽误了时间，才没有按时来提亲。可等梁山伯来的时候，一切都晚了，祝员外已将女儿许给马公子了。当梁山伯见到祝英台以女儿妆容出来时，非常懊悔自己的愚钝。此时的祝英台早已哭成泪人。得知一切实情的梁山伯更是像遭遇晴天霹雳一样，整个人都崩溃了。

梁山伯回家后，不思茶饭。每日里都是想着祝英台的音容笑貌，想着他们三年的朝夕相处，在一起的点点滴滴。恨自己的愚钝，没能早点知道英台是女儿身。不久梁山伯便一病不起，时日不多就死去了。临死前他对父母说："死后就把自己埋在祝英台出嫁的路上吧！我想再看看她。"

祝英台得知梁山伯的死讯后，悲痛欲绝。可是一贯叛逆的祝英台既没有哭，也没有闹，反而更加平静了。结婚那天，她穿着一身大红婚服，坐上花轿，随着那吹吹打打的迎娶队伍走了。

当迎亲的队伍走到梁山伯的坟墓时，突然刮起了狂风，花轿无法前行，只得停下。祝英台脱下婚服，身着一身白色衣服从花轿上走了下来，踉踉跄跄地走到梁山伯的坟前失声痛哭，那哭声撕心裂肺，惊天动地。接着就是狂风暴雨，一个电闪雷鸣过后，"啪"的一声，坟墓开了。祝英台看到梁山伯面带笑容地看着自己。祝英台便擦干眼泪也面带笑容地走进了坟墓，这时，突然坟墓就关闭了。

瞬间又变得晴空万里，像什么事都没有发生过一样，只是坟墓旁多了两只翩翩飞舞的蝴蝶。人们都说这两只蝴蝶就是梁山伯与祝英台，他们终于可以在一起长相厮守了。

田螺姑娘

在晋朝年间，在候官县一个普通的小山村里，住着一个叫谢端的男孩，自幼父母双亡成了孤儿。多亏了那些好心邻居们的帮助，才把他拉扯大。

一晃谢端就长成二十来岁的小伙子了，他为人善良，勤劳肯干。他一直都很感激那些帮助过他的邻居们。他想自己也大了，要自食其力，不能总是麻烦邻居们。后来他就在山坡上搭了一间房子，过起了一个人的生活。他每天都早出晚归，辛勤地耕作。

由于家里穷，又无父无母，也没能娶上媳妇。后来村里人也帮他介绍过几次，也都是因为穷，出不起钱，而不了了之了。谢端并没有太在意，还是继续过着自己的日子。

这天，他在田里干活时，看见了一个又大又漂亮的田螺，他很是高兴，收工后就把它带回了家里，放在缸里养着。没想到，他第二天干完活回家后，却发现桌上摆着做好的饭菜，烧好的开水，家里还收拾得整齐干净。起初他还挺纳闷，后来想想，准是自己以前的邻居过来帮他做的这一切。

之后一连十多天，都是如此：做好的饭菜，烧好的开水，干净的屋子。谢端一直都认为是之前的邻居们帮他做的，心里很是感动，就想到以前的邻居们那里去说声谢谢。可是邻居们都说不是他们做的。邻居们还开玩笑地对谢端说："是不是你偷着娶了媳妇也不告诉我们一声，怕我们喝你的喜酒啊？"谢端听了更是一头的雾水。

他回到家后，决定把这事查个清楚，他想知道是哪个好心人干的。第二天他还是照常早起去田里干活，干了一会儿就往回走。快走到家的时候就看见自家烟筒冒着炊烟。他蹑手蹑脚地进了屋子，屋里一个人也没有，不过桌上摆着的饭菜还冒着热气，像是刚刚做好的样子。他转身看见灶台的炉火还在烧着水。

他想这次是自己回来晚了，没能看到那个好心人。第二天，他还是照常早起出门了，可是这次他没有走，而是躲在门口的墙外边偷偷向里看着。一会儿的工夫，只见养田螺的那个水缸里飘出一个漂亮的姑娘，接着这姑娘就系上围裙，走到灶台前开始烧火做饭。

谢端看到这一切惊呆了，随后跑到水缸前看了一下，那个田螺就剩下空壳了。他看了看手里的田螺空壳又看了看姑娘，似乎心里也有了一些想法。于是他走到姑娘面前说；“您到底是谁，为什么要来帮助我？”

姑娘见事情已经暴露了，本想跑回水缸中的田螺壳里，可是田螺壳却在谢端的手里。她也无计可施了，便说出了实情。她告诉谢端:“我本是天上的白水素女，是我们的帝君见你为人忠厚，勤劳善良，自幼无依无靠，很是可怜。就派我到人间来助你一臂之力，让我为你洗衣做饭，打理家事。想让你尽快富裕起来。这样就能娶上一个媳妇，再为你生个大胖小子，过上幸福人家的生活。可是现在这一起却被你发现了，你可知道这天机是不能泄露的。现在我也不能再帮你了，只得回天庭了。”

谢端听了姑娘的话，后悔自己的贸然行事。他说了许多感谢姑娘的话，想让她留下来。姑娘也无奈地说:“我必须走，这是我们天庭的规定，我知道，我走了之后你的日子肯定会有一些难处。但是你记住，只要勤劳干活，你的日子一定会慢慢好起来的，我把这个田螺壳给你留下，你用它盛粮食用吧，它会让你有吃不完的粮食。”话音未落，屋外便起了狂风暴雨，素女转身出门消失在雨中。

素女走后，谢端更加勤劳能干。为了感谢素女对自己的帮助，就在当地为她建了一座庙，里边供奉的就是素女的神像，也就是今天的素女祠。经过谢端的辛勤劳作，日子终于过好了，之后也娶妻生子了。后来还参加了科举，并当上一县之长。

哪吒闹海

据说，殷商末年镇守在陈塘关的总兵李靖，膝下已有两子，高兴的是他的夫人又怀孕了。可是这一怀就是三年，一点儿都没有要生的迹象。李靖也很着急，但也没有办法只能继续等。

就这样又等了半年，一天，夫人突然肚子剧痛。李靖想应该是要生了，就找来了接生的人。没想到的是，生出来的不是个孩子，而是一个圆圆的肉球。李靖认定这肉球是个妖孽，拔刀就要砍了它，夫人见状连忙跪下向李靖求情。就在这时，肉球自己开了，还发出了闪闪的金光，接着从里边蹦出一个小男孩儿来。

李靖一时之间也不知如何是好，但他还是认定这个孩子就是个妖孽，责怪夫人生了这么个怪物。这时太乙真人驾着七彩祥云来到李靖家里，把这个孩子收为徒弟，并给他取名哪吒。临走前还送给哪吒两件宝物，一个乾坤圈、一个混天绫。

哪吒长大后练就了一身的好本领。由于陈塘关毗邻东海，东海龙王和他的儿子称霸一方，祸害百姓。哪吒很是气愤，决定要教训一下他们，也为百姓们出口气。

这天，他就带着他的混天绫和乾坤圈来到了海边。他伸手拽出了缠在腰间的混天绫在海里来回挥摆，就这几下，海面立刻掀起了层层巨浪，就连东海龙宫也跟着摇摆晃动起来，龙王吓得赶紧派夜叉到上面察看情况。

夜叉一看是个小屁孩儿，就没把哪吒放在眼里，让他赶紧滚出东海，哪知哪吒不走，还故意出言激怒他。夜叉气得上去就是一斧，哪吒也不含糊，一个躲闪后就拿起乾坤圈砸向夜叉，夜叉一下就倒地死了。

龙王得知夜叉死了，气得大发雷霆，派三太子带兵去捉拿哪吒，三太子见到哪吒后，见他身上有一彩绸，闪闪发光，他判断这定不是寻常之物，心里就盘算着把哪吒打死，这宝物就归他了。

三太子来到哪吒面前气势汹汹地说："我乃是龙王三太子，你是何人，竟敢来我东海撒野？"

哪吒也不示弱："我是李家三公子，在这儿洗澡，关你屁事。"

俩人三说两说就战在了一起。再说这哪吒不但有一身太乙真人的绝学，还有法宝在身。龙王三太子哪里是他的对手。没过多少回合，三太子就被哪吒打死了。哪吒见三太子已死，便得意地说："呸，还龙王三太子呢，就这点本事，活该被打死。"说完就大摇大摆地回家了。他哪里知道自己闯了大祸了。

龙王得知自己的儿子是被陈塘关的李靖之子打死的，气得直接跑到李靖家里来，要让哪吒赔偿性命。哪吒的两个哥哥，金吒、木吒陪同哪吒站在了龙王面前，拉开阵势准备和龙王对战。龙王知道他们都不是凡人，有法力在身，就没敢贸然出手。

他决定到天庭找玉皇大帝告状去，谁料，哪吒在半路拦截住龙王，把龙王惨揍了一顿。龙王回到东海又请来了他的三个兄弟过来帮忙。

随后四海龙王就施法将整个陈塘关都给淹了。他们对李靖说："你不交出哪吒，我们绝不罢休。"哪吒气得直跺脚，想和他们拼了。李靖一把拦住了哪吒，还没收了他的两件法宝。哪吒无奈，为了全城的百姓不再跟着遭殃，他站在露台，拔剑自刎了。

太乙真人得知自己的徒弟死了，就用莲花和莲藕，造出他的身躯，施法把哪吒的魂魄招回，附在这莲藕做的身躯上。重生后的哪吒更是厉害了，他又多了两件法宝——火尖枪和风火轮。随后就去了东海大闹龙宫，打死了龙王，终于为民除了害。

灶王爷的传说

我国民间在新年将至的时候，一直流传着一个祭拜灶王的习俗。就是在农历的十二月二十三日这天，在炉灶前摆上甜口的点心，再把灶王的画像烧了。

所谓“上天言好事，玉帝送吉祥”，就是让灶王吃了甜口的点心后，嘴也变甜了，到玉帝那里说上一些好话，玉帝就会给人间送来吉祥安康。那么，灶王又是怎么由来的呢?

说是在很久以前，有一个叫张生的人，家境殷实，他一向专横霸道，心狠毒辣。这一年，当地闹起了旱灾，庄稼颗粒无收。乡亲们苦不堪言，最后实在饿得不行了，就到他家里想要点吃的。他根本不理会相亲们的死活，直接把大家轰出去了。就连他的亲戚们来向他讨点吃食，也是照样不给轰出去了。张生有一个贤惠能干的妻子叫丁香。每天都遭受张生的打骂，有事没事就拿丁香撒气。常常是旧伤未好又添新伤。张生不但为人霸道，还有赌博的恶习，整日里不干一点正经事，只知道喝酒赌博。丁香便好言相劝，叫他不要再赌了，好好过日子。他非但不听，还把丁香毒打一顿。他的父母因此也被这个不争气的儿子活活气死了。丁香发送了公婆后，便一个人撑起了家里的重担，整日里不停地干活。之后，张生不但不改，还变本加厉地挥霍，为了赌博，他把家里能卖的东西都卖得差不多了。丁香见自己再怎么辛苦地干活也架不住丈夫如此挥霍。她实在是忍无可忍，就又来劝丈夫，张生见丁香整日里唠叨自己，不但把丁香好一顿打，还把她轰出了家门。

可怜的丁香，只好带着一身的伤痛四处流浪乞讨为生。这天，她走了很久也没找到吃的。连累带饿一头晕倒在路边。恰巧有一个好心的小伙子路过这里，见她还有气息，就把丁香救回到自己家里了。丁香的身体也慢慢地恢复好了，她见这个救自己的小伙子心地善良，仪表堂堂，还是个单身汉，比那个打骂、轰自己出家门的丈夫强上百倍。她为了感谢小伙子的救命之恩，就决定留下来帮他料理家务。由于丁香勤劳能干，人又贤惠，小伙子就对丁香动了感情。俩人就这样好上了，并结成了夫妻。

由于俩人的勤劳能干，丁香又是勤俭持家的好手，几年的时间，他们的日子就过得非常富有。他还经常帮助那些穷困的人家，给他们送些衣物和吃食。

这时的张生，把家里唯一的房产也输光了。他只好四处流浪以讨饭为生。这一天张生饿得连路都走不动了，正好晕倒在丁香的家门口。这时正赶上丁香出来倒水，看见一个蓬头垢面的人倒在自家门口，就让丈夫把他背到家里来了。先是喂了一口水给他，又给他擦洗干净。这时丁香定睛一看，这不是自己之前的那个败家的丈夫吗？丁香很是生气，转念一想毕竟夫妻一场，还是帮帮他吧！就给他盛了一碗粥，故意在粥里面放了一个戒指。张生吃了几口就吃到了戒指，他觉得奇怪便抬头看向丁香，这才发现救自己的竟是自己先前赶出家门的妻子，往事历历在目，想起当初自己对妻子非打即骂，还不听妻子的劝告，以致自己落到这步田地。此时的张生羞愧难忍，一头撞死在灶台前。丁香的丈夫见此情景实在是不解。丁香就把自己之前的遭遇和丈夫说了。丈夫听了很是心疼，便安慰丁香说："这都是他自己造的孽，你也不要难过了，以后我会加倍疼惜你的。"后来丁香和丈夫把张生安葬了。

张生死后的魂魄无处安身，因为他生前坏事做尽，哪里的庙都不收留他，他的魂魄只好四处游荡。正赶上玉帝下凡体察民情，见他四处游荡也不是个事，就封他做了个灶王的官。

自此，人们就在每年的这一天，也就是腊月二十三日来祭拜他，称为"祭灶"。

人们都知道他不是什么好人，又怕他到玉帝那里说些坏话，就给他摆些甜口的祭品，吃了就会嘴甜，向玉帝多说一些好话。有时也会随便弄点吃食祭拜他，不管祭品好与次终究还是不敢怠慢他。

送子娘娘的传说

在我们国家有许多的庙宇里都供奉着送子娘娘的神像，大都是慈眉善目，怀里抱着婴儿的样子。来庙里求子的，大多是妇女，她们先是点着一炷香，然后再虔诚地跪拜在神像面前，心里默念自己的心愿，求送子娘娘赐给自己一个健康可爱的孩子。如果得愿，以后还要带着之前的承诺来还愿。相传都是以抽签的形式来判断送子娘娘是否能完成她们的心愿。比如抽到的是上签，那就是说，送子娘娘会保佑你有一个健康可爱的孩子。这时就得赶紧把提前准备好的小孩衣服穿在神像上的婴儿身上。这都需要有一套完整的程序来完成。

在佛教中最为常见的送子娘娘就是观世音菩萨，也有人称他为送子观音。她是西方阿弥陀佛座下的上首菩萨，是慈悲与智慧的象征，在民间有着极其重要的地位。

其实，在民间对于求子来说，没有人在意所拜之神是佛还是道，只要能完成她们的心愿就是好的。比如，北方的求子方式都用红线拴婴儿像，在碧霞宫、娘娘庙和观音庙中，都是以这种方式求子的。那些求子的人会拿出提前准备好的红线拴在神案上摆着的娃娃像上，这表示已经定下这个孩子，预示一定会有自己的孩子。

那么在太昊陵庙求子，则又是不同，那些求子的人需要自己在庙里买一个泥娃娃再拴上红绳，放在衣服里面，带回家中后放在枕头底下。在回家的路上可不能就这么走着，那是要不停地喊着自己求来的孩子的名字，这样才能保证万无一失，才能有个如意的孩子。人们之所以选择以泥娃娃的形式求子，是因为当初女娲娘娘就是用泥土造的人类。

河北邯郸有一座娲皇庙，那里供奉的就是女娲娘娘。有拴娃娃的求子方式，但他们大多都给孩子起一个养得住的名字，比如，“留住”“留根”之类的。

也有人说，送子娘娘是在三国时期兴起的。我们大多见到的送子娘娘的神像都是女子的形象。其实在大唐盛世之前，送子娘娘的神像都是男子的形象，他们的嘴上还有胡子呢！

那是后来观音大师经常以女性的形象四处周游，普度众生。她又能送孩子，所以在人们的心目中便认为观音是一位女性。直至后来，见到的送子娘娘大多都是以女性的形象出现的。

这些都是我国佛教中的送子娘娘的故事，其实，在印度神话中也有类似的故事。

相传，在古印度城外有一个放牛姑娘。她不但人长得聪明可爱，还能歌善舞。在一次盛大的节日里她为大家展示她的舞姿，就在这舞会上，谁也不知道因为什么，她和一位有钱有势的男子发生了冲突，虽然没掀起什么大的风波，可是这件事过后，这男子一直对这位姑娘耿耿于怀。

后来，独觉佛出世了，人们为它举办了一个盛大的出世仪式。之前像这样盛大的仪式都是由放牛姑娘来跳舞祝贺的。不巧的是，姑娘现在已怀有身孕。于是她便向众人说明缘由鞠躬表示歉意。这名男子却坚持让姑娘跳舞，姑娘不肯。他见姑娘不答应，就故意当着众人的面大声说：“你不愿跳舞就是对独觉佛的不敬，如果得罪了独觉佛，会给所有的人带来厄运的。你一个人能担待得起吗？”

大家听了男子的扇动，便一拥而上强烈要求这姑娘跳舞。姑娘被逼无奈只好答应。谁料，男子专门让她跳高难度的舞蹈，姑娘只得尽量地保护自己腹中的胎儿，可悲剧还是发生了。她在做完最后一个高难度的动作时，不慎摔倒了。就这样姑娘腹中的孩子没了。她悲痛欲绝就自杀了。她痛恨这个城里的所有人，是他们杀了自己的孩子。临死前，她向所有人发誓死后一定要报复，要吃了全城所有的孩子。

姑娘是怀恨而死的，死后自然也就变成了厉鬼，之后又嫁给了妖魔。他们共同生了五百多个孩子。可她还是没能忘了自己的那次丧子之痛。城里每天都有小孩被吃掉。王舍城里的人们每天惊恐万分。后来此事传到了释迦牟尼那里。他便来劝姑娘放下仇恨，冤冤相报何时了。可姑娘根本就不予理会。释迦牟尼见劝解无效，便计上心来。

没过多久，释迦牟尼偷走了姑娘最疼爱的一个儿子。姑娘见自己的儿子丢了，号啕大哭。这时释迦牟尼来到了她面前说："你有五百多个孩子，丢了一个就这么难过，你吃了那么多的孩子，他们的父母又是怎样的心情呢？我想你吃再多的孩子，也未必能高兴起来。收手吧！回头是岸。"

姑娘听了释迦牟尼的话，顿时悔悟。之后她就皈依佛门，一心向善。不但不吃小孩儿了，还做起了专门保护小孩儿的事情，成了孩子们的"诃利帝母"。后来，便成为人们心中的"送子娘娘"了。

我国的送子娘娘以多种形式存在着，有的是人们流传改编的；有的是根据真人事迹塑造出来的，在我们国家的闽南一带就供奉着一位受人敬仰的临水夫人。

据说是唐朝时期，有一个叫陈谏议的人，他是福州罗源的户部郎中，廉洁爱民，乐善好施。他和妻子葛氏经常到庙里拜佛。一次，五十岁的葛氏到庙里拜佛，她点燃一炷香后，就转身跪拜在佛前。等她起身要走之时，突然一道强光进入她的腹内，瞬间又消失了。

葛氏回到家中就把自己在庙里烧香时，所遇到的怪事说与丈夫听。丈夫听了也觉得奇怪，但也说不出个所以然来。这事就这么过去了。谁料没过多久，五十多岁的葛氏竟然怀孕了。

在次年的元宵节这天，葛氏生下了一个女儿。女儿出生时霞光护体，清香四溢。此时的陈谏议才想起夫人之前烧香时的奇怪现象，便给女儿起名进姑。可是她总觉得女儿的出生肯定有某种特殊的意义，不然怎么会出现如此奇特的现象呢？

原来在当地山里有两个蛇精。它们经常祸害百姓。当地的人为了讨好蛇精，就给它们修了一座庙供奉它们。每年的七月七日都要摆上丰厚的祭品，大旱的年头为了请它们施法求雨，有时候还要奉上童男童女。

恰好观音菩萨经过此地，识破了它们的妖气，便决心要帮助当地的百姓除掉这害人的妖精。这天观音来到自己的神像这里，正巧葛氏前来烧香，见葛氏一心向善，就施法发出一道白光进入葛氏的肚子里，就有了后来的进姑。

再说这进姑，自幼就为人正直，刚正不阿。后又经许旌阳真人的指点，可谓是身手不凡。到她十七八岁的时候，只身一人就来到山上，斩了那两个害人的蛇精。

当地有一个年轻的小伙儿，爱慕进姑的聪明勇敢。就亲自上门提亲，进姑一看这小伙儿仪表堂堂，谦和诚恳，就答应了他的求婚。不久两人就结婚了，婚后两人互敬互爱，过上了幸福的生活。

转眼又到了大旱的季节，往年都是人们用童男童女祭拜蛇妖求它们施法下雨，如今蛇妖倒是死了百姓确实也安宁了，可眼下这旱灾却不知怎么解决了。百姓们眼看着庄稼就要旱死了，心急如焚，却也无计可施。

进姑得知这个情况后，便左右为难起来。原来进姑之前在许旌胜阳真人那里，学过一些求雨法术，可这求雨之术有一个大禁律，那就是有孕在身的人不能施此法术，否则是求不到雨的。可偏偏进姑此时已怀有身孕。进姑思前想后，最后还是决定打掉孩子帮百姓求雨。

她想这腹中之子不光是自己的骨肉，也是丈夫家的骨血。必须和自己的丈夫还有公婆说明此事。好在丈夫和公婆都是开明之人，虽然心疼，但为了百姓也只好同意了。进姑也是心疼，但她也顾不了太多了。打掉孩子后，她只休息了几天，就为百姓设坛求雨。她怕再耽误下去百姓们的庄稼就真的没救了。

进姑求雨成功，百姓们的庄稼得救了。进姑却累得够呛。进姑斩妖求雨的事迹被百姓们广为流传，后来朝廷知道了此事后，便封进姑为“临水夫人”。

由于进姑打胎没有休息好，再加上求雨耗费她许多的体力，一下就病倒了，几番医治也不见效。没过多久，年仅二十四岁的陈进姑去世了。死后便列入了仙班。专门掌管妇女怀孕和生产之事。此事传到人间，百姓们便为他们的临水夫人修建一座庙宇。凡是来求子的，她都尽力办到。她的影响力越来越大。她是大家公认的“妇女儿童的保护神”。

当然这只是在那个科技不发达的时期，人们遇到困难而无助的时候对神灵的一种寄托而已，关于送子娘娘自然也是他们自己想象出来的。

钟馗捉鬼

钟馗是民间老百姓传说能捉鬼驱邪的神，他在百姓中的威望也最高，他的故事在民间广为流传。

相传在唐高祖执政期间，有一个叫钟馗的人，一生下来就奇丑无比，被扔到了终南山里。幸好被一个和尚看见，就把他带回了寺庙养大了。一晃二十年过去了，钟馗成为了一名人高马大，力大无比的武士。他想参加武举考试，夺得状元，以此来报答和尚的养育之恩。

他前面几科都顺利通过，就在最后殿试的时候却输给了一个瘦小的少年。于是他羞愧难忍，一头撞死在殿前。唐高祖看他也是一个血气方刚、有骨气的人，就赐给他一件绿袍，让他穿上此衣下葬了。此事也就这样过去了。

转眼到了唐玄宗执政的时候，唐玄宗本是个有谋略的贤能君王，可谓文武双全。他经常给大家讲武学课。一次他到骊山讲课回来，就觉得身体不舒服，就这样持续了一个月左右一直都没好，其间太医也没少医治，就是不见起色。也许是有病乱投医，大臣就建议唐玄宗找巫医试试，唐玄宗也同意了，就找来了巫医。结果这巫医在大殿之内手舞足蹈的一通折腾，不但不管用，反而病得更厉害了，每到半夜就发起高烧，而且吃什么药这烧都退不下来。

这天夜里，他又发起了高烧，迷迷糊糊的就睡着了。睡梦里他看见一个小鬼飘进了他的寝殿，这小鬼身穿大红衫，鼻子老大，面目模糊。还光着一只脚，领子后边别着一把扇子 。大摇大摆地在他的寝殿里来回走动，只见这小鬼走到杨贵妃香囊之处，伸手就拿起了香囊放进自己兜里。这小鬼转身看见了墙上的玉笛，就直奔那玉笛走去，伸手刚要拿，听到了唐玄宗的一声大喝：“大胆，你是何人？”

只见这小鬼不慌不忙地走到唐玄宗跟前并坐在了唐玄宗的对面，乐呵呵地说：“我乃是虚耗。”

“虚耗又是何意？”唐玄宗不解地问。

“你不懂了吧！虚耗就是随便就能偷走别人的东西，其实我们就是邪恶之气，专门破坏别人的好事，给人带来晦气。”

“为什么会有这样的现象呢？”

“这跟人的天性有关，如果是一个正气凛然的人，像我们这样的小鬼是没办法靠近他的。当然了，像你这样正气不足的人，我们自然可以随意靠近了。”

唐玄宗觉得小鬼这样说自己，就是以下犯上，就大喊手下人拿下这小鬼。可唐玄宗这是在梦中，根本就没有下人出现。接着这小鬼更放肆了，直接坐到龙榻上了。气得唐玄宗咬牙切齿，若是在平日里这可是大不敬之罪，可现在唐玄宗的身体就是动弹不了，像是有人摁住自己一样。

小鬼见唐玄宗很生气，便不慌不忙地接着说：“都说您博学多才，怎么就没听过‘鬼上身’这件事呢？你就算再着急都动弹不了的。”

“鬼上身？你也没在我身上啊，那这殿内是不是还有其他的鬼呢？”唐玄宗紧张地说。

“这殿内当然不只我一个小鬼了，你之所以看不到其他的鬼，是因为有些鬼凝聚的气还不够，不足以成为形体。如果你正气十足，他们是上不了你身的。我就属于那种气足有体形的鬼，所以你能看见我。”小鬼细细地给唐玄宗讲着。

唐玄宗便想着自己执政的这些年，有些事做得确实违背了“正气”，自己也很后悔。

“既然已是这样，我也没办法了。那就随你们的便吧！”唐玄宗叹道。

小鬼听了便哈哈大笑起来说：“堂堂的天子也不过如此。”便更加的肆意妄为，竟然还拿起了唐玄宗的皇服要穿上。这时就听到一声大吼：“大胆！”随着吼声又进来一个鬼，唐玄宗不看还好，一看吓得惊魂失魄。只见这鬼足有两米高，高大威猛，蓬头垢面，呲嘴獠牙，好一副吓人的嘴脸。再看他的打扮，是文官头饰，身穿绿袍，露着一只胳膊，手持骨刀。唐玄宗看后吓得目瞪口呆。

这大个子的鬼二话不说，气势汹汹地走到小鬼的跟前，直接掐住小鬼的脖子，一用力就把脖子拧掉了。看到这里，此时的唐玄宗几乎是吓得快没气了。接着这大个子鬼又抠出小鬼的眼睛，攥在了自己的手里团来团去，一会儿便把小鬼的两个眼珠子直接吃到肚子里了，转身又把小鬼的身体拎在手里，三五下就把小鬼的身体撕个粉碎。

唐玄宗被眼前的一切吓得快窒息了，可这下，唐玄宗倒是能动弹了，他赶紧坐了起来。此时大个子鬼便向唐玄宗这边走过来，吓得唐玄宗向后缩了缩身体连忙问这大鬼：“你又是何人？”

大鬼走到唐玄宗跟前深深施了一礼说道：“臣乃钟馗，在终南山苦心练武多年，成为了一名武士。在高祖时期我参加武举考试不幸输了，觉得没脸面，就一头碰死在大殿石基上了，是高祖不嫌弃我身份低下，还赐我绿袍下葬，我一直都心存感恩。我发誓要除掉天下所有的妖魔鬼怪，使大唐永保安宁。现在您身边已经没有鬼怪了，陛下请安心吧！”说完又施一礼，转身就消失了。

最后这句“势必铲除天下妖魔”声音巨响，直接就把唐玄宗惊醒了。他这才回过神来，原来是自己做了一个无比离奇的梦。接着他就打了个冷战，这才发现自己的身上都是冷汗。命人换了衣服后，就坐在那发愣，此时梦里的一切都还历历在目，病转天就痊愈了。

早朝的时候，他把这个梦说与大臣们听，大臣们听后也觉得是离奇的很。他还告诉众臣自己的病好了。随后大臣们就说了一些祝贺恭维之类的话。

此后，唐玄宗怎么也忘不了钟馗的样子，还经常和大臣们谈论钟馗的长相。他担心再有虚耗这样的小鬼来，到时候去哪里才能找到钟馗呢？有大臣就建议唐玄宗说：“这钟馗不是说，他能除掉妖魔鬼怪吗？何不找人把钟馗的样子画下来，然后再把他的画像挂在您的寝殿内，这样小鬼就不敢来了。”

唐玄宗觉得这个方法可行，就命吴道子按照他描述的样子画出钟馗的画像。吴道子听了唐玄宗的描述，便提笔刷刷点点很快就画好了，呈给唐玄宗看，唐玄宗看了大吃一惊道:“你是不是和朕做了同一个梦，这画像和我梦中所见一般无二。”

吴道子连忙说:“我哪里有那样的德能，能与陛下做同一个梦呢？这都是陛下勤于朝政劳累所致，上天感念陛下的德行，才让我准确无误地画出此像，这都是陛下的恩德所致，也是黎民百姓之福，更是陛下千秋万代的吉兆啊！”

唐玄宗听了吴道子这样说，心里别提多舒服了。高兴之余就立刻下令赏赐吴道子百两黄金。随后就在画像的下面写了一段文字加以说明：灵应梦，厥疾全瘳。烈士除妖，实须称奖。因图异状，颁显有司。岁暮驱除，可宜遍识。以祛邪魅，益静妖氛。诏告天下，悉令知委。

随后唐玄宗就指派礼部将吴道子所画的钟馗捉鬼图大量印刷，发给天下所有的百姓，还用钟馗捉鬼图的由来广诏天下，让所有人都知道此事。让人们在除夕之际贴在门上，驱妖镇邪。由此每年的除夕家家户户的门上除了贴上大红对联之外，还贴上了钟馗的画像。

从此钟馗在民间的威望也越来越高了，他的故事在民间也被广泛流传着。流传最为广泛的有“钟馗出行”“钟馗嫁妹”“钟馗斩妖”等，人们把他在每个故事的形象都作了一幅画。并把他的画像贴在家中，以求保护。其实从“钟馗嫁妹”这个故事里也不难看出人们还是喜欢那种欢喜、喜庆的场景，不愿看那些面目狰狞的鬼神，也表明了人们对鬼又怕又厌的心理状态，对那种安乐、祥和生活的向往。

财神爷的故事

财神在我们国家是主管财源的神仙。之所以能得到民间广泛的供奉和敬仰，就是人们都有求财纳福的心愿，并将这一心愿寄托在这些财神身上。其实财神也像我们世人那样有许多不同的身份和地位，所以财神也分为“正财神”“文财神”“武财神”等。不过最受人们尊崇，名气也最大的就是“正财神”赵公明。

相传远古时代，天上有十个太阳，被后裔射掉了九个。其中八个由于长期躲在青城山里见不到天日，都变成了厉鬼，只有一个有幸转世投胎为人。相传在三月十五这天的傍晚，终南山周至县赵代村，一户姓赵的人家，有一个男娃娃落地了，他就是赵公明。

赵公明从小就给人打工，给一个做木材生意的老板背运木材。由于他的诚实仗义，勤劳肯干，身受工友和老板的喜爱。老板还经常给他一些奖钱。但他不骄不躁，还是像以前一样踏实肯干。后来经过自己的不断努力和之前积累的一些经验，也做起了木材生意。周围的人知道他讲信誉，为人宽厚，都愿意和他做生意。短短几年时间，他就成了富甲一方的商人。成为富商的赵公并没有忘本，依旧帮助那些穷苦的人家，经常给那些生活上极其困难的人家送些钱粮，朋友有难他也是鼎力相助。

一次，他借给一个人一百两银子做生意，结果那个人生意做亏了，没有能力偿还赵公明的钱，心里很是过意不去。赵公明知道后，就到那个人的家里，把一个吃饭的碗装在了自己的口袋里，起初那个人还很是不解。赵公明便笑着跟那人说；“我既然拿了你家的碗，那么你我之间的债就两清了。”说完就笑着走了。赵公明还是一位有着爱国情怀的商人，在国家受到外侵的时候他亲自参军上战场打敌人。他认为国家有难匹夫有责。他是集诚信，大度，仁义等等美德于一身的人，后来在封神的时候，姜子牙就封他为“金龙如意正一龙虎玄坛真君”，让他带领着招财使者、招宝天尊等仙官，专门管理天下所有财物。被后人称为正财神。

我们说了“正财神”，再给大家说说“文财神”。那么民间所供奉的文财神又是谁呢？那就是比干和范蠡。

这个比干在史书上是有记载的，他是商纣王的叔叔，官拜丞相，忠君爱国，为人耿直忠厚。传说他因直言劝谏纣王不要宠信妲己后被剜去了心，后经姜子牙相救没有死。说姜子牙曾经送给他一张符，据说这符后在遇难的时候化水喝下可以救人的性命。比干知道此去进谏商纣王一定是九死一生，便提前喝下这符水。果然如他所料，被妲己陷害剜去了心，但他最终却没有死。由于他为人正直，又没有了心，办事不偏不倚，所以在他管辖内的人，做生意都要公平交易，没有半点偏向，更不能掺假作弊。后人就奉他为财神。由于他是文官出身，人们就尊奉他为“文财神”。

另一位文财神范蠡，在史书中也是有记载的。他是春秋时期著名的政治家、军事家、经济学家和道学家，在当时是位有名的大富商。他从小就聪明过人，很有谋略。后来跟随越王在吴国忍辱负重，卧薪尝胆，最后灭了吴国。他深知历代君王都是在建立大业后把功臣除掉，也就是兔死狗烹，鸟尽弓藏。他为了免遭此害，就带着家眷悄悄地乘着小船，沿着东海驶出了越国，来到齐国。

他们在齐国的一个海边定居下来，由于他们世代都精通生意，不久后就攒下了不少的家产。齐国的国君早就知道范蠡是位不可多得的贤才，就想拜他为相，范蠡婉言谢绝了。之后他又悄悄地离开此地，去了陶地。为了不让更多的人知道他的去向，便称自己是“陶朱公”。在去陶地之前他把大部分的钱都分给了当地的百姓，只留一小部分自己用。人们认为范蠡善于经商，懂得管理，还仗义施财，就尊奉他为“文财神”。

既然有“文财神”，那肯定就有“武财神”。关公就是武财神当中的一位。

关公就是英勇无比的关羽关云长，手持青龙偃月刀，威武神勇。在民间关公被称为万能的保护神。有向他求雨，求药的，求明断的，求保护的。他是世人眼中驱魔除妖的保护神。

相传关公本是解梁一条老龙投胎转世之人。在汉恒帝年间，连年干旱，眼看着庄稼的收成都要保不住了，百姓们急得团团转也无计可施。老龙王见百姓们受此灾难，心生怜悯之心，就私自引来黄河水解决了旱情，庄稼保住了，百姓们无不欢呼雀跃。可是玉帝得知了此事，大发雷霆，说老龙违背了天命就下令将他斩了，并把他的龙头抛到凡间。后经解县一僧人普静发现，就把龙头放在寺庙的水缸里，还为他诵经超度，七日后，便投胎到溪东解梁平村关毅家，就是关羽。关羽自幼练得一身好武艺，官绅经常欺压百姓，他就为百姓们打抱不平。后来他又和刘备、张飞“桃园三结义”，他们立下了“同生共死，誓争天下”的誓言。

之后他们三人因战失散了。关羽被曹操所擒，曹操早就赏识关羽的忠心善战，想拉拢他成为自己的人。先是封他为偏军，曹操发现关羽的心仍旧不在这里，后又送他珠宝，都被关羽拒绝了。他心里只有大哥刘备。后来得到大哥刘备消息后，他为了去找刘备也留下过五关斩六将的美名。

关羽的那种威武不屈，富贵不移的品德，被人们所敬仰。他不像那些贪财忘义之人，一见到眼前的利益就忘了所有忠义名节。正是因为关羽的忠义品德，才使得那些商界的大佬们都敬佩他，愿意让关公做他们致富路上的保护神，便奉关公为他们的财神，由于关公是一名武将，便尊他为“武财神”。

在民间除了流传正财神、文财神和武财神之外，还流传着一些偏财神和准财神之类的，但不管是什么财神都是有钱人家供奉的，因为穷人是没钱供奉的，就算供奉了也没有用。“财神休妻”的故事就是讲述这一来历。

之前陪在财神爷旁边的是美丽大方、慈眉善目的财神奶奶，而不是现在我们看到的“招财”“进宝”这对童男童女，是因为发生了一件事，财神爷就把财神奶奶给休了。

相传大旱之年，地里的庄稼都干枯死了，几乎是颗粒无收，百姓们苦不堪言，几乎都活不下去了。他们无奈只好四处逃荒去了，想着到别的地方兴许能找到点吃的。能走的几乎都走了，村里只剩下一个人没有走，因为他自幼腿脚行走不便，只能和他的老母亲相依为命。在这样的灾荒年头他只能靠着四处挖野菜和讨饭维持生计。

这天他出来一整天什么也没有找到，赶上这大旱年头四周的野菜本来就不多，再加上每天都有人去挖，附近的野菜几乎也没有了。他心里想着自己不吃还能熬得住，可是卧病在床的母亲哪里还能熬得住呢。他拖着无力的两条腿又继续向前走着，他走着走着就来到了一座寺庙前。他想这里也许有供奉的吃食，能给母亲带回点吃的。他也知道偷拿供品会触犯神灵的，可是他已经管不了那么多了。于是便走进了庙里，可是神案上什么吃食都没有，他很失望转身要走。无意间抬头看见了财神爷和财神奶奶，这下他像是看到了希望。他知道财神爷和财神奶是掌管钱财的神仙，就决定求他们帮帮自己。于是他扑通跪在地上连连向财神爷磕头，嘴里还不停地向财神爷诉说着自己的困境："财神老爷，我自幼残疾，家里又穷，这不还赶上旱灾。家里实在是一点吃的都没有了，我年轻还好一点，可是我那年迈多病的母亲哪里受得了啊！我们都好几天没吃过东西了。求您大发慈悲，赐我几个小钱也行，也能让母亲吃上点东西。"他说完还不停地向财神爷磕头。

可是乞求半天，财神爷根本就不理会他，坐在一旁的财神奶奶就对财神爷说："看他这么可怜，你就帮帮他吧！"财神爷说："你懂什么，你看他那穷酸样儿，连香都点不起，还求什么财啊！这样的穷人多的是，我哪里能管得过来啊。"财神奶奶也就不敢再说什么了。其实财神奶奶虽然是财神爷的妻子却没有发放钱财的权力。

可是这人还在不停地磕头乞求着，财神爷见他心烦就闭上眼睛休息了。财神奶奶见这人不停地乞求实在不忍，就偷偷摘下一只金耳环扔给了那人。这人以为是财神爷赏给他的，就高声喊道："谢谢财神爷。"就这一句话财神爷便睁开了眼，一看是自己送给财神奶奶的定情之物，气得直接就把财神奶奶赶下了神龛，从此，再也没有一个穷人为求财而拜财神爷了。

牛郎织女的故事

牛郎织女的故事在民间广为流传，他讲述的是两颗天上的星星离奇曲折的爱情故事。

相传，天上织女星和牵牛星每天朝夕相处，两人经常在一起聊天，很谈得来，日子久了俩人就好上了，便私订了终身，可是天庭有规定，男女不能相爱结婚。

后来他们的事情被人发现了，按照天规两人都要贬入凡间，由于织女是王母娘娘的女儿，就留在的天上，罚她每天不停地织锦。就是用天上一种美丽的神丝在织布机上织出多彩的云朵，也叫作“天衣”，它可以根据季节的变化变成不同的颜色。

自此，没有牵牛陪伴的织女每天坐在织布机前泪流满面，她无时无刻不在思念她的牵牛。于是她不停地织锦，就是为了讨王母娘娘开心，这样也好尽快地宽恕他们，让牵牛能早点回到天上。

一日，织女的几个姐妹想到凡间的碧莲池去玩玩，她们见织女每日里闷闷不乐，还不停地织锦，也想带她一起出去散散心。又怕王母娘娘不答应。于是姐妹们就商量着等母亲高兴的时候再跟她请示此事。王母娘娘听了她们的请求，也心疼自己的女儿，就答应了她们。

再说这牵牛被贬后，投生在村里一户百姓家中，叫牛郎。自幼父母双亡，跟着哥哥嫂子一起生活。他的哥嫂为人刻薄，一直嫌弃牛郎是她们的累赘，于是就让牛郎每天不停地为他们干活。

后来他在干活的时候，发现了一头奄奄一息的老牛，他带回家中细心地照顾，这老牛终于又活了过来，从此他和老牛就成了最好的朋友。

牛郎不管是出去干活还是在家都和老牛形影不离。时间长了老牛也像是懂得牛郎的心思了。牛郎也经常把自己的心里话说给老牛听。

牛郎不停地干活，他的哥哥嫂子还是嫌弃他，最后还是把他撵出去了。

可怜的牛郎只好带着他的老牛离开了家。他们没日没夜不停地干活，终于在荒地上开垦出一块田地来。后来他们也盖起了自己的房子，慢慢地就安顿下来了。可是家里只是牛郎和一个不会说话的老牛，日子过得冷冷清清的。其实这老牛本是天上的金牛星，就是因为当初牛郎被贬的时候，他向王母娘娘求了一句情也被一同贬下凡间，但是牛郎并不知晓此事。

一天，老牛突然张嘴说话了，他告诉牛郎去一个叫碧莲池的地方，看见岸边有一件红色的衣服把它藏起来，到时候就有一个漂亮的姑娘来找他要衣服，还告诉牛郎那个姑娘就是他的妻子。牛郎见老牛会说话，很高兴。但他还是有点不相信老牛怎么会说活呢？于是他就对老牛说："牛大哥，你会说话了？我这不是在做梦吧！"老牛点点头说："是真的。"牛郎这才放心地去了老牛说的那个碧莲池。

牛郎赶到了碧莲池，发现这里一个人也没有，他想也许是自己来早了，于是他就在一旁先躲起来了。一会儿，几个仙女都来了，纷纷脱下衣服跳到了池里。他见仙女们都下水了，就连忙出来拿走了一件红色的衣服。仙女们发现有人来了，就连忙上岸穿上衣服飞走了。只有一个仙女没有找到衣服，只好暂时留在这里。这时牛郎就拿着衣服走到仙女面前说："我拿走你的衣服，并没有什么恶意。我是想请求你做我的妻子。不知你愿意吗？"织女定睛一看，这不是自己日思夜想的牵牛吗？织女高兴地流下了眼泪并答应做他的妻子。

织女嫁给了女郎后，俩人过起了男耕女织的生活，女郎每天出去干活，织女在家织布料理家务，不久他们就有了两个孩子，一儿一女非常可爱。一家四口就这样幸福地生活着。可是没过多久王母娘娘就知道了此事，于是她大发雷霆，派天兵来抓织女。

这天，织女正在收拾家务，牛郎哭着从外边跑回来对妻子说："我们的老牛死了，他临死前再三地嘱咐我，让我保留好他的皮，说有一天我会用得上，还说他的皮可以带我飞上天。”其实织女早就知道老牛就是天上的金牛星。于是织女就安慰自己的丈夫说：“你也不要难过了，牛大哥年岁大了，早晚都要离开我们的。你还是按照牛大哥的嘱咐去把他的皮剥下来吧！”牛郎擦干了眼泪，把老牛的皮剥下来，随后又安葬了老牛。

这时，一阵狂风四起，捉拿织女的天兵到了。织女苦苦地哀求他们都无济于事，还是被他们带走了。这时牛郎想起了老牛临终的嘱咐，他赶紧拿出了那块牛皮，用框挑着一双儿女飞起来追向织女。他一边飞一边喊着织女的名字。眼看就要追上了，就在这时王母娘娘拔下头上的一根簪子，在牛郎和织女中间划出了一道线，这线瞬间就变成了一道天河，把织女和牛郎隔开了，织女在天河的这头失声痛哭，牛郎在天河的那头失声痛哭，两个孩子不停地哭喊着妈妈。令在场的天兵无不落泪。

王母娘娘见此情景，也为他们动了恻隐之心，就让牛郎和两个孩子留在了天上，不过他们只能在每年的七月初七才能见一次面。从此牛郎在天河的这头遥望妻子，织女则在天河的那头遥望丈夫。直到现在，我们在晚上都能看见银河边上有两颗又大又亮的星星，那就是牵牛星和织女星，在牵牛星的边上还有两颗小一点的星星，那就是牛郎和织女的两个孩子。

相传，在他们七月七相会的日子，会飞来许多喜鹊，为他们搭成鹊桥。还说在这天的晚上，在葡萄架下能听到他们两人泪眼涟涟地诉说这一年的相思之苦。后来姑娘们每到这天晚上都会对着天上的星星许下自己的心愿，同时希望自己也能有织女这样的一双巧手。这就是我们国家七夕节的来历。

相传，每年的这天都会下雨，这雨水就是他们流下的相思之泪。

嫘祖娘娘

嫘祖是我国女性杰出的代表人物，她是始祖轩辕黄帝以正式婚礼的形式迎娶的正妃。她母仪天下、造福万民，她不但是养蚕织布的先驱者，还是“八拜成婚”的兴起者。这样一位了不起的奇女子，被后人称为“圣母”。民间也流传着关于嫘祖的许多传说。有人说她出生在湖北的西陵山地界；也有人说她出生在四川的盐亭；还有人说她出生在河南的荥阳。

在遥远的古时候，西陵嫘村有一个聪慧漂亮的姑娘。在当地也小有名气，在她很小的时候就知道孝敬父母，她知道父母年事已高，走路不方便，就一个人上山采果子给年迈的父母吃。村里人都夸她人长得美，心地善良，还知道孝敬老人。

她胆子很大，一个人出门从不害怕，由于她每天都去采摘果子，附近的果子都被她采完了，只好到更远的地方去采。过了一段时间，远处的果子也采完了。这天，天都快黑了还是没采到多少果子，她想自己饿点倒没什么，可是父母年岁大了没有吃的哪里行啊？越想越着急就坐在一棵桑树下伤心地哭了起来。她的哭声委婉哀怨，让人听了心碎，玉皇大帝听到了这哭声，很是心疼，小小的年纪找不到果子给父母吃，就哭成这样，见她如此孝顺，就派罪仙“马头娘”下去帮助她。

其实这马头娘就是到人间吃桑吐丝的仙虫，临行前带了一些果子来到人间。她想，若是让这果子长在树上，既能自己吃到还能帮助这位姑娘，然后他就向下一撒，瞬间树上就长满了果子，姑娘见树上长了许多果子，很是高兴。她先是自己吃了一个确定没有毒后，才决定摘更多的果子给父母带回去。父母吃了这些果子，一天比一天精神好。姑娘很高兴，于是她就经常到那里摘桑果。

这天，她又来摘桑果，却发现这树上有一种虫子不停地吐着丝，之后又结成了茧，这茧还发出五颜六色的光，漂亮极了。姑娘很是好奇，就随手摘下一个，她用手怎么也打不开，她着急想看看里边到底是什么东西，情急之下就用牙齿用力一咬，打开这个茧。她用手捏了一些丝仔细看着，发现里面的丝不但滑而且很有韧性。这时她就突发奇想，若是将这种丝交错着织出布来，围在身上既舒服又好看，于是她就带了一些茧回家织成了布，围在了父母和自己的身上。她觉得这种虫子真是好东西，后来就把这种虫子带回家养并给这虫子起名叫“蚕”。她也慢慢了解了蚕吐丝的规律，织布手艺也越来越熟练了。

之后她又研究着把布制成衣服的样子，穿在身上既得体又好看。她见百姓们都是用树叶遮蔽身体就想不能光自己穿着舒服好看，也应该让百姓们穿上这得体舒服的衣服。于是她就耐心地教百姓们如何养蚕织布做成衣服。

她发明养蚕织布的消息，很快传遍了整个西陵部落。西陵王知道了此事就收她做了“义女”，还给她起名“嫘祖”。让她把从养蚕到制成布这一整套的技术传授给更多的人。随后嫘祖就每天来往于桑田与纺织之间，忙碌地传授着每一项技术。她一遍一遍不厌其烦地教给每一个人。人们都亲切称她为贤女嫘祖。后来她的事迹传得更远了，连皇帝都听说了。

后来，皇帝带着常伯到西陵视察，途中就看见一个姑娘正在有声有色、不耐其烦地给大家讲述养蚕织布的技术。皇帝见这姑娘，不但漂亮还谈吐大方，便猜出她就是嫘祖了。常伯已知晓皇帝的心思，就派人把嫘祖叫了过来问一些这方面的技术。嫘祖见了俩人后，觉得这俩人从言谈举止上应该也不是寻常人物，但她并不害怕，从容淡定地给他们讲着养蚕织布的一些要领。

最后嫘祖告诉他们：“若是全天下都学会了这种技术，不光是穿着体面，还能在寒冷的时候，使人不会挨冻。”

黄帝听了连连赞许，就问嫘祖：“这有利于全天下的好事，你愿意跟我们去都城，并担起传授这项技术的重任吗？”

嫘祖听了很高兴，这不就是自己一直都想干的事吗？就连忙回答说：“当然愿意，这也是我最大的心愿。”

随后，嫘祖就带着皇帝和常伯来向义父西陵王说明此事。这时嫘祖才知道原来刚才和自己谈话的那个人竟是皇帝。之后嫘祖就和皇帝一同回了都城。一路上他们有说有笑地谈论着养蚕织布的事。

回到国都后，皇帝立即召集大小官员请嫘祖传授养蚕织布的经验。可是嫘祖却一言不发。常伯连忙询问嫘祖说：“姑娘，我们之前不是说好的吗？为何今日却不开口呢？”嫘祖不卑不亢地说：“你们开的是官员会，我没名没分什么官都不是，这让我怎么开口呢？”皇帝听了也觉得有些道理，沉思片刻就给她封了一个“蚕正官”的职位。

嫘祖听说过许多官的名称，却从来没听过“蚕正官”这个职位。她便对常伯说：“我想这朝中还没有专门为皇帝打理衣饰的人吧！要封就封我这个官做吧！”其实皇帝也早有此意，但还是有一些顾虑，此时正在谈论国家大事，怎么能提封妃之事呢？其实，常伯早就看出二人的心思，也看出了皇帝的顾虑，就对皇帝说：“陛下，您也到了该封正妃的时候了，您不会是因为嫘祖出身贫寒有所顾虑吧？”

皇帝说：“我封妃从不以人的出身作为标准，只要是能识大体，造福百姓就行。”

常伯心想皇帝所说的这些品质，不正是嫘祖所具备的吗？于是他连忙对皇帝说：“那既然这样，这事就交给我吧！百官面前我来说此事。”

于是常伯就把嫘祖养蚕织布的事迹说与百官听，还提议封嫘祖为正妃。百官听后一致欢呼赞同，并向嫘祖娘娘行国礼，请求她为大家传授经验。嫘祖当场就给大家细心地讲述这项技术。之后她还向全国召集心灵手巧之人来此学习，学成之后把技术带回当地。就这样不久，全国各地都掌握了养蚕织布的技术。

这样，传播技术之事就算完成了。这时常伯就张罗起皇帝和嫘祖的婚事来。他就对皇帝说：“陛下，传播养蚕织布技术这事，也已结束了。至于您和嫘祖姑娘的婚礼您有什么打算呢？”皇帝看了一眼常伯说：“没什么打算，找个吉日让嫘祖进宫就可以了。”嫘祖得知后，并没有急着发表自己的意见，而是私下里琢磨着此事。

嫘祖考虑到，现实生活当中有很多不幸福的婚姻都是由父母包办或是强行结婚等现象造成的。她认为幸福的婚姻一定要建立在夫妻双方互敬互爱的基础上。皇帝是一国之主，他和自己的婚礼一定要给天下的百姓做个榜样，树立起正确对待婚姻的态度。之后，她就琢磨出一整套的婚礼习俗。

嫘祖就把自己的想法和一整套的婚礼习俗说与皇帝听，皇帝听了嫘祖的想法，觉得嫘祖是一个有思想有主见，特别是以大局为重的女人。心里很是高兴，就连忙答应了嫘祖的提议。决定从自己婚礼开始，给百姓树立新的婚礼习俗。

他们的婚礼定在六月六日，因为这是万物最为枝繁叶茂的时候，皇帝和嫘祖穿着盛装婚服登上了鸳鸯台，在此行“八拜之礼”，就是拜天、拜地、拜日、月、山、河、拜祖先，最后是夫妻对拜。文明的婚嫁礼仪就此盛行开了。

远古时代的鸳鸯台遗址至今保存完好，每年的六月六日都有不少人前来祭拜先祖。还有流传说，远古时期的桑叶就是人手的形状，说那是嫘祖娘娘的仙手所变。

巫山女神

相传天上有二十三个漂亮的仙女，个个冰雪聪明。她们都是王母娘娘的女儿，深得王母娘娘宠爱的就是她最小的女儿瑶姬，瑶姬不光长得美丽动人，还生性善良，拥有一副菩萨心肠。但是最让王母娘娘放心不下的也是她这个小女儿瑶姬，她打小就自由散漫惯了，不愿受人约束，而且还有些小任性。

瑶姬生性自由惯了，最烦的就是天庭的这些规矩礼数。王母娘娘隔三岔五地就能听到关于小女儿不守礼数的事情：什么擅入瑶池了；在天河里洗澡了；翻墙上树了。她每次听到小女儿的这些事都很犯愁，想着自己的小女儿什么时候才能够懂事呢？于是她就经常劝瑶姬说："你也不小了，要懂天庭的礼数，再说你是个女孩子，哪能干那些翻墙上树之类的事情呢？传出去也有失你公主的身份啊！"瑶姬却可怜巴巴地告诉母亲，自己是在空中飞翔的大雁，非要把她关在笼子里，那样会憋死的。王母听了又心疼起来，拿她也没有办法。王母娘娘心里总是不安，她想瑶姬总是这样，那可不行，一定得想个办法管管她。

王母娘娘经常为瑶姬不听管教的事伤神，想着一定要好好地管教她。瑶姬的二十二个姐姐，都疼惜她们的这个小妹妹，舍不得她受委屈。可是看着母亲整日里为小妹的事伤神也很心疼，她们也没有更好办法，只能劝慰母亲说："等小妹再大一点就好了。"

这天王母娘娘心情不好，就来到南天门散心，正好看见瑶姬偷偷地看向人间。这下王母娘娘可是大怒了，她立刻斥责她说；"你每天胡闹也就算了，今天还敢偷看人间之事，这人间都是苦难，有什么好看的。你还知不知道自己是天庭的公主啊？”

瑶姬根本就不理会母亲所说的话，还继续向人间看着。还不停地跟母亲叨叨：“您看看这炊烟，这青山绿水，多好看呀！比这冰冷的天庭美多了。就连这白鹤都能那么自由地飞翔，我每天都被你们圈在这里哪也去不了，我就想到人间过自由自在的生活。”她哪里知道在天界贪恋凡间可是大罪。

王母娘娘听了气得大发雷霆，命她赶紧回去反省。可瑶姬一心想到凡间去看看，根本不听母亲的话。她看着看着就要跳下去，王母娘娘着实吓了一跳，连忙拉住了瑶姬。又苦口婆心地对她说：“凡间的人都是吃不饱穿不暖、生活艰辛，你是受不了那份苦的。你在天上锦衣玉食，要什么有什么，为什么要下去受苦呢？”

没想到王母娘娘把人间的苦淋漓尽致地说与瑶姬听后，却激发了瑶姬的恻隐之心，她告诉母亲说：“人间确实太苦了，我决定要下去帮助那些受苦的人们。他们太可怜了。”王母娘娘原本以为瑶姬听了人间的种种苦楚，就不去了。谁想到她反倒怜悯起那些人了。一时之间急得不知如何是好。正在这时瑶姬的大姐来了，就凑到王母娘娘的耳边悄悄说了几句话，随后王母娘就露出笑脸，转身对瑶姬说；“如今你也大了，既然你这么想去人间，我可以答应你，但是我有个条件，你必须先到东海龙宫去一趟。”

瑶姬一听王母娘娘同意她去人间了，高兴地蹦了起来，想都没想就答应了这个去东海龙宫的条件。她根本就没想母亲为什么要她去东海龙宫。

原来东海龙王曾经多次向王母娘娘提亲，当时瑶姬还小，王母就一直没做答复。这次瑶姬执意要去凡间，大姐以为她这个小妹长大了，有了男女思恋之情，就建议母亲让她去一趟东海龙宫，王母娘娘一听也觉得大女儿的分析有道理，就让瑶姬去一趟东海龙宫，也算是答应了东海龙王的求亲。

瑶姬对此事一点也不知晓，她想反正是出来了，就当是去东海玩一圈。于是她就高高兴兴地去了东海。龙王见瑶姬来了，更是暗自窃喜，热情得不得了。他想瑶姬能来一定是王母娘娘答应了这门亲事。于是他寸步不离地陪着瑶姬到处观赏海里的景色。瑶姬自小就自由惯了到哪里都不拘束，她见这海底真是太美了，透明的水巷、五颜六色的鱼虾来回穿梭着，还有各式各样的珊瑚真是美不胜收啊！

瑶姬就这样来回走着不停地欣赏着。陪在一旁的东海龙王则是不停地看着瑶姬，还时不时暗自窃喜。谁知走着走着就来到了龙王的后宫。后宫里各种珠宝，闪闪发光。一颗巨大的夜明珠，更是光彩照人。

这时龙王命人端上了玉液琼浆，俩人坐在了黄金椅上，龙王示意下人都出去。这时他端起酒杯对瑶姬色眯眯地说："趁此良辰美景，你我郎有情女有意，还是喝杯合欢酒吧！"

瑶姬听了龙王说的话脸立刻就红了，又见这里没有其他人就紧张起来。东海龙王见她有些紧张，就拉着瑶姬的手说："你我早有婚约，又门当户对，既然你人都来了，又何必如此……"没等龙王把话说完，瑶姬气得甩袖子走了。

瑶姬哭着跑出了龙宫，她生气母亲骗了自己，才使自己遭此侮辱。她想反正是出了天庭，干脆就到人间去看看。

这天，她来到了长江边上。只见成群结队的百姓都一瘸一拐地结伴向前走着，瑶姬很纳闷，就想上前问问他们这是怎么了？霎时，天上乌云翻滚，瑶姬定睛一看，原来是十二条孽龙在空中来回翻滚，怒吼，雷雨越来越大，使得山洪暴发，洪水冲毁了房屋田地，百姓们流离失所，苦不堪言。

瑶姬见状立即飞上天，经过盘问才知这十二条孽龙是东海龙王的手下。瑶姬想起了龙王对自己的无礼，现在他的手下又来祸害百姓。新仇旧恨加在了一起，气得瑶姬直接拔下头上的簪子向天空一划，十二条孽龙全死了。瑶姬头上这只簪子可不是寻常之物，那是王母娘娘送给她的一件法宝。这时，天空的乌云立刻散去了，一片晴空万里。百姓们又可以继续生活了。

孽龙虽然被瑶姬用簪子杀死了，可是眼下又出现了新的麻烦事。那就是死去的十二条孽龙的身躯又变成了十二座山，结结实实地堵住了长江水，使江水不能东去。囤积的江水无处流放，结果江水又把村子和田地都淹没了。瑶姬眼看百姓们刚有了一丝生存的希望，马上又破灭了。她不能眼看着百姓受苦遭罪，决定要留下来帮助他们渡过难关。

再说王母娘娘得知瑶姬不但毁婚还杀死了东海龙王的十二条孽龙，气得咬牙切齿，决定和瑶姬断绝母女关系。之后王母娘娘又听说瑶姬为了帮助百姓，在那荒郊野外之地也遭了不少罪，她又心疼起来。她虽然生气女儿不懂事，但终究还是母女连心，立刻就把自己那二十二个女儿都叫到了跟前，对她们说："你们去人间把你们的妹妹接回来吧！你们告诉瑶姬，只要她肯回来，之前的事就一笔勾销，不再追究了。"

瑶姬的二十二个姐姐也很心疼她们的小妹，随后就踩着祥云来到人间。她们找到了瑶姬后，见自己的小妹变得如此憔悴，又生活在这种恶劣的环境中，非常心疼。姐妹们就抱在一起好一通哭，她们擦干了眼泪，姐妹们决定好好地说说话。

这时二姐先开口说："小妹，跟我们回去吧！母亲非常想念你，这次就是母亲叫我们来接你的。母亲都说了只要你愿意回去，以前的事就不再追究了。"

瑶姬听了二姐的话，刚擦干的眼泪又流出来了，说："我也特别想念母亲，可是我不能回去，你看看这里的百姓们有多苦，你们就知道我为什么要留下来，因为他们需要我。"

这时几个姐姐都异口同声地说；"这里太苦了，还是跟我们回天庭吧，回到母亲的身边多好啊！"

瑶姬不做回答，而是把手指向山坡，让她们看，有一只豹子正在追赶一个人，眼看就要被追上了。瑶姬立刻抓起一把土变成利剑甩向豹子，豹子当即倒地死了。那人得救了。看完这一幕，她的三个姐姐就不再劝她回去了。

接着她又用手指向一个走路跌跌撞撞的路人，让她的姐姐们看。瑶姬拔下几根头发变成灵芝给那路人吃下，之后这路人也得救了。接着又有四个姐姐也不再劝她回去了。

接着，又看见几千个纤夫用力地拉着绳子，想使船前行。无论这些纤夫怎么用力，这船却一点动静也没动。瑶姬就对着船吹了一口气，只见这船立刻前行了。看完这些，姐姐们都不再劝她回去了。

姐姐们都理解了瑶姬为什么不回去，就答应她留下了。就在她们要回天庭的时候，突然看见田里的庄稼都快旱死了，瑶姬想再旱下去庄稼就会颗粒无收。百姓们更没有了活路，于是她急得掉下了眼泪。这眼泪却瞬间变成了雨水，浇灌了庄稼，庄稼瞬间就精神了。看完这一幕，有十来个姐姐都不想走了，想留下来和瑶姬一起帮助这些苦难的百姓们。

瑶姬建议十一个姐姐回天庭照顾母亲，十一个姐姐留在人间，大家都同意了。随后回天庭的十一个姐姐就走了。

留下的十一个姐姐加上瑶姬自己就是十二个仙女，她们分别是：登龙、松峦、翠屏、集仙、朝云、聚鹤、净坛、起云、飞凤还有瑶姬。这十二姐妹从此就留在了巫山，担起了保护百姓的重任。著名的巫山十二峰就是她们变成的。

如果你到三峡，看到那里有一座直入云端的山峰，也是那里最醒目山峰，那就是传说中的仙女瑶姬变的，叫望霞峰，也有人叫它神女峰。

屈原投江

被称为战国七雄的齐、楚、燕、韩、赵、魏、秦七个国家，为了扩充自己的地盘，连年征战，相互厮杀，百姓们苦不堪言。当时的屈原担任楚国的左徒，深受楚怀王的信任，屈原平日里就很受百姓们的爱戴，当他看到百姓们深受摧残，很是心痛。

战国七雄当中属秦国的实力最为强大，这样就对其他六个国家造成了威胁。因为秦国的实力随时都有可能攻下其中的一个国家。后来六个国家就采取了联合的战略来抵抗秦国。于是屈原就被楚怀王派到其他六国游说联合抗秦的计划。经过屈原的苦心游说终于联合成功了。秦国的势力也得以控制。

自此，屈原更加得到楚怀王的信任。可是楚怀王与王后郑袖所生之子公子兰，一直记恨屈原被重用。私下里就联络其他的贵族一同向楚怀王说屈原的种种不是。楚怀王虽然没有完全相信，但对屈原也有了一些不满。

秦王得到了楚怀王与屈原有了隔阂的消息，觉得这是破坏联合的一次好机会。就派张仪带着大量的金银珠宝去了楚国。临行前张仪还故作声势，把丞相的大印还给秦王。

张仪到了楚国先是找到屈原，想用重金收买他。可是屈原坚定地拒绝了。张仪见收买不了屈原，他只好又去找公子兰，此时公子兰正在为铲除屈原找不到合适机会而发愁呢！恰巧这时张仪来找他，他想借助这次机会除掉屈原，便痛快地答应了。随后公子兰就把张仪引荐给王后郑袖，张仪为了得到郑袖的支持，就献给她一双玉璧。郑袖看了这玉璧很是喜欢，当场表示愿意支持张仪的秦楚联合计划。

郑袖知道当初是屈原游说六国联合抗秦，他肯定不会同意秦楚联盟。于是她和张仪就想出一个计谋来。

郑袖先是在楚怀王那儿说屈原向张仪索要好处，张仪没给，屈原就对张仪极大的不满。一切都准备就绪后，张仪见到楚怀王就讲出秦楚联盟的种种好处，还承诺只要楚怀王答应联盟，秦国就送给楚国六百里的土地，但条件就是立刻和齐国断交。

楚怀王一听要送给楚国六百里土地一下就动心了，便痛快地答应了。这时郑袖又对楚怀王说："估计这秦楚联盟之事，屈原肯定不赞成，他之前就因向张仪索要钱财但张仪没给而怨恨张仪，一定不会支持张仪的主张。"楚怀王听了虽然没有作声，但心里对屈原却是极其不满。

第二天，楚王设宴款待张仪，席间就和众臣讨论秦楚联盟之事。由于公子兰和郑袖早已被张仪收买，这二人早已联络众臣支持张仪的秦楚联盟。正在大家连连赞许之时，屈原突然站起来直接痛斥张仪，接着又对公子兰等迂腐之人展开大论。最后又苦口婆心地劝告楚怀王："大王，您千万不要上了张仪的当，他此来的目的就是想破坏六国联合的，千万不要中了秦国的离间之计啊！"

楚怀王见屈原果真如郑袖所说，以他个人恩怨来破坏我楚国即将到手的六百里疆土。于是楚怀王大怒，枉费自己平日里对他的信任，便狠狠地斥责屈原贪财误国，命人将屈原轰出宫外。屈原伤心极了，但他还是不死心，就想在宫外等着，希望还能见到楚怀王，也许他会改变主意呢？可他一直都没见到楚怀王。

他绝望地回到家中，想着破坏了六国联合后，楚国也就要完了。不由得心中悲痛欲绝，他的姐姐知道此事后就劝他说："你这是让那些贪财的人算计了，今后还是远离那些人，免得再遭人陷害。"从此，楚怀王再也不信任屈原了，也就不再召见他了。

再说这楚怀王和齐国断交后，就意味着拆散了六国联合。随后他就派人到秦国索要土地，可是张仪却说，那六百里是秦王赏给自己的一块土地，地名叫"六百里”，其实就是六里地。结果楚王派去的使臣空手而归。

楚王这时才知道是中了秦国的计，气得火冒三丈，就派十万大军攻打秦国，可却遭惨败，还让秦国占领了楚国的汉中。

屈原得知此事后，就想赶回郢都抵抗秦军，郑袖听说屈原要回来，就立刻对楚怀王说，屈原是回来报仇的。楚怀王听了大骂屈原，并另派屈原到三闾做大夫，把他支走了。

屈原走后，六国联盟也彻底解散了，秦国也再无顾虑，就对楚国发起了总攻。这样楚国的势力直线下降，丢了不少的城池。

以公子兰为首的这帮贵族，整日不思救国之策，就知道贪图享受。三年后楚怀王死了，屈原的心如受重击，他一直都盼着楚怀王有一天能醒悟过来，现在唯一的希望也破灭了。

后来屈原又来到宫前不停地哭诉，希望能用自己的一片忠心打动顷襄王。公子兰和郑袖得知此事后，气得大骂：“这个老东西真是阴魂不散，一定让他滚得远远的，我再也不想见到他。”之后郑袖就让顷襄王撤了屈原的职，流放到江南，还下令终生不许他过江。

屈原被流放到凌阳后，人一下就老了许多，胡子头发全白了，人也憔悴了许多。但他始终不忘兴复楚国大业。到了顷襄王二十一年时，楚国眼看就要灭亡了。屈原的心也随着楚国的灭亡彻底死了。在五月初五这天，他神情恍惚，踉踉跄跄地来到了汨罗江边，看了看江水里自己苍老的面容，又抬头遥望了一下远方的郢都，随后就带着自己那颗赤城的爱国之心跳进了汨罗江里。

相传屈原投江以后，人们为了纪念这位忠诚爱国的臣子，怕他的尸体被龙鱼吃掉，就在水里放一些盛有黏米的竹筒，也有后人说，人们用划龙船的方式赶走了蛟龙，还向水里投放了许多用芦苇叶子包的粽子。之后，每年的五月初五就有了划龙船、包粽子的习俗。这也就是我国端午节的由来。

孟姜女哭长城

相传在秦朝年间，有一个叫孟姜女的姑娘，关于她的出生还有一个离奇故事。

在江苏的松江府有一个孟家庄，有一位孟老汉家里爱养葫芦，这年他的葫芦长势非常旺盛，长到了隔壁一户姓姜的院里了。两家人本来就处得挺好，最后决定结出葫芦后两家平分。

谁料，到了秋天只结了一个很大的葫芦。俩家人就把这个葫芦摘下来，正商量着怎么分这个葫芦。这时院子里传出了小孩的哭声。大家顺着哭声寻找，最后发现这小孩的哭声是从葫芦里传出来的。大家都很奇怪，于是小心翼翼地将葫芦打开一看。里边还真有一个小女孩，圆圆的小脸，胖乎乎的非常可爱。

这么可爱的小女孩，姜家看了也喜欢，孟家看了也喜欢。都想要这个孩子。于是姜家老太太就说：“不管怎么说，这葫芦是长在我的院子里，这孩子就应该是我们的。”可是孟老汉听了就不乐意了，连忙说：“那这葫芦毕竟是我们家种的，再说了我们家又无儿无女，怎么着这孩子都得给我们。”两家人几番争执不下，只好请村里的一位有威望的老人来调解此事。

这老人了解完实情后就对他们两家说；“既然之前说好的平分，这孩子又不能一分为二，那就归你们两家所有，不过孟老汉家无儿无女，就让这孩子跟着他过吧，那这孩子不如就叫孟姜女吧！”两家听了都很满意。

一晃孟姜女就长大了，出落成一位亭亭玉立的大姑娘了，人长得非常漂亮，还聪明能干，心灵手巧。不光织得一手好布，还有一副好嗓子，唱起歌来优美动听。

这天，孟姜女织布累了，就到后花园来散散步。正值春夏之衣，满园花香四溢，蝴蝶飞舞。她漫步来到池塘边上，看见池塘里的荷叶上落着一对异常美丽的蝴蝶，于是她蹑手蹑脚地走到跟前用扇子扑向蝴蝶，谁料不小心扇子掉水里了。孟姜女见自己新得到的扇子掉进水里有些心疼，正准备要曲身捞这扇子，突然听到一声动静，她定睛一看是一位青年男子，一脸风尘仆仆的样子，正站在花园里的松树下。孟姜女见了吓一跳，连忙叫来了父母。

孟老汉见有陌生人闯进了自己的后花园很是生气，就问他："你是何人，为何来到这后花园，你这可是私闯民宅啊！"男子连忙跪下向他们说出自己的实情。

原来这男子是为了逃避秦始皇修长城抓壮丁才跑出来的，由于慌不择路就跑到花园里来了，本想在此躲避一会儿不料却被孟姜女发现了。后经详细了解才知道他叫范喜良，自幼饱读诗书，满腹经纶，也算是个苦命的人。

孟老汉见这范喜良可怜，就生了怜悯之心，便让他先住下了。孟姜女见万喜良忠厚老实，又有学问，就喜欢上他了，随后就把自己的心思告诉了父亲。孟老汉听后，觉得自己膝下只有一女，若是招一个上门女婿，自己也有人养老送终了。于是便很痛快地答应了。随后他就找来万喜良，对他说出了自己的想法。

其实范喜良也很喜欢孟姜女，但他想自己只是个逃难的穷书生，心有顾虑，就谢绝孟老汉说："我是四处逃难之人，怕日后会连累小姐，多谢老伯的美意了。"不管万喜良怎么说，孟姜女还是坚持要嫁给他，最后两人还是喜结连理了。

孟家庄有一个泼皮无赖一直惦记孟姜女的美色，想娶孟姜女，几次都被孟老汉拒绝了。现在他见孟姜女许给他人，就气得向官府举报了范喜良的事。

可怜的孟姜女刚刚结婚三天，自己心爱的男人就被官府强行抓走了。

范喜良被抓走后，孟姜女每日里以泪洗面，不思茶饭。一晃就到了冬天，北风狂吹，大雪纷飞，孟姜女想自己的丈夫修筑长城一定会很冷，就连夜赶制出一身棉衣，第二天带上干粮，辞别父母去寻找丈夫了。

一路上经历了千辛万苦，累了就在路边休息，饿了，就吃口凉干粮。终于来到了长城边上。修长城的人太多了根本就不好找，她见人就打听，终于在一个好心人那里，打听到丈夫的消息，原来丈夫早就累死在长城脚下了。

孟姜女听后如噩梦一般，来到埋葬丈夫的城墙下，想想自己千里迢迢，风餐露宿地来给丈夫送棉衣，却得到丈夫累死的噩耗，如今连他的尸体都看不到。于是就号啕大哭起来。她不吃不喝，一连哭了三天三夜。

就在这天夜里随着一声巨响，长城倒了八百里。秦始皇得知消息后就命人把孟姜女抓来了。他想看看这是何等奇女子，竟哭倒了八百里长城。可是当他看到孟姜女时，被孟姜女的美貌所吸引，就想招她进宫封为正宫娘娘。

孟姜女对秦始皇说："你想让我做你的娘娘倒也可以，但我有三个条件，一是要造一座十里见方的长桥；二是要造一座直径十里的坟墓；三就是要你为我丈夫披麻戴孝祭拜他。"秦始皇为了得到孟姜女便都答应了。

没过多久十里长桥修好了，十里坟墓也修好了。这天秦始皇穿着孝服来到了范喜良的坟前，前来祭拜。一切完毕之后秦始皇就要带着孟姜女回宫。这时孟姜女狠狠地瞪着秦始皇大骂；"你这个昏君，你害了多少百姓，也害死了我的丈夫，还想让我做你的正宫娘娘，你做梦去吧！"说着就抱着丈夫的骨灰，纵身跳入大海。

泰山娘娘

气势宏伟的泰山是五岳之首，有“天下第一山”之称。不论是帝王还是平民百姓，它都是他们朝拜的首选之地。那里有着深厚的文化底蕴，是所有神仙所向往的地方，始终都是我们炎黄子孙心中的圣地。所以那里也聚集了各类神仙，不过最为后人熟知和广泛流传的就是在泰山之上的泰山娘娘碧霞元君，也有人称她为“北方女皇”。在泰山娘娘的传说里还有这样一个有意思的故事呢！

传说周武王统一天下建立了周氏王朝后，决定给有功之臣一次大的封赏，就是各自分给他们一块土地，由他们自己看管打理，就是所谓的“封神”。众所周知的《封神演义》里的故事情节就是根据此段历史改编的。由于是姜子牙辅佐周武王建立的大周朝，他不但功劳最大，做事还顾全大局，所以周武王就把这个分封的大权交给了他。

姜子牙就按照功劳的大小，把天下的名川大山都分得差不多了，此时，只剩下了一座泰山了。这泰山是所有名山宝地中的佼佼之地，它高大雄伟，景色秀丽。姜子牙原本打算把这座山留给自己，没想到惦记这泰山的不止他一人。武王的护驾大将黄飞虎和他的妹妹黄妃也惦记着泰山这块宝地。先是黄飞虎来到姜子牙这里向他讨要这座泰山，事情还没来得及商量，黄妃也赶过来了，说自己也想要这座泰山，而且还把武王搬出来说事。两人互不相让，为了此事两人撕破了脸还伤了和气。这下姜子牙可为难了，他寻思着，自己倒是可以不要这泰山，可是还有黄飞虎和黄妃呢，一个是护驾大将，一个是武王的宠妃，俩人还是兄妹关系。一时之间难以定夺。姜子牙见他们二人一直喋喋不休地争执，一气之下就想干脆叫他们兄妹二人比赛爬山。于是他便对兄妹二人说："你们这样吵来吵去也不是个办法，不如以比赛爬山的方式来决定这泰山归谁。这样最公平，谁先爬到山顶，这泰山就归谁。"黄飞虎一听便痛快地答应了，他想自己是一名武将，爬山是小意思，更何况对手是自己的妹妹一个女流之辈。没想到黄妃一点也不紧张，还一副势在必得的样子，也痛快地答应了。

再说这黄飞虎一身的蛮力，头脑可是没有他妹妹好使。黄妃在比赛之前就施法将自己的一只鞋扔到了山顶之上，然后不慌不忙地开始爬山。只见这黄飞虎没怎么费劲就爬上了山顶。黄飞虎认定这泰山就是他的了，很得意地站在山顶上对后来爬上山的妹妹说："我早就说过你不是我的对手，我早就到山顶了，这泰山是我的了，这下你没话可说了吧！"

黄妃假意气急败坏地说："怎么是你的呢，明明是我先到的山顶，我只不过是看你还没到，就想到下面去接应你。你的脸皮可是真够厚的。"

黄飞虎一听气得半死，说："我们一起爬的山，一路上就没见你超过我，怎么会是你先到呢？这可不是随便说的，你要拿出证据来。"

黄妃底气十足地说："我当然有证据了，就怕你不认账才留下证据的。"

俩人一同走到旁边的一块石头前一看，果真是黄妃的一只鞋在那儿。黄飞虎顿时就明白了，这是妹妹耍的花招 。黄妃得意地说："你不是要证据吗？这就是证据。军师可是说过的，谁先到山顶，这泰山就归谁。现在这泰山就是我的了。"黄飞虎气得直跺脚，非要拉着妹妹去找军师去评理。黄妃转念一想，哥哥头脑简单四肢发达，好糊弄，那姜子牙足智多谋，一定会看穿我的把戏，到时候这泰山也未必能判给我。于是她急忙拉住了黄飞虎说："哥，你这又是何苦呢？咱们说到底都是一家人，何必这样争来争去的，让别人笑话咱们。倘若此事让武王知道，怪罪下来有可能你我都得不到这泰山。不如这样吧，我在山上住，你在山下住，咱俩和平共处，共同管理这泰山，你看如何？"

黄飞虎听了妹妹的话也没有了火气，想想也是，毕竟是亲兄妹，也就答应了。

姜子牙见他们兄妹都协商好了，也就只好这样定下了。于是黄飞虎就被封为

“泰山神”住在山下的天贶殿，黄妃被封为“碧霞元君”住在山顶的碧霞祠。

关于泰山娘娘有很多种传说。就说她的身世吧，就流传着各种版本。有的说泰山娘娘碧霞元君是东岳大帝的女儿，在《山东通志》里确有对此事的记载，尤其是京津冀地区的人们始终都认可这个说法；有说泰山娘娘是大善人石守道的女儿，只不过是一名普通的农村女孩，但这女孩确实聪明可爱，又经常和神仙在一起，就被人们尊为山神了。这一说法在《玉女卷》里也有记载，时至今日，妙峰山这一带的人们都知道农历的四月十八是泰山娘娘的诞辰日；还有的说她是玉皇大帝的女儿，这一说法则是在李谔的《瑶池记》里有所记载；还有的说她是华山玉女、太真夫人；更有甚者说她是太公石敢当的女儿，总之，类似这样的传说还有很多。

泰山娘娘之所以有这么大的影响，是因为她掌管着吉凶、结婚、生子以及收成等诸多方面的大权，是个全能的神。她的行宫遍布全国各地，除了“碧霞宫”“元君圣母庙”这两个颇为知名的行宫之外还有很多。

人们之所以在那香火盛行的年代，更愿意信奉并跪拜那些女性神仙，也许是女人更感性，更能理解那些求助人心理的缘故吧！

八百老虎闹东京

在很久以前，村子里有一户穷苦人家，只有一个叫天亮的小伙子和他的母亲相依为命。他们的生活完全是靠天亮上山砍柴为生。他在前一天的下午去山上砍柴，转天天不亮再背着柴到集市上去卖。

这天，天刚蒙蒙亮他就拿着斧头上山了，他找到了一片非常好的柴，正在专心地砍柴，突然一只老虎窜了出来，吓得他浑身一抖，他定下神后紧握手里的斧头，决定和老虎拼了。可是这只老虎并没有攻击天亮的意思，而是摇着脑袋用一种乞求的眼神看着天亮，慢慢地向天亮走过来。嘴里还不停地往下滴血。这时，天亮感觉这只老虎不是想伤害自己，好像是想让自己帮忙。接着天亮就对老虎说："你是不是想让我帮助你，你是不是病了？哦，对了，我知道你不能说话，这样吧！如果你是病了就点点头，如果不是病了那就摇摇头。"老虎连忙点点头。天亮知道了是老虎有病了，又接着问："那你是哪里不舒服呢？还是老规矩吧！你要是舌头不舒服那就点点头，如果不是舌头的问题那就摇摇头。"只见老虎又点点头。

天亮这才知道原来老虎的舌头出现了问题，于是他又接着说："那你坐下来，我帮你看看。"只见这老虎立马坐下来，还张开了嘴。天亮走过去一看，原来是老虎的舌头上有一根大骨刺，而且还肿得挺厉害。天亮没有犹豫就把手伸进老虎的嘴里，使劲一拔。骨刺就出来了。随后天亮又从口袋里拿出自己配制的一种药面，由于天亮经常上山砍柴，剐剐碰碰是常有的事，就随身带着这种药面。天亮把这药面涂在老虎的伤口处，时间不长，老虎的舌头就没事了。

老虎非常感谢天亮救了自己，便对天亮说：“谢谢你救了我，我想和你结拜成兄弟，你看怎么样？”天亮听了很高兴就痛快地答应了。他便称这老虎为大哥。俩人就在一起聊了起来。老虎告诉天亮，这片山里没有什么好的柴了，南山湖边那里的柴又多又好。最主要的是还没有人发现这个好地方。

第二天，天亮就来到了虎大哥说的那个地方，果然那里的柴又多质量又好，天亮从来都没见过这么美的地方，真可谓是山清水秀、景色优美，还有许多鸟在歌唱。天亮感觉这里就像天堂。在这里天亮不一会儿就砍了许多柴回家了。转天早上，他背着这么好的柴去集上卖，比以往卖的钱都多。后来，天亮每天都到那里去砍柴。

一次他砍柴回来见天色还早，就坐在路旁的石头上休息了一会儿。无意中发现了一枚特别大的鸟蛋。他小心翼翼地捧着鸟蛋，高高兴兴地回家了。

天亮把这枚鸟蛋当作宝贝一样的呵护，他一回到家中就用棉被小心翼翼地将鸟蛋包起了，晚上睡觉还放在自己的被窝里。他想有一天一定会独孵出一只漂亮的鸟来。

没过几天，还真孵出了一只小鸟来。他看着这只小鸟特别高兴，喜欢得不得了。他每天精心地照顾着这只小鸟，好吃的都给它留着。就这样小鸟慢慢地长出了金光闪闪的羽毛，这鸟竟然是百鸟之王的金凤凰。

金凤凰长大了就要离开天亮了，临行前它对天亮依依不舍地说：“哥，是你救了我，还把我养大。为了我快点长大，家里的好吃的都给了我。现在我要走了，不过三年后我会回来报答你们的恩情的。等着我吧！”说完它展开翅膀，在院子上空盘旋了几圈就飞走了。

金凤凰离开天亮，来到了湖边的白雪山的紫薇峰上。每到新年的第一天，数以万计的鸟都会飞到这里来朝拜。唱出动听的“歌声”。那歌声有清脆的、委婉的还有悠扬的。

谁料开封府尹的公子听说了金凤凰的事，找到天亮说：“我给你一千两银子，你把金凤凰的所在之地告诉我。”天亮根本就不理会他。公子见他不答应，就拔出剑来威胁天亮说：“如果你再不说出金凤凰的下落，信不信我会杀了你？”天亮态度坚定地说："你就算杀了我，我也不会告诉你金凤凰的下落。你就死了这条心吧！"公子气得暴跳如雷，他拿天亮也没办法，就命人把天亮关进了天牢。

一晃三年过去了，金凤凰变成一位漂亮的姑娘回到了天亮家，她见家里只剩下天亮的母亲一人，因为这时天亮还在天牢里，她就在家任劳任怨地照顾母亲，料理家务。

这天，老虎来看天亮，这才知道它的兄弟天亮被开封的公子关进了天牢。于是它跑回到山上，使出全身的力气大吼了三声，只见四面八方聚来了八百只老虎，咆哮着直奔开封府。所过之处尘土飞扬，场面惊人。原来，天亮的这位虎大哥是虎王。它带领着虎群去给天亮报仇。

开封府尹吓得连忙让人关闭城门，可是这城墙哪里挡得住它们。老虎们一跃就跳过了城墙。吼声震天，但它们没有伤害城中的一名百姓，而是直奔开封府，八百只老虎来到这开封府，把开封府团团包围了，只见院里院外，房上房下，到处都是老虎。府尹吓得直接瘫跪在地上，就剩下哆嗦了。

虎王对府尹怒吼道："你身为府尹，就知道祸害百姓，为什么要抓我兄弟天亮？像你这样的昏官，活在世上还有什么用？还不快把我兄弟放了。"府尹吓得立即把天亮放出来了。这时虎王一个扫尾就把府尹甩出几十米远，当场毙命。转过头来一口就把府尹的公子吃进肚子里了。虎王拖着天亮回家了，其余的老虎也都回山上了。

天亮回到家后，见金凤姑娘一直在家照顾自己的老母亲，还把家里家外料理得井井有条。后来俩人就顺理成章地结为了夫妻。从此他们就幸福地生活在一起了。

白蛇和许仙的故事

在风景如画、风和日丽的西湖岸边，在来来往往的行人中，没有人注意到，有两个美丽的姑娘从湖水中慢慢地浮现出来。她们是修炼千百年的蛇精，那个身穿白色衣服的是姐姐叫白素贞，另一个身穿青色衣服的是妹妹叫小青。她们不是什么害人的妖精，只不过是贪恋人间的美景，想出来四处看看、玩玩。

说来也是天公不作美，就在大家玩得正高兴时，天突然下起了大雨。白素贞和小青根本来不及躲雨，浑身都淋透了。来往的游人又多，也不方便施法。只好淋着雨去找避雨的场所。就在这时一把油伞出现在她们的头上。俩人回头一看，是一位年轻英俊的书生在给她们打着伞。白素贞看了当时就心有所动，小青连忙道谢说："谢谢公子啦！请问您贵姓？"这书生答道："小生许仙，家就住在这断桥附近。"

小青连忙自我介绍说："我叫小青，这是我的姐姐叫白素贞。"就这样她们相识了。从此她们就经常见面，不久后许仙和白素贞两人相爱了，随后结为了夫妻。婚后她们开了一间药店叫"保和堂"。从此过上了平静幸福的生活。

时间久了，这里的人们都知道有个保和堂，不但医术高名，还帮助穷人。若是有那些穷人看病没有钱的，就不收费用。随后她们的名气也越来越大了，都知道保和堂的夫妻一个叫许仙，一个叫白素贞，他们心地善良，医术高名。大家都称白素贞为"白娘子"。

可是好景不长，金山寺有一位叫法海的和尚，对白素贞怀恨在心，由于白素贞的医术好，穷人来看病还经常不收钱。大家有事也不去寺里烧香拜佛了，金光寺变得越来越冷清了。自然也就没有了香油钱。

这天，法海就想到保和堂来看个究竟，看看为何他们的生意这么红火。谁料他却一眼看出了白娘子是蛇精所变。他正想着怎样离间许仙和白素贞夫妻二人，让保和堂倒闭呢！这样自己的寺庙也就红火了。于是他就找来许仙，告诉他白娘子是个蛇精，让许仙赶紧休了她，不然就会性命不保。许仙根本就不信法海说的话。他自信地对法海说："那是不可能的，我家娘子心地善良、乐善好施，怎么会是蛇精呢？更何况我们夫妻恩爱，娘子对我也情深义重。就算她是蛇精我也不在乎，她已怀有我的孩子，我是不会离开她的。"

法海见许仙不听自己的，干脆恼羞成怒把许仙扣在了寺中。白娘子在家左等丈夫也不回来，右等也不回来，很是着急。后来才知道许仙被法海关在寺庙了。

白娘子就带着小青来向法海求情，希望尽量不要把事情弄大了伤害到百姓，法海冷笑着说："放了许仙可以，但是你这蛇精必须离开人间，离开许仙。"

白素贞见法海就是不放许仙，她心里只想要救出丈夫，一怒之下就拔下头上的簪子，向空中一划，大水直接涌向金山寺，这样一来附近的百姓也跟着遭了难，百姓的村庄和田地也都淹了。

法海也不示弱，连忙脱下自己的袈裟向空中一撒，变成了一道堤坝，把洪水挡在了寺外，水位不停地涨，堤坝的高度也不停地涨。由于白娘子身怀有孕，她要顾忌腹中的孩子，就不能使出全力，最后还是被法海收在了雷峰塔里。许仙和白娘子就这样被法海给分开了。

逃走的小青，恨极了法海，发誓要为姐姐报仇。于是她就回到深山苦心修炼。她的功力大增后，又来到了金山寺，终于打败了法海救出了姐姐。后来白素贞和许仙的儿子许士林也金榜题名了，一家人又幸福地生活在一起了。

龙女拜观音

观音菩萨在民间广为流传，她身边的一对童男童女想必也被大家所熟知，就是善财和龙女。他们无时无刻不守在观音菩萨的身边。关于他们的传说有很多，但是关于龙女的传说却很有意思。

相传龙女是东海龙王最疼爱的小女儿，自幼聪明伶俐，才华出众，在水族也是很有名气的。龙王对这个小女儿也是宠爱有加，要星星从来就不给月亮。也不知龙女从哪儿得知人间的八月十五有一个鱼灯会，特别漂亮，灯会上会有很多人，她特别想去。她就把这个想法告诉了父亲。虽说龙王平日很是娇惯这个小女儿，但是他知道要去人间这么复杂的地方，会很危险的。于是他就对女儿说："你作为公主怎么能去那种地方呢？再说了，人间多乱啊！到时候出现危险怎么办？"龙女见父王不同意，便假装哭闹起来。可是她平日最管用的招数，这次也不好使了。龙王还是不同意她去。没办法她只好又撒起娇来。没想到不管龙女怎样闹，龙王就是不答应她。还派人看着她，不许她出去。可父王越是阻拦，她越是想去，结果，就在那天夜里，她偷偷施法把宫女弄晕了，自己悄悄地溜出了龙宫。

龙女到了岸上，她想自己不能这个样子去鱼灯会。于是她就把自己变成渔家女的样子，一路小跑来到了鱼灯会这里。这天是十五，不光月亮特别圆，夜景还很美。街道上挂满了各式各样的鱼灯，有珊瑚灯、鲤鱼灯、章鱼灯……漂亮极了，龙女看都看不过来了。

她继续向前走着，发现这边还有许多稀奇好玩的东西。她想自己从小在龙宫里长大，也算得上要什么有什么，却从来没有见过这些好玩的东西。她越看越高兴，竟把自己龙女的身份忘得一干二净，更想不到自己在人间会遇到危险，跟着那涌动的人群来到了繁华的商业街。

她在这条街上正肆无忌惮地走着。不知是谁把喝剩下的半杯凉茶正好泼在她的身上。要是在平日里，她绝不会善罢甘休。可是此时她根本就顾不得看是谁干的，一溜烟地往海边的方向跑去，原来水族的神仙只要变成人形就不能碰到一点水，不然就会变回原形，接下来就会自动呼风唤雨，自然也就把这么美的鱼灯会给搅黄了。她可不想扫了大家的兴。

于是她就拼命地往海边跑。眼看就要到了，她实在控制不住自己的身体，眼看就要现出龙身了。她心里急得不行。如果此时现出龙身一定会招来大的灾难。就在这千钧一发之际，她只好先委屈自己，把自己变成一条鱼，一动不动地躺在那儿。说来也是不巧，这时正好走过一高一矮两个人，他们本是来这儿捕鱼的，却无意间发现一条巨大的鱼。俩人小心翼翼地走过去，高个子的根本就不敢上前，嘴里还叨叨着："我长这么大，都没见过这么大的鱼。看着都奇怪，这不会是妖怪吧！"矮个子的倒是不怕，胆子很大。直走到这条大鱼跟前仔细看了看，对着高个子的说："看你那点出息，哪里有那么多的妖怪。这鱼只不过是出奇的大。我想这么大的鱼，咱们带回去一定会卖个好价钱的。"高个子的一听能多卖钱，立刻咧开嘴笑了。两人就抬着大鱼往集市走去，打算把这大鱼卖了。

恰巧，龙女的遭遇正好被在紫竹林打坐的观音菩萨看到了。她见龙女此时身处危险境地，很是可怜。连忙吩咐善财童："你现在立刻动身到那个鱼镇上，把那条大鱼买下来，然后再送回海里去。"

善财童子有些不解地问："大师，那么多鱼，我要买哪一条呢？"

观音菩萨说："你只管去就是了，到了那里你自然就知道了。"

临行前观音菩萨让善财童子抓一把香灰放在口袋里。善财童子抓完香灰后，踏着莲花就飞往鱼镇了。

这时龙女已经被这两人抬到集市上，龙女吓得也不知如何是好。一时间来了许多围观的人，大家都没见过这么大的鱼。你一言我一语地议论着。大家光看着稀奇，就是没有人肯买。这时有一个老头说："大家都嫌这鱼太大，买回家去吃不了，这不是浪费了吗？要不这样，你把这大鱼剁开了零卖。"这两人听了老头的话，觉得这主意不错。于是他俩就把这大鱼放到了案板上，又拿来一把大的砍刀。准备将这鱼剁开分着卖。

就在这时，人群传出一个小孩惊讶的声音："哎呀，你们快看，这鱼还会哭呢！"大家连忙上前一看，这鱼果然是哭了，眼角边还残留着两颗晶莹的泪珠呢。那个高个子本来就胆小，看完直接扔了砍刀撒腿就跑了。这个矮个子的倒是个贪财不要命的主儿，他不想这到手的钱就这么没了。于是抄起砍刀就要砍。

就在小龙女这生死攸关的重要时刻，善财童子赶到了，他变成一个小和尚的样子，一边跑一边说："慢着，这鱼我要了。"

矮个子的上下打量了一下这个小和尚，说："这可是一条罕见的大鱼，卖价可高啊，你能买得起吗？"

周围看热闹的人也跟着起哄，嘲笑他一个和尚还买鱼。善财童子顾不得别人说什么，救命要紧，还是坚持要买这条鱼。可就是听那人说这鱼很贵，心里就犯起了愁。自己哪里有钱啊。这人似乎也看出了小和尚的心思，于是两只眼睛就盯着小和尚的口袋看。他这一看倒是提醒了善财童子，他想起来了，临行前观音菩萨让自己抓了一把香灰。随即伸手向口袋里一摸。原来观音菩萨让自己抓的香灰变成了一个大金元宝。善财童子立即掏出这个金元宝给了那个卖鱼的，并且说："这个元宝给你，但是我有个要求，就是你们得把这鱼给我抬到海边去。"

这两人一看这么大的金元宝，心想提什么要求都值了，乐得连忙答应了。在抬往海边的路上，矮个子的就打起了歪主意。他想等把这大鱼放了，小和尚也走了，然后再重新把这条大鱼捞上来，还可以再卖一次钱。可是善财童子小声地对大鱼说："到了海边，你就赶紧跑。你只要记住是观音菩萨救的你就行了。"

他们到了海边，把鱼放到了海里。龙女记住小和尚的话，一下海就游走了。俩人原本打算等这小和尚走了，把鱼捞起来再卖一次，没想到这鱼跑得还挺快。

这会儿，俩人就想这么大的元宝怎么分呢？于是就想掏出来看看，可是这时元宝又变成了一把香灰，再一转身小和尚也不见了。

龙女被这一天的遭遇吓得直接跑回了龙宫。这才知道自己私自出龙宫后，没过多久龙王就知道了。龙王气得火冒三丈，宫里宫外都乱成一团了，吓得虾兵蟹将一个个战战兢兢的。龟丞相也吓得守在龙宫的门口，一直向外观望着。龙女知道自己错了，跪在地上大哭，请求父王原谅自己。

龙王见女儿一身狼狈的样子回来了，是又气又心疼。还是狠狠地教训龙女说："你竟敢偷着跑出去，我跟你说过外边很危险的你就是不听。看你这狼狈的样儿，到底发生了什么事？"

龙女想着自己这一天的遭遇，本来就委屈。现在又见父王这样说，就哭着说出来事情的经过。她告诉父王："我很想去看鱼灯会，自己就偷着跑出去了。我光顾着玩了，就忘了这人间的危险了。结果不知被什么人泼一身茶叶水，险些丧命。后来，还是观音菩萨救的我。要不然我就真的回不来了。"说完又委屈地哭了。龙王听了大吃一惊，他想女儿肯定不知道事情的严重性，还好有惊无险，还好玉帝不知道此事，要不然非得治我一个"管教不严"之罪，这次说什么也得吓唬一下女儿，要不然她不会长记性的。

龙王就命人假装将龙女逐出龙宫。被逐出的龙女不知道自己还能去哪里，就一直在海边哭。观音菩萨听到了她的哭声，就派善财童子去把她接上来。

善财童子又来到了海边，见到龙女说："你还认得我吗？"

龙女一看是那个小和尚，就连忙说；"认得，就是那天观音菩萨让你救的我。我还没谢谢你的救命之恩呢！"说着就要行礼。

善财童子一把拉住了她说："行了，我们快走吧！观音菩萨让我来接你的。"龙女就随善财童子来到了紫竹林，面见观音菩萨。龙女虔诚地跪拜在观音菩萨面前，观音仔细地看着龙女，见她长得十分可爱，越看越喜欢，就让她留了下来，和善财童子一样住在一个岩洞里。虽然是观音菩萨救了龙女，但毕竟是由善财童子出面才救了龙女，龙女也很感激善财。后来俩人感情特别好，处得跟兄妹一样。这就是后人所说的"善财龙女洞"。

龙女特别喜欢这里的环境与宁静祥和的氛围，后来龙王知晓她陪伴观音菩萨后，也很想念自己的女儿，就托人捎信让龙女抽空回龙宫探望，谁料龙女再也不想回那个百般禁锢的龙宫了。

还有一个龙女拜观音的故事版本，据说是和八仙中风流倜傥的韩湘子有关系。

相传韩湘子手里的紫金神箫是东海龙王的小女儿也就是七公主送他的定情之物。这支神箫是用紫竹林里的神竹削制而成的。

韩湘子不但风流俊俏，还才艺出重，喜欢四处游历。他听说东海龙宫有个能歌善舞懂音乐的七公主，就想会会她，在一起切磋一下音乐。于是他就经常在海边吹箫，想着或许能见到龙女。恰好三月三这天晚上，龙女出宫春游。她刚出海面就被悠扬的箫声吸引住了，沉浸在这优美的旋律当中。她不由自主地走到岸边，变成一条银鳗，静静地欣赏箫声。

龙女正忘情地欣赏着音乐，竟忘了海水退潮的事了。自己被留在了沙滩上也没察觉出来。这时韩湘子走过来看着小银鳗那陶醉的样子说："你好像也很懂音乐，如果是这样，就把我的情义带给龙宫里的七公主吧！"银鳗听了连连点头。

韩湘子见银鳗懂自己的心思，高兴地又吹起了一首曲子。银鳗随着那优美的乐声翩翩起舞，在朦胧的月色映衬下，这舞步更显得轻盈、曼妙，令人陶醉。韩湘子可是四处云游有大见识的人，看了她的舞姿都惊呆了，简直都入迷了。

银鳗的舞姿随着箫声的节奏，也随意地变换着她那时缓时急的舞步。韩湘子的箫声停了，银鳗突然也不见了，在他眼前的竟是一位美若天仙的女子。脑子里还回放着她那曼妙的舞姿，韩湘子一下就深深地喜欢上她了。

女子对韩湘子回眸一笑，更是打动了他的心，他不由自主地又拿起箫吹奏了一曲。这曲子代表着韩湘子对女子的柔情，女子的舞姿柔美，代表着对韩湘子的爱意。俩人就沉浸在你侬我侬的曲子和曼妙的舞蹈当中，不知不觉天快亮了。突然一个浪花打过来，女子便不见了。

之后的三天韩湘子每天都来海边吹箫，女子都来此为箫声伴舞。韩湘子用箫声传递自己的爱意，女子用舞姿表达自己柔情。一副郎有情妾有意的场景。虽然没有语言上的交流，却早已互诉衷肠。

到了第四天的时候，韩湘子心里盘算着，自己已经深深地爱上了这女子，想与她长相厮守。打算在今天晚上和这女子细细攀谈一番。想知道她是谁，家住哪里。于是韩湘子就早早地来到海边，等着女子来。可是他一个人在这吹了一晚上的箫，女子始终都没出现。韩湘子相信这女子不会故意失约自己的。一定是她有要紧的事来不了。不管怎样，韩湘子这天晚上没有见到女子，便失魂落魄地回去了。

以后的几个晚上韩湘子依旧来此吹箫，等他心爱的女子出现，可她还是没有出现。韩湘子很是着急，一气之下就把自己的箫摔成两截。他心灰意冷地站在那里，心想也许是自己一厢情愿，也许是女子根本就不喜欢我。他又深情地看了一眼大海，转身就要离开。

这时一位鱼婆出现在他面前，对韩湘子说："你就是韩公子吧，是东海龙宫的七公主叫我来的，"韩湘子有些诧异地看着鱼婆说："七公主？"

鱼婆继续说："是的，前几日和公子赏乐跳舞的女子就是我们家七公主。后来这事就被龙王知道了。就把我们的七公主关起来了。"

鱼婆看着韩湘子一脸紧张的样子接着说；"公主知道你的情义，特让我送来一颗紫竹林的神竹，希望你能用它制成箫，吹奏出更美的音乐来。"说完鱼婆就不见了。

韩湘子拿着这神竹，更是思念龙女。他决定先到山里把这神竹做成箫。他日夜不停地削着竹子，终于做成了紫竹箫，落在地上的碎片就变成了一片紫竹林。

随后韩湘子又利用他毕生的才华，谱写出一首含天地精华的曲子。接着他就信心满满地来到海边，用这紫竹箫饱含深情地吹奏这首神曲。顿时白云飞舞，海浪漂浮，天地都为之动情。

可是龙女依旧没有出现，韩湘子伤心欲绝地离开了。之后就跟随吕洞宾学道去了。最终他不但修道成仙还练就绝世的吹箫本领。之后他就拿着紫竹箫到处镇妖除魔。龙女却因偷了神竹，被观音贬为侍女，永世不能离开龙宫。

据说韩湘子后来知道了龙女的事，就经常跑到海边吹箫，以此来表达自己对龙女的思念之情。直到现在东海还时常能听到幽婉深情的箫声，而在那片紫竹林附近生活的人们一直都流传着制作竹箫的传统。也许是为了纪念韩湘子，也许是希望自己也能娶到像龙女那样的姑娘。

灯草姑娘

朱元璋之所以能成为明朝的开国皇帝，不单是个人的智慧和勇敢，最主要的还是他身边有一些能人智士誓死追随他。但最终这些跟随他的大多数人都没逃过鸟尽弓藏、兔死狗烹的命运，大将沐英是其中幸免的一个。也许是他是朱元璋的老乡又是他的义子的缘故。洪武十四年秋，他受朱元璋之命带领三十万大军攻打云南，与他们同行的还有一些百姓。沐英攻下云南后，那些百姓就留在那里生活了。

在这些百姓当中有一个是沐国公的后代，叫沐定，和她的丈夫定居在云南的会泽县鲁机村。沐定的丈夫姓李，是个老实巴交的庄稼人，身上有把子力气，还是一个种庄稼的好手。但他的性格内向不爱说话。沐定倒是聪明能干，是家里家外的一把好手，总是把家打理得井井有条。她干什么事都一学就会，一点就通，只要交到她手里的活儿绝对是干得又快又好，让你挑不出半点毛病来。就比如扫个地吧，她和别人扫的就是不一样。她总是把坑坑洼洼的地方都扫得干干净净，而且还扫得特别快。有人说开玩笑说她扫过的地可以当床用，躺在上面身上沾不到一点土。

夫妻俩虽然勤劳能干，但在当时那个年代，百姓们负担很重，要交付各种税。剩在手里的也没有多少，日子过得也是紧紧巴巴，赶上个好年头收成就多一点，还能凑合着吃饱饭，要是赶上个差年头，收成不好，根本就吃不饱。

为了能填饱肚子，沐定经常到田里挖点野菜，做成菜团子吃。不单这样，沐定的手还非常巧，她一有时间就到河边弄点草茎，再把这些草茎分成一条一条的，给孩子们编成各式各样的小玩意儿。孩子们拿着很高兴。有时编的多了也拿到集上换点小钱儿。

这天，沐定早早地就干完了手里的活儿。她想到河边弄点草，给孩子编个球玩。她发现有一种很普遍的草，自己却从来也没注意过。于是她就拔下一棵仔细看了看。原来这草的草芯是如此的柔软细嫩。摸起来手感非常好。她想，要是用这种草芯做成枕芯枕着肯定舒服。沐英是出了名的干活快手，一会儿的工夫，她就弄了一大抱这种草带回了家，想制成枕芯。

没想到，回到家中，丈夫的一个举动让他有了新想法，晚饭后她就在那里摆弄着她那些草芯，这时丈夫要抽烟没有火，就随意从她的那堆草芯里拿了一根，引着火后点的烟。她发现这草芯还能引火用。她想既然能引火是不是就能代替油灯里的棉线条呢？想到这她连忙取下油灯，换上草芯试试，没想到，屋里比之前更亮了，而且还没什么油烟。最主要的是这东西没有成本，还节省了家里的开支。

后来沐定就给这草叫灯草，点灯用的那个芯叫灯芯。她本来就是个闲不住的人，又心灵手巧，于是她又试着用灯草编了一些草席、草垫子之类的拿到集上卖，卖了个好价钱。

沐定见自己编的这些东西还挺受欢迎，最主要的是这东西几乎是一本万利。她想大量编织这些东西，一定能挣很多钱。这样日子也就好过了。于是她决定在自己的地里种上一块这种灯草。这样就不愁没有编织的原料了。丈夫本就是种地的好手，再加上灯草本来就好养，没过多久，种出的灯草又粗又壮，比之前河边长的灯草要好很多，里边的灯芯又滑又长。

就这样，丈夫管理地里的庄稼和灯草。沐定就在家用灯草编成各种日常用品，她用灯草编成席子可以晾晒东西；用灯芯编成凉席，剩下的灯草壳还能编成草帽之类的小东西。编好的这些东西成本很低，却能卖个不错的价钱，所以沐定的生意也非常红火。

到了年底，这夫妻俩一算账惊喜地发现，这一年沐定通过编织创造的收益比之前种稻子要高出十倍。沐定一下子又有了新的想法。她决定把自家的田都种上灯草，这样就能挣更多的钱。丈夫一听都种上灯草就急了说："那可不行，都种上灯草我们就没有粮食吃了，到时候喝西北风去啊？"

沐定看了看丈夫那个憨样，笑着说："不种地就没有粮食吃啊？你看哪家做大生意的老板种地了，人家不是照样有饭吃吗？而且比我们吃的还好呢！你就不想想，我们卖了钱是可以买粮食的，哪里就能饿着你啦！"

丈夫虽然觉得沐定说的有道理，可心里还是不同意把家里的地都种上灯草。过了一会儿，他又从嘴里犟出一句话："要是都种上灯草，你编的过来吗？我又笨，只会打理庄稼，根本帮不了你，到时候还不得把你累死啊？"

沐定知道丈夫不愿都种上灯草，是怕累着自己。她想丈夫说的话也在理。种多了编不过来也的确是个问题。于是就跟丈夫说："你说的也对，要不这样吧！咱们把家里的地分成同等的两份，一份种粮食，一份种灯草。你看怎么样？"丈夫听了沐定的话，也就勉强同意了。

不过这样一来，灯草是产的多了，可是丈夫担心的问题还是出现了，尽管没有都种上灯草，沐定一个人编织还是忙不过来。丈夫见沐定每天累得腰都直不起来了，很是心疼。就建议沐定也像别人家做生意那样雇几个人。可是沐定又担心雇来的人把自己的手艺学去了，影响到自家的生意，这样的事她可是不愿意。

后来，沐定实在是累得不行了，就听了丈夫的建议雇了几个人，但是她怕这些人学到自己的手艺，只是让他们干一些技术含量低的活儿。编织的主要技术部分都是由自己来干。如果有人动心思想偷着学她的精髓技术，就会被她解雇。就这样没几年的工夫，家里的日子越来越富裕了。

沐定家的日子越过越红火，乡亲们也想学这种编织的技术，让自己的日子好过些。于是就有村里的人向她讨教编织的技术，都被她婉言拒绝了。她不愿把技术教给别人，怕会抢了自己家的生意。想着孩子们都大了，也能帮上忙了，就没有再雇工人了。

话说这年夏天，沐定家的编织品生意好得不得了，大量的订单让他们忙不过来，于是沐定带着一家人没日没夜不停地编织着，一天到晚睡不了几个小时的觉不说，就连吃饭也是随便对付几口。这一连好多天都不得吃、不得休息，全家人终于都累倒了，躺在床上谁也动不了。就在这个时候天色十分阴沉，眼看大雨就要来了。可一大堆的灯草都在院子里，如果淋了雨，就不能再用了。沐定心急如焚，但她只能眼睁睁地看着，却一点办法也没有。

就在沐定着急的时候，家里一下子来了几十口人，二话不说就把大堆的灯草和灯草芯分类后，收到库房里。还很快地把院子打扫干净了。雨倒是下得不小，可是沐定家的灯草一根也没有淋着。这些都被沐定看在眼里，记在心里了。

在他们生病的这几天里，相亲们有来送饭的，有来送药的，有给他们料理家务的。沐定和丈夫的心里不光是感动，最主要的是愧疚。之后他们就找来乡亲们说："我们以前那么自私，你们还愿意帮助我们，真是对不起。"

大家都笑着说："大家都是街里街坊的，客气什么？姚大妈告诉过我们，远亲不如近邻啊！"沐定听了乡亲们的话羞愧地流下了眼泪。

后来，沐定就拿着礼品又去感谢姚大妈，姚大妈说；"大家都是乡亲，互相照顾是应该的。大家应该有福同享、有难同当才是。"沐定羞愧地低下头说："大妈，以前都是我做得不好，今后看我的表现吧！"

随后，沐定就把乡们亲召集在一起说："乡亲们，以前是我太自私了，只想着自己能过上好日子，就不管别人了。通过这件事让我明白了一个道理，那就是有好事大家一起分享，有困难大家一起上。现在我决定，有愿意学编织技术的，我随时都愿意教。"就这样不久以后，大家都学会了这门手艺。后来村里成立了一个编织灯芯的大作坊。

直到现在云南会泽县鲁机村的灯芯都很有名气，畅销全国各地。后来沐定的名字慢慢地就没人叫了，人们都喊她"灯草姑娘"。

老鼠嫁女儿

在老鼠王国里有一对夫妇，他们有一个如花似玉的女儿，长得漂亮极了。

这对夫妇就想着自己的女儿长得这么漂亮，一定要嫁给世上最了不起、最厉害的人。鼠爸爸想，要说最厉害的应该是天上的太阳，如果没有太阳世上不但没有光明，连万物都不能生长。所以夫妇俩就来找太阳，他们对太阳说："我们有一个特别漂亮的女儿，我们想把女儿嫁给你，因为你是世界上最厉害、最了不起的人。"可是太阳却说："你们找错人了，我不是世上最厉害的人，你们应该去找云，因为只要云一出现就会遮住我的光芒。"

老鼠夫妇想太阳说的有道理，于是他们又来找云，鼠爸爸说："你一定是世上最厉害的人，因为你能遮住太阳的光芒，所以我想把我最漂亮的女儿嫁给你。"云却摆着手说："你们找错人了，我可不是世上最厉害的人，你们还是去找风吧！因为风一出现我们云立刻就散了。"老鼠夫妇听了云的话，只好又去找风。风却说："你们找错人了，我不是世上最厉害的人，你们应该去找墙，因为墙可以阻止我们风。"

老鼠夫妇最后又找到了墙，可是墙却说："你们找错人了，我可不是世上最厉害的人，你们应该把女儿嫁给自己的人，因为我们再好的墙也禁不住你们啃咬、打洞。"老鼠夫妇听了墙说的话，便哈哈大笑，没想到我们老鼠才是世上最了不起、最厉害的人。

老鼠夫妇饶了一大圈，回到家后，鼠妈妈说："既然我们老鼠是世上最厉害、最了不起的人，我看咱们隔壁的小老鼠就很好，它和咱们的女儿又是从小一起长大的。就把女儿嫁给他吧！”鼠爸爸一听，也很乐意。转过天他们就高高兴兴地把女儿嫁给了隔壁的小老鼠了。

刘三姐的故事

刘三姐的故事在广西壮族自治区被人们广为流传，由于她聪明勇敢又喜欢唱歌，被人们称为“歌仙”，深受人们的喜爱。人们为了纪念她，在每年农历的三月初三，都会展开清歌赛。

相传在唐代，有一个叫刘三姐的姑娘，自幼父母双亡，只剩下她和她的哥哥刘二相依为命。他们生活在一个风景秀丽的小山村里，兄妹二人就靠打鱼砍柴为生，日子虽然过得清贫，但有哥哥的疼爱，刘三姐也不觉得苦。

由于刘三姐人长得漂亮，又勤劳勇敢，最主要的是还有一副好嗓子，山歌唱得好，大家都很喜欢她。在当地算是小有名气的人，一提起刘三姐来没有人不知道她的，经常有人来这个村子里找她，和她一起切磋山歌。

在当地有一个地主老财叫莫怀人，是个贪财好色、年过半百的老头儿，他见刘三姐年轻漂亮还唱的一口清脆的山歌，便想娶刘三姐做妾，他几次向刘三姐提出此事，都被刘三姐拒绝了。莫怀人很生气，就想杀杀刘三姐的傲气，便找来当地的几个秀才和她对歌。结果刘三姐统统把他们干败了，还狠狠地羞辱了他们一番。

莫怀人见拿刘三姐没有办法了，气急败坏地想花重金收买官府要杀了刘三姐。后来乡亲们听说了此事，就帮助他们兄妹二人连夜乘着竹筏逃走了。她们逃到了柳州的小龙潭村，就在村边的一个岩洞里住下了。

安顿下来后，哥哥就不想让刘三姐再唱歌了，怕再招来事端。可是刘三姐天生爱唱歌，不管是闲还是忙总愿意哼上几句。哥哥见她不听劝，很是生气。一天他外出干活回来，看见一块又大又圆的鹅卵石，就带回了家。

回到家后他就对刘三姐非常严肃地说："这儿有一块鹅卵石，你要是能用手绢磨出一个圆洞来，我就同意你唱歌。磨不透的话，那你就得听哥哥的话，别再唱歌了。"刘三姐接过石头看了看觉得很好笑，就对哥哥说："除非是神仙，哪里有人能用手绢在石头上磨出洞呢？"她见哥哥特别认真地看着她，也就不再说话了，她就蹲下撅着个小嘴磨了起来，一边磨着石头一边把哥哥让她磨石头这件事随口唱出来了，唱得合辙押韵。哥哥见此情景，气得瞪了她一眼，让她继续磨石头。

谁料，刘三姐婉转的歌声，直接传到天宫，被七仙女听到了。于是就想帮助刘三姐，她拔下头上的簪子，指向那块石头，石头上立刻穿了一个洞。刘三姐见了高兴极了。这一高兴又唱上了："穿啊穿，柔能克刚好喜欢……"从此，人们又能听到刘三姐那清脆、朗朗上口的山歌了。

没过多久，莫怀人就得知了刘三姐的下落。他再次买通官府，带着许多官兵来捉拿刘三姐。乡亲们知道后拿着家里唯一能做武器的锄头和棍棒都赶过来，想和官兵们拼了。刘三姐见此情景，她不想连累乡亲们，便纵身跳进了小龙潭里。

就在这一瞬间，狂风四起，天也一片黑暗。突然一道强光，跟着就是一条金色的大鱼，从潭里一跃而起，托起了刘三姐直接冲向云端，来到天宫，刘三姐变成了歌仙。

刘三姐的山歌一直被后人传唱，为了祭奠三姐给世人留下了传唱山歌的美德，后人就为她雕刻了一尊石像，供奉她。

至今广西一带有许多刘三姐的雕像。这就是刘三姐成为"歌仙"的来历。

忠诚的黄耳

晋朝初期，在吴郡有一位大文人陆机，家境殷实，手下也有不少的门客。陆机年少时喜欢打猎、四处游玩。一天，在门客手中偶得一只狗，它叫黄耳。黄耳身材不大，但它聪明，跑得特别快，最让陆机喜欢的就是它有记路的本领，只要黄耳走过一遍的路都能记住。

有一回，黄耳被带去了三百里以外的朋友家，它竟然用一天的时间自己跑回来了。黄耳特别聪明，能懂主人的心思。陆机对黄耳也是疼爱有加，什么好吃的都会给黄耳。黄耳每天都和陆机形影不离，陆机写作的时候它就安静地守在旁边，陆机外出打猎的时候，它就跟着冲锋陷阵。像是一对默契的老搭档。

后来，陆机接到了去京城为官的调令。他只得离开家乡，去京城为官。但他不愿和黄耳分开，就将它也带到了京城。远在京城的陆机经常想念家中的爹娘，还总也收不到家中的来信。他常常向家乡的方向遥望。想着想着就掉下了眼泪，就和黄耳念叨着："黄耳啊，你想不想家啊？也不知爹娘现在好不好，他们是不是也在想我们呢？哎，要是你能送信给家里就好了。"这时黄耳就对陆机使劲地叫着，像是示意自己可以的。

陆机也不知道黄耳能不能把信送到，可是他实在是太想家里的人了，就决定让黄耳送一次信试试。他把写好的信装在竹筒里挂在黄耳的脖子上，陆机又抱了抱黄耳，拍拍它的头，也是想告诉黄耳，一路上小心注意安全，希望它能顺利地把信送到。黄耳冲着主人大叫一声，像是告诉主人放心吧！然后就立刻出发了。

黄耳沿着来时路使劲地跑着，渴了就在河边喝口水，饿了就在树林里找点吃的。到了渡河的地方，就跟在要渡河人的后边，摇着尾巴讨好人家，就会有好心人带它渡河。就这样黄耳几经周折，带着陆机的信跑回了家里。家里人见黄耳回来了既惊又喜，都出来看黄耳，黄耳就拼命地叫着，示意家人筒里有东西。家人打开竹筒才知道是陆机写给家里人的信。

家里人看完信很是高兴，亲切地抚摸着黄耳的头，知道黄耳跑这么远的路送信一定很辛苦，亲切地抚摸着黄耳的头，还端出了许多好吃的让黄耳吃。随后黄耳又是一阵叫，提醒家人给陆机写回信。家人经过黄耳的提醒连忙写好了信，又让黄耳带回去了。黄耳跑了一个来回才用了十几天，比人的速度要快好几倍。

就这样，黄耳一直来往于京城和吴郡之间，为陆机和家人送信。后来黄耳死了，陆机悲痛万分。他像是失去了一个臂膀，失去了一个朋友，哭得特别伤心。他为黄耳定制了一个棺材，把黄耳的尸体装在里边运回老家，并在离家不远的地方安葬了它。这里的人都知道黄耳是只聪明忠于主人的狗，就把黄耳的坟叫“黄耳冢”。

黄耳为主人送信的故事，被世人所敬佩。有许多的文人墨客都把它的事迹写在了自己的文字里。在唐代李贺的《同沈驸马赋得御沟水》中就有对黄耳的描述：“犬书曾去洛，鹤病悔逊秦。”还有元代张翥的《余伯畴归浙东简郡守王居敬》中的“家信十年黄耳犬，乡心一夜白头乌。”和元代大家王实甫的《西厢记》中的“不闻黄犬音，难传红叶书驿长不遇梅花使。”都引用了黄耳送信的这个典故。

这个故事讲述的是，一条叫黄耳的狗忠于主人并为其传书送信的故事。据说，在元朝也有专门用狗为人传书送信的机构，但这里的狗都是被利用的工具，不存在狗的主观意愿。动物和人类本来就应该是友好的，是相互依赖的。对于大部分人而言，认为动物就是为他们服务的。而动物呢，则是奉献自己全部的忠诚。而黄耳则不同，它乐意用自己的奔波带给陆机开心。在黄耳的心里只要陆机高兴，不管是送信或者是做其他事情，它都是乐意的。陆机就是黄耳的全部，但黄耳并不是陆机的全部，因为陆机还有他的家人和他的工作，它只是陆机生命里的一部分。

孔雀公主和傣族王子

相传很久很久以前，在茂密的大森林里有一个大王国，它是由一百零一个小的国家组成的。最为人们所向往和崇尚的就是美丽富饶的孔雀国。那里的人们勤劳善良，国王把国家治理得井井有条。

这个国家美得就像一幅画，郁郁葱葱的大山，一望到底的清泉，到处都是鸟语花香。人们就像生活在画里。这里的人们心地善良，与人为善，没有争执和矛盾，各自干着自己应该干的事情。这里的人们过着有条不紊的生活，就连村庄与村庄之间都很友好。

孔雀国的国王和王后更是为人和善，他们做的每一项决策，都为他们的子民着想。最让人羡慕的是他们有七个漂亮的女儿。而且还长得一模一样。让七位公主最高兴的事，就是每隔七天飞到金湖洗一次澡，金湖不但景色优美，湖水清澈，最主要是这个地方比较隐蔽，不易被人发现。

这天，孔雀七公主又来洗澡，她们正高兴地在湖里打闹嬉戏。一位傣族的王子带着他的侍从出来打猎，无意中闯进来了，王子看见七位美丽的公主，一下就傻眼了。不过他一眼就喜欢上了最小的七公主南穆娜，可谓是一见钟情。王子就想上前对南穆娜表达自己的爱意，可是七位孔雀公主却匆忙地穿上羽衣飞走了。

王子失落地站在那里发呆，一个随从见王子如此失望就告诉他说："王子，不要着急，七日后她们还会来这里洗澡的，您就在这儿等着。只要她们一下到湖里，您就把小公主的羽衣偷偷藏起来，到时候小公主没有羽衣可穿，自然就飞不走了，这样您不就有机会表白了吗？”

王子就按照随从的主意在这等着，王子每等一天就感觉度日如年，他恨不得立刻就能见到自己心爱的人。就这样终于等到第七天，七位公主果真又来这里洗澡了，姐妹们在这湖里嬉戏打闹，有说有笑的。王子趁着姐妹们在湖里正玩得高兴时，就偷偷拿走了小公主南穆娜的羽衣。

他们玩了好一会儿，也到了该回去的时间了，于是她们纷纷上岸穿上羽衣，准备离开这里。可是七公主南穆娜的羽衣找不到了。姐姐们这时穿上羽衣了，就连忙帮南穆娜找衣服，可是怎么也没找到。这时王子面带歉意地走到南穆娜面前说：“是我取走了你的羽衣，我就是想把你留下来，我要表达我对你的爱意。”

南穆娜抬头一看，眼前站着一位高大英俊、威猛的少年，她想这不就是自己心中理想的白马王子的样子吗？顿时也心生爱意。她听完王子的话便羞涩地低下了头。俩人也算是一见钟情。接着俩人就互诉爱慕之情。

姐姐们见此情景就对南穆娜说：“小妹，还不赶紧穿上羽衣，我们该回去了。若是晚了母后会担心的。”南穆娜却是一动不动深情地看着傣族王子。姐姐们见俩人如此情深也不好硬生生地拆散他们。这时她们的大姐站出来说：“小妹，既然你和王子这么相爱，就留在王子的身边吧！”说完姐姐们纷纷向南穆娜祝福，就依依不舍地离开了。

六位姐姐走后，王子就高兴地带着南穆娜回到了自己的国家，王子带着南穆娜见了父王和母后说明了自己的心意。老国王和王后见了南穆娜也很是喜欢，就为他们举行了盛大的婚礼。谁料婚礼当天就传来了边防有敌人来侵的消息，王子立刻率领士兵投身战场去了。临行前他嘱咐心爱的妻子说：“我走之后如果遇到危险，你就回想我们初次见面的情景，爱神就会出现在你面前帮助你的。”

没想到，王子走后南穆娜就遭到专管祭祀的摩祜拉的陷害。说南穆娜是个妖女，是她给这个国家带来了灾难和战争。并让老国王杀了南穆娜，用她的血祭拜神灵。

老国王起初不太相信南穆娜是妖女，可是摩祜拉再三强调说：“她就是妖女，要不然怎么会在大婚的这天敌人就入侵我们呢？这分明是她带来的战争。”老国王最后还是听信了摩祜拉的话，把南穆娜关进了监狱，准备处死她。

南穆娜伤心之余感到万分委屈，她不想就这样被冤枉。于是，就在即将行刑时，她突然想起了王子临行前对她说的话，脑子就呈现出自己和王子在金湖边一见钟情的场景。突然南穆娜就觉得自己的身体慢慢地飘起来了，她竟然飞了起来，直接飞回到自己的孔雀国了。

王子得胜归来，得知了妻子被陷害的消息很是生气。老国王为了安抚儿子，就挑选了许多的美女给王子，想让他忘了孔雀公主南穆娜。可是王子心里只有南穆娜，根本就装不下别的女人。他决心无论如何都要找到妻子。

于是王子就带上了战刀，历经九十九天，经历了千辛万苦，终于来到了孔雀国。他找到了自己心爱的孔雀公主，从此两个相爱的人又幸福地生活在一起了。

后来，孔雀国更是风调雨顺，人们安居乐业。都说是孔雀公主给人们带来了好运，都崇敬她、爱戴她。后来人们就把孔雀看作幸福吉祥的象征，还为孔雀公主建了一座雕像，以此来保佑人们的幸福安康。

武夷山和阿里山的传说

人们对物产丰富的大山林总是感到神秘和向往，不免会有许多的幻想，由此也引发了一些神话故事。

相传在很久以前，武夷山上生活着一群高山族部落，他们的首领叫阿里，经常上山打猎，是个百发百中的打猎高手。这天，他来到山上看到一只浑身没有一根杂毛的白鹿，阿里就想捕获这只猎物。没想到这只白鹿却非常灵敏，七绕八绕就把阿里带到了一个他从来都没去过的地方。阿里一看惊呆了，只见这里的树木茂密，山清水秀，鸟语花香，景色迷人。于是他想这么美的地方还是平生第一次见到，若是自己的族人能够来这里生活该有多好。

阿里回去后就跟自己的族人说起了此事，大家一听都非常高兴。于是他就带领着族人来到这里定居。可是就在人们为新居所欢呼雀跃的同时，出现了两条恶龙。它们不光体形庞大，随便施个小法术就能使这里狂风四起，烟雾笼罩。不久这里的花草树木都枯萎了，变成了一座没有生命的大山。原来，阿里带着族人在这里建设新家惊动了这两条恶龙，它们是来报仇的。

就这样族人们只好又搬回原来的武夷山。随着部落族人的壮大，这里已经不能满足人们的生活所需。人们的生活也逐渐困难起来。阿狸想着一定要除掉这两条恶龙，是它们毁了族人的新家，害得大家生活困难。于是他就带领着族里年轻强壮的小伙子们，苦练刀枪剑术，将来一定要和恶龙决战一场。

这天，阿里在山上打猎，正好看见两个姑娘正在被一只老虎攻击，阿里立刻从腰里拿出一支箭，直接射中老虎的要害部位。老虎当场倒地了，两位姑娘得救了。后来得知，这两个姑娘是天上的仙女，偷下凡间玩耍。不巧遇到了一只修炼成精的老虎。两个姑娘虽然被阿里所救躲过一劫，但是天庭有规定，仙人是不能随意下凡的。随后玉帝知晓了此事，就派老寿星来抓她们回天庭。阿里见两个姑娘可怜，想干脆好人做到底吧！就把抓她们的老寿星赶走了。

赶走了老寿星后，两个仙女就开始担心起来了。她们告诉阿里说："你赶紧躲躲吧！玉帝不会善罢甘休的。他一定会放火烧了这山的。到时候这里就成了一座秃山，什么都不会有了。"

阿里听了两位仙女的话，不想给族人带来灾难，就和两个仙女一同来到了那座被恶龙所毁的大山。

玉帝果真如仙女所说，大发雷霆。他施法找到了阿里的下落，并派雷神务必除掉阿里。两个仙女见来的是雷神吓得赶紧叫阿里山离开这里。可阿里就是不走，还大声地和雷神说："有什么事就冲我来吧！是我赶走了老寿星，是我放了两个仙女。就算你烧光这整座山我也不怕你。"雷神见阿里竟敢如此的嚣张，气得使劲地挥动雷锤，顷刻间电闪雷鸣，随着一声巨响阿里被炸粉身碎骨。但让人高兴的是，山上的两条恶龙也被炸死了，而族人们还都安然无恙的在武夷山呢！虽然阿里死了，但他也趁机铲除了两条恶龙，保护了族人。

原来这是阿里早就计谋好的，他从仙女口中得知雷神会放火烧山，就逃到了这座山上，故意惹恼雷神，在炸死自己的同时顺便也能炸死恶龙，这样就能和恶龙同归于尽了。

这座大山随着恶龙的消失，花草树木恢复了往日的生机。眼前又是一片郁郁葱葱的大山林。人们都认为这是阿里的身躯所变，由此给这座山起名为"阿里山"，阿里的这种大爱忘我的精神也深深地打动了两个仙女，她们决定化作两条围绕着武夷山和阿里山的河流，这样就可以一直守护两座大山，从而守护着这里的人们。慢慢的两座山的树木越来越茂盛，就连在了一起，像是一座山。

山上还多了许多果树，一年四季都有吃不完的果实。人们又过上了丰衣足食的生活，人们安居乐业，一片祥和的景象。当然生活在这里的族人们，从来都没有忘记阿里的功德，一直给他们的后人讲述着阿里的事迹。

人们就这样一直过着幸福平静的生活，也不知是过了多久，突然一个妖怪出现在这座大山里。没有人见过它长什么样，只知道它神通广大，站在山顶就能喝到海里的水，它稍微一个小动作就能地动山摇的，顷刻间还能大雨倾盆。人们都吓得战战兢兢，不知如何是好。这座大山就这样又被妖怪控制住了。

人们都很害怕，不想失去这座赖以生存的大山，也没有人能想出什么办法来。可是灾难还是来了，谁也挡不住。不久后这里的河流，花草树木都干枯了，就连土地都干旱得裂开了一道道口子。这里又变成了一座荒山。人们为了求得生存，就陆陆续续地离开了这座大山。

相传，在这之前，在武夷山的西边居住着一对相依为命的母女，母亲心地善良，女儿聪明果敢。女儿是听着阿里的故事长大的，崇拜阿里这样的大英雄。她见这里的族人们备受煎熬，无法生存，非常痛心。她便心生斩妖除魔保护族人的想法。她把自己的想法告诉了母亲，母亲虽然担心女儿的安危，但是她也心疼这些遭难的人们，就答应了。随后她就历时四十九天，翻越九座大山，找到了一位资深的猎龙大师，并拜他为师。又苦练了八十一天的箭法和刀法。

她学成回来后，见族人们走得就剩下一半了。她只和母亲打了招呼就上山去除妖了，临走前母亲再三叮嘱说："孩子，我知道你想帮助这里的人们，你的心情我理解。但是你要记住一定要注意安全，尽快除掉妖怪，也好和母亲团聚。"

她笑着告诉母亲；"您放心吧！我一定会回来的。"说完就奔着妖怪的藏身之地去了。

女儿身背弓箭来到了山顶，此时已是夜幕降临，又没有月亮。山顶上一片漆黑，她四处张望，小心地寻找着妖怪。这时，两束绿色的强光向自己靠近。她知道这两束绿光就是妖怪的眼睛，一定是妖怪发现了自己，想要攻击自己。于是她立刻从腰间掏出了一支箭，拉起了弓箭射向两束绿光。

姑娘连发两箭，都射中了妖怪的眼睛。只见这妖怪立刻翻滚在地，疼得嗷嗷直叫。她趁妖怪没有防备，又拿起大刀向妖怪的脖子处一通猛砍。妖怪顿时疼得蹦起老高来。随着妖怪身体的落地，一声巨响，两山之间出现了一道巨大的裂缝，姑娘见地要裂开一个大沟，她连忙逃到了山的东面。而妖怪则是掉进了这个巨大裂缝的深沟里了。与此同时海水灌满了这道深沟，淹死了妖怪。慢慢的这道深沟越来越宽，就把武夷山和阿里山隔开了，一个在东，一个在西，形成了一湾海峡。

妖怪死后，这里的山泉水又欢快地流淌着，花草树木又恢复了原来的生机，各种飞禽走兽都欢呼着。人们知道妖怪被铲除了，大山恢复了原来的样子，就都纷纷搬回了这座大山。人们又可以在这里幸福地生活了。可是母亲和女儿却被这海峡隔开了。

母亲思念女儿，就爬到山顶久久地望着远方，人们总是安慰着母亲，说女儿一定能回来的，可是女儿一直都没回来，就这样久而久之，母亲就变成了一块巨石屹立在山顶，像是在这里永久地遥望着女儿。至今武夷山的这块巨石还在，被人们称为“望女石”。

同时思念母亲的女儿，也是爬到山顶望向远方。就这样长年累月地站在这里遥望，变成了一棵红桧松。此后红桧松就不停地长高，她想一直长高长大就能见到母亲了。直到现在阿里山上的这棵红桧松已经长到五十多米高了，被人们称为“思母树”。

天鸡和太阳的传说

关于公鸡报晓之事，不但在名人诗句中有所描述，还在史书中有所记载。“平生不敢轻言语，一叫千门万户开。”这是唐伯虎描述公鸡报晓的诗句。在《玄中记》中说：有一种天鸡栖息在天都山的天都树上。每天天刚蒙蒙亮就会起来鸣叫，随后天下所有的公鸡都会跟着叫。关于公鸡报晓的传说有很多，也有说天鸡是栖息在一棵高万丈的扶桑树上，太阳的第一缕光照到树上时，天鸡就会率领天下的众鸡共同叫早。

还有流传最为广泛的一个说法就是，天鸡是由人转化而成的。

相传在远古时期，在青龙山下有一个美丽的村庄，村庄附近有一个长有许多莲花的清水潭。这里的人们过着平静而祥和的生活，男人外出打猎，女人在家料理家务，闲暇之余，就会到清水潭采些荷叶摘点莲蓬。

村子里有一个叫石刚的年轻人，他以打猎为生，有着一身的好武艺。他力大无穷，最拿手的就他的箭法，几乎是百发百中，而且穿透力特别好。在当地也相当有名气，十里八村的人都知道石刚是个了不起的人，就连周围的禽兽都知道石刚的厉害，见了他都绕道而行。

虽然石刚有一身的好本领，但他从不欺负弱者，相反却是个心地善良之人。由于他的箭法好，每次都能打到很多的猎物，回来就给那些生活困难的人家送去。时间久了大家都知道石刚是个好心眼的人，还说他的心之所以这么善良，是因为他的心是白玉做成的。

由于石刚本领高强，心地善良，村里的姑娘都很喜欢他，把他当作自己的结婚对象。可是石刚早就喜欢上本村一个叫玉姐的姑娘。玉姐也是一个善良的姑娘，人长得也是相当漂亮，还有一副夜莺般的好嗓子，跳起舞来更是婀娜多姿。

在一个月圆之夜，玉姐应石刚之约来到了清水潭边。石刚向玉姐表达了自己的爱意。原来玉姐也爱慕石刚已久，只不过是女孩家不好开口。她见石刚向自己表明心意，心里更是高兴，爽快地答应了。两人就在这皎洁的月光下互诉衷肠。一旁的老松树看了很是感动，就提议让他俩尽快结婚。

于是两人就张罗起婚事来。玉姐开始织布为自己准备嫁衣，她一边织布一边唱歌，吸引许多鸟儿也来歌唱。玉姐的巧手就在织好的布上绣上莲花和鸟雀，莲花鲜艳欲滴，鸟雀活灵活现。石刚则忙着搭建婚房，房顶铺的香茅草，墙边种上藤萝，门口载上桃树。门口挂的是凤尾竹帘。他们两人就这样高兴地忙乎着自己的婚事。大家都说他们俩是天生的一对，整个村里都沉浸在喜庆当中。

就在大家为石刚和玉姐的婚事高兴的时候，一场灾难降临了，太阳突然消失不见了，天地一片黑暗。没有光明，一时之间乱成一团。世间各种植物都不能生存了，所有的动物都像是被定格了一样，一动也不敢动。什么都看不见，不能吃也不能喝。人们一下就慌了神，谁也不知道这到底是怎么回事。

石刚以前听老人们说过，在昆仑山上有一位长眉长老，神通广大，法力无边，能通晓古今预知未来。但是这位仙人有个爱好就是睡觉，而且一睡就是三千年。他想找回太阳，因为世间万物都离不开太阳，没有了太阳就意味着一切生灵都得毁灭。于是石刚决定去一趟昆仑山找长眉长老问个究竟。

村子里的人得知石刚要去昆仑山找长眉长老，都知道此去必定是千辛万苦，而且是凶多吉少。但这也是大家唯一的希望。临行前，乡亲们都来为他送行。石刚的老父亲步履蹒跚的也出来为儿子送行了，玉姐为他准备了一篮子的干粮。一位老人哭着对石刚说："孩子，天这么黑可怎么走啊？"

听到这里大家都跟着哭起来了，石刚心里清楚此去肯定是千难万阻，但他最担心的不是路途遥远的问题，而正是那位老人所说的，伸手不见五指的天，根本就没有方向感。但他为了拯救天下的苍生，去意已决。就在大家为石刚黑暗难行之事犯愁的时候，突然出现了一缕强光，原来玉姐剖开自己的胸膛，手捧着自己的心向石刚缓缓走来。玉姐的红心散发着耀眼的光芒，照亮了四周。她气息虚弱地对石刚说：“我的心一定能照亮你前行，并能带你找到长眉长老，拯救天下苍生，也希望你能平安地回来。”

说完玉姐就死了，石刚抱着玉姐的身躯失声痛哭。他哭着对玉姐承诺说：“我一定让太阳回到天上。”这时玉姐的眼角流下一行眼泪。在场的人看到这个场面感动得又是一阵痛哭。

石刚擦干了眼泪，捧着玉姐的心，坚定地出发了。一路上玉姐的心始终散发着光亮，陪他跨过了险山恶水，斩妖除魔。他经历千难险阻历时九十九天来到了昆仑山下。可是昆仑山被白雪覆盖着，四周都是悬崖陡壁，就连飞禽走兽都难上去，简直比登天都难。

石刚想无论如何我都得上去，他刚开始攀爬，就听到了雷声震天响。时间像是被钉住一样，吓得老虎也不追山羊了，山羊吓得也不知道逃命了。它们一动不动地站在那里，像是被施了魔法。接着就是狂风四起。石刚见这风太猛了，便死死抓住岩石不放，霎时间天旋地转，石刚就昏死过去了。

不知过了多久，他醒过来了，看到豺狼虎豹都被滚下的石块砸死了。在他眼前只剩下玉姐的一颗红心还在发着光。他仿佛又看到了玉姐期盼的眼神，于是他浑身又有了力量，接着又坚定地向上爬着。

整座山都被冰雪覆盖着，又湿又滑。他是爬上一点就掉下来，掉下来再接着爬。就这样反复地爬着，他吃尽了苦头，但仍然没有放弃，因为他心里始终都有一盏灯在亮着，就是一定要让太阳回到天上，这是玉姐和所有人的心愿。以至于他的手脚都磨破了，他都没感觉到疼。

石刚一直向上爬着，突然一只巨大的青鸟飞了过来，展开的翅膀能遮住整座山，爪子比大象还大。它扇动一下翅膀就像是刮来了一阵狂风。石刚此时并没有胆怯，而是腾出一只手来拿出弓箭，用牙齿咬住弓弦，射向青鸟的头部，青鸟也不含糊，用嘴叼住了箭杆并把它咬断了。就这一箭，青鸟似乎也知道了石刚的厉害，竟掉头飞走了。

石刚击退了青鸟，继续往上爬。他也不记得自己又爬了多少天，但最终还是爬到了山顶。幸运的是长眉老祖并没有睡觉。他就像一个巨人一样坐在那里，洁白胡须随风飘动，好像和天上的白云融为一体，与大山融为一体。他身后还并排站立着三只凶狠的青鸟，眼神里透着杀气。

此时的石刚已是满身的伤，他看到了长眉长老就像是看到了希望，根本顾不得身上的伤痛。他面带乞求的眼神直接就跪在了长眉老祖的面前。老祖见到石刚却是一阵大笑，随后整个昆仑山都发生了变化，只见整座昆仑山都长出了枝丫绿叶，还开出了满山的红花，三只青鸟瞬间也变成了孔雀，在空中展开了五彩的翅膀，还伴随着悦耳的叫声。

长眉老祖笑着对石刚说："是你的勇敢，冲破了重重险阻，你的考验过关了。我也知道你为何来此，那么现在我就告诉你答案。"

原来，天上的太阳是十二只金鸡组成的，每个金鸡都是一个独立的发光体，也就是十二个太阳。后来玉帝的妹妹瑶姐，爱上凡间的一名男子，便私自下凡与这名男子结为夫妇，婚后不久还生下一个孩子，就是二郎神。这可是触犯了天庭的大忌。玉皇大帝得知后，大发雷霆，派人把她抓回天庭，罚她每日不停地织布，太阳落下才可以停止。可是玉帝却让十二个太阳轮流上岗，瑶姐只能不停地织布，随后就累死了。

二郎神得知自己的母亲死了，很是伤心。他后来听说是十二只金鸡轮流上岗，母亲得不到休息才累死的。于是他决定为母亲报仇，一定要杀光所有的金鸡。不久，十一个太阳都被武艺高强的二郎神杀死了。最后的这个太阳，也就是唯一的这只金鸡吓得四处逃窜。最后它躲到了渤海边上的一棵大马蛇叶子底下。由于二郎神长了一只天眼，只能看上面的东西，看不到下面的东西。不管他怎么找都没找到最后这只金鸡。因为此事，二郎神和玉帝也闹翻了，从此也就不再听命于玉帝了。

再说这金鸡虽说没被二郎神找到，但它吓得再也不敢出来了，就一直躲在那菜叶底下。除了它的同伴们来叫它，否则是不会出来的。

石刚听到这里，便一下紧张起来了，他想其他的金鸡都已经死了，那岂不是太阳回到天上的事，就没有希望了吗？

长眉老子看出了他的心思，便接着说：“虽然它的同伴们都死了，可是还有一种动物叫天鸡，它的叫声和金鸡一般无二，只要这天鸡叫三声，就能召唤出那只金鸡，太阳自然也就会出现在天上了。但是这天鸡需要一个人，吃下万年才结出的一个桃子变化而成。可是这桃子可不是轻易能吃到的。它长在渤海西边的桃都山上，要想取到这桃子可不是那么容易的事。不光如此，变成天鸡后就永世不能变回人形了，而且还要每天在这桃都山上早起，用三声叫，唤太阳出来。”

听到这儿石刚连忙说：“老祖，我愿意吃下这个桃子变成天鸡，唤出太阳来。不管有多难我都要取到这个桃子。”

长眉老祖见他如此坚定，就走到他跟前，拿过他手里捧着的红心，变成了一顶帽子戴在了石刚的头上，又命青鸟去取三支宝箭。

只见这青鸟立刻张开翅膀飞入云里去了。一会儿的工夫，就叼着三支箭从云里出来了，交到了长眉长老的手里。这箭可不是普通的箭。是由玉石做的箭杆，黄金做的箭头。长眉长老把箭交给了石刚。并告诉他这三支箭如何使用：第一支用来射死看管桃都山的毒龙；第二支箭射死看管桃子的巨猿；第三支箭射下长在高处的桃子。并嘱咐他要箭箭射中，否则就会半途而废。随后长眉老祖就闭上了眼睛睡着了。

长眉长老睡着了，鼾声也随之打起来了。这鼾声简直是惊天动地。瞬间整座山又变成之前的样子，青山绿水都不见了，花草树木也都消失了，三只青鸟也变回了原来凶恶的样子，发出凶狠的叫声。伴随而来还有刺骨的寒风。

石刚身背玉箭下山了，他知道此去桃都山又会是重重险恶，好在石刚信念坚定，又有来时的经验，一路上斩妖除魔，突破重重险阻，历时九十九天终于来到了桃都山脚下。

石刚停下了脚步，先是观察这里的地形。他发现要想上桃都山必经眼前这条黑水河，他想起长眉老祖说过这条黑水河，这里的河水很是特别，没有一丁点儿的浮力，就算是羽毛飘落在上面都会下沉。最可恶的是这条河里还住着一条会喷火的毒龙。就在这时毒龙已经发现石刚了，就嘶吼着向石刚扑来，石刚来不及多想，立刻拿出一只玉箭“嗖”的一声，正中毒龙的喉咙，毒龙立刻倒下死了。

毒龙虽然死了，由于这河水一点浮力都没有，石刚也不敢轻易过河。他突然灵机一动，就将毒龙的尸体一甩，搭成了一座桥，石刚总算过了这黑水河。

要想取到长眉老祖所说的桃子，就必须先爬上这天都山。接着他又经过七天的攀爬来到了山顶，石刚终于看见了那棵桃都树。可是这棵桃都树高耸入云。上面长了一个巨大的桃子，红白相间，香气诱人。一只巨大的猿猴守在桃子的旁边，他正恶狠狠地看着石刚，似乎知道石刚是来取桃子的。冲着他一阵咆哮狂吼，使得整座山都在颤抖。

石刚这一路上经历的妖魔鬼怪也不少了，根本就不怕这猿猴。便不慌不忙地拿出第二只箭，对准巨猿的咽喉就是一箭，接着巨猿倒地身亡了。

石刚见猿猴已死，又直接拿出第三只箭，对准那桃柄，只见这桃子应声落下，石刚顺势接住了桃子，只有他自己知道，能取到这桃子有多么的不容易，生怕再生什么变故，都没仔细看看这桃子，直接就放到嘴里吃了。

这桃子刚吃到肚子里，石刚瞬间觉得五脏六腑像是着了火一样，疼得倒在地上来回翻滚，最后直接疼得昏死过去了。

当石刚醒过来时，身上长满了色彩斑斓的羽毛，长眉老祖用玉姐的红心变成的帽子，这时也变成了红冠。石刚心里明白自己已经变成了天鸡。

于是他就张开翅膀，飞到了桃树上，使出了全身的力气，对天长鸣了一声。这叫声响彻云霄，唤醒了万水千山，唤醒了江河湖泊。唤醒了大地上的一切生灵。

当然这叫声也唤醒了藏在菜叶底下的金鸡。他听到了伙伴的召唤声，非常高兴。本想出来看看，可是一想到二郎神一直在找他，吓得又没敢出来，只是向外探了探头。就是这一个探头，海的东方就露出了一丝红光。天空也跟着变白一点，人们见到了一丝光明，心里压抑不住那份喜悦，高兴地欢呼雀跃起来，他们看到了希望。

紧接着石刚又伸长了脖子，又是一声大叫。随着这一声响亮的叫声，金鸡的胆子也大起来了，它确信是自己的同伴在召唤自己，于是它就抖了抖翅膀，站了起来。这时天边立刻泛起了片片金黄。石刚又拼尽全力长鸣了一声。金鸡再也按捺不住心中的那份喜悦，直接就飞到了天上。天空中终于重现了太阳，光明重返人间。山川、大地、河流顿时都欢呼沸腾起来了。人们流下来喜悦的泪水。

自此，金鸡每天都会在清早准时鸣叫，唤醒太阳。化作天鸡的石刚就这样永远地留在了桃都山，带领鸡群天天报晓。

人们也曾在三星堆遗址里发现了一件不同于普通雄鸡的铜像。它神情饱满，气宇轩昂，颜色艳丽，也许就是传说中的天鸡。

望夫石的传说

有不少关于望夫石的诗句:“望夫处,江悠悠,化为石,不回头。”描写的是痴情女子思念丈夫,苦苦等待丈夫的归来,她们长久地盼望着,丈夫却始终都没有回来。她们一次次等着,一次次的失望。最后化作一块石头伫立在那里,表达了妻子对丈夫忠贞的爱情,誓死都要等待自己的丈夫归来,而诗中的“望夫石”不由得让人联想起这石头背后的故事。

民间有许多关于望夫石的传说,其中最为广泛流传的就是涂山望夫石。

相传,在远古时期,我国黄河地区经常发大水,百姓们连年遭受灾难,苦不堪言。先是禹的父亲鲧接到治水的命令,由于各种原因导致治水失败,鲧就被处死了。后来禹继承了父亲的工作,继续治理水患。

禹为了能够根治水患,造福世人。他想知道造成水患的根源在哪里,于是他就长途跋涉来到了淮河附近的涂山。向当地的涂山氏了解情况,涂山氏见禹是诚心实意地想为黎民百姓谋福,就将此地的水经图献给了禹。这对治水起到了很大的帮助。后来禹还娶了涂山氏的姑娘为妻。

他们婚后不久,禹就离开了妻子去治水了。没想到这一走就是十几年。涂山氏就日夜思念在外治水的丈夫,每天都站在山上向丈夫所在的方向遥望,可她始终都没等到丈夫回来。最后变成一块石头一直守在那里。人们把这块石头叫作“望夫石”。

在香港的一个小丘上也矗立着一块巨大的“望夫石”,它的形状很像一个女子,这块“望夫石”的故事被当地人世代流传着。

很久以前，在沙田有一户人家，家徒四壁，非常贫穷。他们的生活只靠男人外出打鱼为生，女人还常年有病，不巧的是，这年女人怀孕了，对于这样贫穷的人家来说，别说什么营养品了，就连温饱都是问题。所以身体虚弱的女人，在生下一个女孩儿后，就不幸死去了。

就剩下男人和这个可怜的女儿了，邻居家的女人见这个女孩可怜，想着自己也是刚生完一个男孩，干脆就抱过来一起喂养。这个善良的女人用自己的奶水喂养着两个孩子，还在闲余的时间帮着他们收拾家务。谁料这男人不久也死了。可怜的女孩就成了无父无母的孤儿了。

女孩父亲死了，她变成了无依无靠的人。又是这个女人心生怜悯，把这女孩带回家收养了她，虽然女人的家里也不宽裕，但从来都没亏待过女孩。一晃十几年过去了，两个孩子也一起长大了，彼此也渐渐有了感情，也算得上是青梅竹马，后来父母也看出了两个孩子的心思，就给他们操办了一个简单的婚礼，就这样两人就结为夫妻了。

婚后的日子虽然过得很清贫，但小夫妻同心同德恩爱有加，也不觉得苦。不久女孩怀孕了，随后就生下一对男孩。可对于这个连温饱都不能保证的穷苦人家来说，不知道是该高兴，还是该愁。

家里一下多了两个孩子，负担不但加重了，还要腾出人手来照看孩子。日子过得更难了。为了让这个家能够支撑下去，男孩的父亲每天起早贪黑的干活，女孩的婆婆则是看孩子料理家务，空闲之余还干一些手工零活。尽管这样，日子过得还是紧紧巴巴的。

有一年闹起了旱灾，所有的庄稼颗粒无收，好多人都被饿死了。为了能活下来，有的人家甚至卖儿卖女，百姓们流离失所，四处逃荒，有的在逃荒的路上就死了。百姓们真是苦不堪言。

女孩家的日子也不好过，为了能让两个小孩吃上饭，公婆二人经常饿着肚子。后来婆婆想干脆自己也出去讨饭去，这样家里就能省下一份口粮。于是她偷偷地离开了家，到外边逃荒去了。家里人知道后心里很不是滋味儿，他们都知道婆婆为什么去逃荒。而且还知道这一走有可能再也回不来了。

眼看着家里一点吃的也没有了，公公就对小夫妻俩说：“现在家里的情况你们也都知道，你娘就是想给孩子省一口饭吃才走了。再怎么着也不能饿着俩孩子。”

男孩听了父亲的话更是满脸的愁容与无奈，唉声叹气地说：“爹，我们还有办法吗？难道我们就这样等着被饿死吗？”

公公语重心长地对男孩接着说：“我正要说这个问题呢！与其在家被活活饿死，还不如出去看看，也许还有一线生机。村子里好多壮汉都出去了，正好现在还有去南阳的船。为了你老婆孩子，咱们爷俩出去闯一把吧！”

女孩见公公都这把年龄了还要出去，就连忙劝阻他不要去。男孩也和妻子想法一样。对父亲说：“爹，您都这么大岁数了，出去闯的事就交给我，再说海上的风浪又大，您哪里受得了啊。您还是留在家里吧！”

父亲态度坚定地说；“在家，就是大家一起等死，出去还有一线希望，别再犹豫了，两个孩子不能再这么熬下去了。”

小夫妻谁都不再说话了，他们知道父亲说的就是眼下的实情。

三日后，女孩带着两个孩子来到海边，为自己的丈夫和公公送行。她站在海边含着眼泪看着远去的父子俩。

一晃几年的时间过去了，女孩每天都盼望着自己的丈夫和公公回来。可是他们始终都没有回来，也没有关于他们的一点消息。女孩思念亲人，心里寻思着，当时丈夫走的时候孩子还在怀里抱着，如今孩子都能替自己干点零活了，可是丈夫还是没有回来。

女孩经常带着两个孩子到山上，向海的那头瞭望，她多么希望来往的船只里有自己的丈夫和公公。就这样年复一年，日复一日地盼望着。

一天，女孩又带着孩子来到山顶，天突然阴暗起来，紧接着就是狂风四起，女孩紧紧地搂着两个孩子，随着一声巨雷炸响，三人就消失不见了。留在这里的是一块巨大的女人石像，这也许是女孩誓死都要等到丈夫的决心。女孩所变成的望夫石面向大海，这无边的海水就像是自己永无休止的思念之情。

大多的望夫石都是伫立在海边，遥望海那头的丈夫。但有一块望夫石则是伫立在关东的凤凰山上，遥望的却是万里长城。

相传，孟姜女千里寻夫，跋山涉水来到这长城脚下，这时天色已晚，城门已经关上了。眼看就能见到丈夫了，却因过不了关，还要等上一晚。她心里很是着急，因思念丈夫心切，恨不得马上就能见到丈夫，就趁着夜色爬上了凤凰山，站在一块大石头上向长城望去。由于是晚上根本就看不见，她就在大石头上焦急地来回走动，想尽快到天亮。没想到，天亮之后她走动的脚印就留在了这块大石头上。后人们就将这块石头叫作望夫石。至今到此游玩的人，都能见到这块留有孟姜女脚印的大石头。

在我国有许多的怪石风景区，而最为著名的就是紧挨着漓江的九牛岭脚下的黄牛峡风景区。那里怪石居多。但最为著名的怪石就是这里的“望夫石”，也是来往游人最为关注的一块怪石。因为人们看到这块石头不得不联想它背后的故事。

传说，在很早以前，有一对恩爱夫妻，男人憨厚能干，是个爬山撑船的能手，女人聪明贤惠，能歌善舞。这天男人带着自己的女人撑船回娘家。

一路上景色迷人，高兴之余女人就给男人唱起了歌。俩人正沉浸在美景和歌声当中。突然船停止不动了，男人赶紧查看，原来是船搁浅了。由于这里的路段偏僻，过往的船只又特别少。他们找不到人帮助，眼看干粮也快没有了。男人就让妻子和孩子在这等着，自己到山上去看看，兴许能碰见个人，也能过来帮个忙。

女人有些害怕，嘱咐男人注意安全，尽快回来。丈夫答应后就爬上了山，他在山顶望了一整天也没看到一个人影。这时天已经黑了，他没找到求助的人，心里惦记着船上的妻子和孩子，情急之下就变成了一块石头。

在山下焦急等待的妻子，见天都黑了丈夫还没有回来，很是担心。天刚蒙蒙亮她就带着孩子上山寻找丈夫。她走到山腰处向山上望去，却看见了变成石像的丈夫，极度伤心之下也变成了石头。从此，这座山上就多了两块怪石。一个望向远处的江水，一个仰头望着变成石头的丈夫。后人称这块石头为“望夫石”。

“江头望夫处，化石宛成形。”这是清代大诗人李秉礼对此石的描述。

比翼鸟的故事

大家都知道比翼鸟是比喻不离不弃，情深谊厚的恩爱夫妻，也是人们对美好爱情的向往。那么比翼鸟的故事是怎么由来的呢?

相传在古代，有一个小村庄坐落在黄河边上。这里有山有水，可谓是风景秀丽。可是这里的人们，对这山水并不感兴趣，因为这里的人们都很穷，他们更希望这座大山能变成可耕种的田地。这样他们的生活就会好一些。

唯独这村里有个叫柳生的孩子，非常喜欢这里的山水。尤其是喜欢山上的鸟叫声。他没事的时候就到山上听鸟叫，还经常模仿这些鸟的叫声。时间长了各种鸟的叫声他都模仿得惟妙惟肖。和真的鸟叫声一般无二。他还能通过鸟的叫声分辨出是什么鸟。由于柳生学鸟叫学得特别像，足以以假乱真，就经常引来许多鸟，围绕在他身边。对于柳生来说这就是他最高兴的事。不过柳生也是个苦命的孩子。自幼出生在一个贫苦家庭里，他很小就知道为家里分忧。虽说柳生命苦，但却是个懂事的好孩子。

原来，柳生的父亲是个打猎高手，由于他熟知各种动物的生活习性，听得懂动物的叫声。所以每次都能打到很多猎物。他们家的日子还是不错的。谁料不幸的事情发生了，就在柳生出生不久，这天，他的父亲打了很多的猎物打算拿到集市上去卖，他第二天早早就起来了，乘船到集市去卖猎物，半路上不慎落水死了。这样家里就剩下刚出生不久的柳生和母亲相依为命，由于母亲为父亲的突然离去很受打击，经常痛哭，时间长了就哭瞎了眼。这时的柳生刚刚十岁，他小小的年纪就挑起了家庭的重担。他每天外出干活，回到家还要照顾母亲。他想只要母亲能吃饱穿暖就行，自己无所谓。村里人都说柳生孝顺懂事。

就这样一晃柳生也大了，日子也好过了些。他就盘算着自己再攒一些钱，就能娶上一个媳妇，也好让母亲能抱上孙子。村里人都羡慕柳生的母亲有个好儿子。

可是，偏偏天不遂人愿。日子刚好过些，柳生的母亲一下就大病不起了，为了给母亲治病花光了家里所有的积蓄，可母亲的病还是一点起色都没有。这天，柳生又请来大夫为母亲看病。大夫看了母亲的病对柳生说："你母亲的病是可以治好的，不过得需要一些好一点的药，算下来至少得需要二十两银子。"这下可愁坏了柳生，家里一文钱也没有了。现在去哪里弄这么多钱呢！可是柳生并没有放弃，他想不管怎样，都要治好母亲的病，他知道母亲一人含辛茹苦地养大自己不容易。

后来，一个在外地打工的邻居，知道柳生正在为没钱给母亲看病而发愁，就跑来告诉柳生说："邻村有一个黄员外正在买年轻的家丁，说是三十两银子一个，不过要签卖身契。实在不行的话你就去看看。"柳生知道这卖身契的意义，可是眼下母亲的病不能再耽搁下去了，再这样耽搁下去恐怕就真的治不好了。他思虑再三决定去应征。

和他一同应征的还有邻村的几个人，但是黄员外一眼就看上了柳生，见他年轻力壮，人也长得清秀，便把他留了下来。可是黄员外只付给了柳生一半的银子，说干满十年后再给剩下的一半。一半才十五两，哪里够母亲看病的。他想自己卖身为奴就是为了给母亲看病，可现在这看病的钱也不够啊！于是柳生连忙跪下，向黄员外说明自己母亲生病的实情。黄员外见柳生是个非常孝顺的孩子，就又给了他十两银子。

柳生就拿着钱先是给母亲看病，剩下的银子就给母亲留作家用，他又让邻居们帮忙照顾一下自己的母亲，邻居们知道柳生孝顺，平日里也经常帮助别人，就爽快地答应了。就这样他就在黄员外家做了家丁。

柳生安顿好了母亲，心里也就踏实了。他感恩黄员外对自己的帮助，就想自己一定要好好地干。黄员外见他踏实肯干，人也聪明，很是喜欢。后来就让柳生做了类似管家的职务，料理杂事。这样一来柳生就清闲了许多，由于从小就喜欢花草，他决定利用空闲的时间打理花园里的花草。这样也不辜负员外对自己的提携。

就这样，柳生一有时间就去花园里侍奉花草，把花园打理得特别干净、漂亮。在打理花园的这段时间，柳生经常听到许多的鸟叫声。柳生很是好奇，就想知道这是哪里来的鸟叫声。这天他早早地打理完了花草，偷偷地爬上院墙一看，对面的绣楼前成群的鸟儿，一位美若天仙的少女正在痴情地看着一只金丝雀唱歌，那歌声美妙婉转。柳生被眼前的一切看傻了。一个不留神就从围墙上掉了下来。

后来，柳生经人打听才知道，这美丽的女子竟然是黄员外唯一的女儿黄莺。黄莺在当地是出了名的贤淑漂亮，好多家的公子都看上了她，托人向她提亲，可是她一个也不喜欢。至今还待字闺中，没有出嫁。她喜欢鸟，特别是喜欢金丝雀的叫声。

柳生知道了黄莺的身份，知道自己根本就配不上黄莺，就把自己对黄莺的那份爱深深埋在了心底。一晃两年的时间过去了，在这期间柳生的母亲也去世了。柳生也心无牵挂了，便一心一意的在黄员外家做工。他每天侍奉这些花草，既能听到黄莺的嬉笑声还能听到金丝雀的歌唱，这对于他来说就是最开心的事了。

他把这园子打理得更加漂亮，让这花开得更鲜艳，就是想让黄莺看到后高兴，对于他来说只要黄莺开心，就是自己最大的快乐。可是黄莺对这些花草并不感兴趣，她只爱她的金丝雀。不过，鸟儿也是有寿命的，不久后这只金丝雀就死了。

金丝雀死了，黄莺伤心欲绝，她整日泪眼涟涟，闷闷不乐。员外心疼自己的女儿，就派人又给她买了一只，可黄莺还是不开心，她心里始终想着自己的那只金丝雀。

黄莺难过，柳生看在眼里疼在心里。他想起自己小时候经常学鸟叫，就决定练习一下，到时候叫给黄莺听。兴许她听了就能高兴呢！柳生练习几天，他觉得自己的叫声没问题了，就来到了黄莺附近的墙下学起了金丝雀的叫声。

黄莺和丫鬟同时听到了叫声，她们互相对视着，竖起耳朵又听了一会儿，确定就是自己那只金丝雀的叫声，她们感到非常惊喜。黄莺连忙带着丫鬟循着叫声来到花园，发现了是柳生正在这学金丝雀叫呢。

柳生正在这儿闭着眼睛用情地叫着，也像是用鸟叫声向黄莺传达着自己的爱意。此时他还不知道黄莺已经站在他身后了。当他看见自己心爱之人站在眼前时，一时竟不知所措，羞红了脸。

黄莺原以为是自己的那只金丝雀在叫，没想到是柳生。虽然有些失望，但她觉得柳生学的像极了，便上前一步问:“你学得像极了，可以教我吗？”

柳生一听黄莺要跟自己学鸟叫，乐得连忙答应了。因为这对柳生来说可是求之不得的事。随后俩人就偷偷地约定好学鸟叫的时间。没想到这鸟叫不好学，黄莺怎么也学不会，就不打算学了。这时，柳生就学起了各种鸟叫，招来许多的鸟，黄莺终于开心地笑了。就这样，一来二去黄莺就对柳生有了感情，俩人便情投意合的互诉衷肠。

俩人好上了以后，经常偷偷约会。可是时间长了，员外知道了此事，就把柳生毒打一顿，还命人把他扔到黄河里去。黄莺得知后便一口鲜血吐出，直接晕倒了，还没等大夫赶到就气绝身亡了。这时大家看到在黄莺的心口处飞出了一只小鸟，奇怪的是这鸟只有右边的翅膀。随后就朝着黄河的方向去了，众人也都跟着去了。

黄员外也跟着女儿化作的小鸟来到了黄河边，家丁们抬着柳生正打算扔到黄河里。这时柳生微微睁开了眼，看到了那只小鸟，便露出了微笑的面容，随后就死了。这时在柳生的心口处也飞出了一只小鸟，与那只不同的是它只有一只左翅膀。两只鸟飞到了一起，变成了一只鸟。它翩翩飞舞着，还唱着动人的歌。在场的人都惊呆了。后来人们说，柳生和黄莺是真心相爱，死后他们的心变成小鸟飞到了一起。从此人们就管这种鸟叫比翼鸟。这也就比翼鸟的来历。

比翼鸟的故事只不过是个传说而已。而在我们现实的生活当中就有这样一对“比翼鸟”，那就是唐玄宗和杨贵妃。在白居易的《长恨歌》里，有对他们爱情故事的描述:“七月七日长生殿，夜半无人私语时。在天愿作比翼鸟，在地愿为连理枝。”

在开元二十五年，唐玄宗的宠妃武惠妃过世了，玄宗一直闷闷不乐，每日里不思茶饭。大太监高力士就想再为玄宗寻找一位美女，以此来解玄宗的伤心。后来他得知寿王李茂的王妃杨玉环，不仅人长得漂亮，聪明温婉，还琴棋书画样样精通，算得上才貌双全的奇女子。高力士就把此事告诉了玄宗，玄宗听了很高兴，顾不得杨玉环是自己儿媳妇的身份，就派人把她接到了温泉宫。

唐玄宗见了杨玉环第一眼便喜欢得不得了，可谓是一见倾心。他为了掩人耳目，先是将杨玉环封为女道士，赐名“太真”，留在了宫中。就这样年仅二十二岁的杨玉环就跟了五十六岁的唐玄宗。直到五年后，杨玉环被正式封为贵妃。

此时的唐玄宗对杨玉环更是宠爱有加。后宫佳丽几千人，唯独杨玉环深受玄宗的宠爱，真可谓集万千宠爱于一身。无论任何正式的场合唐玄宗都让杨玉环陪在身边。俩人可谓是形影不离，如胶似漆。

历代君王宠爱自己的妃子，也都是常有的事，但要与唐玄宗宠爱杨玉环相比都不值一提。唐玄宗知道杨玉环爱吃荔枝，他就命人快马加鞭从南方运来荔枝。要知道这荔枝可是从千里之外运来的，据说途中累死了好几匹马。正可谓“一骑红尘妃子笑，无人知是荔枝来。”

杨贵妃之所以能得到唐玄宗如此的宠爱，不单单是她的美丽和琴棋书画，她还在音乐上有着很深的造诣。玄宗本身就精通音律，玄宗每每弹琴，杨玉环就能随着音乐翩翩起舞，这音乐和舞步合作得更是天衣无缝，相得益彰。这俩人无形中在音乐这方面成了知己。唐玄宗对杨玉环更是视若珍宝。

不过杨贵妃也因年轻气盛两次惹恼了玄宗，便把她逐出宫了，一次是由玄宗道歉才解开的局面。其实唐玄宗根本就舍不得杨玉环受半点委屈，就主动求和了。另一次是杨玉环被逐出宫了，出宫后玉环每日里以泪洗面，伤心极了。而唐玄宗每日里更是茶不思，饭不想，郁郁寡欢。其实俩人谁也离不开谁。后来俩人相互道歉才解了这个结。自那以后俩人更是恩爱有加。

一年七月初七的晚上，唐玄宗带着杨玉环来到了长生殿，俩人依靠在一起仰望天上的牵牛星和织女星。认为牵牛和织女是天上最让人羡慕的情侣。他们想做人间最让人羡慕的情侣。于是他们就跪下许下誓言：永生永世都为夫妻。那句“在天愿作比翼鸟，在地愿为连理枝”就是白居易根据二人的故事所创作的千古绝句。

唐玄宗不光是杨玉环的丈夫还是大唐的皇帝，所以他们的爱情和婚姻一定会牵扯到政治。唐玄宗对杨玉环的宠爱，在平常人家就会得到歌颂，但在帝王之家就会被说贪恋女色，荒废朝政，而玉环则会被说成红颜祸水。

由于杨玉环的得宠，杨玉环的哥哥杨国忠被封为宰相，而杨国忠自从当上宰相，就变得狂傲自大。满朝文武谁人都不放在眼里，肆意妄为。朝廷上下都说是杨玉环迷惑君王，使奸臣当道残害百姓，给杨玉环扣上了祸国殃民的帽子。

天宝十四年冬，安史之乱爆发后，唐玄宗就带着杨玉环和他的哥哥姐姐离开长安，想逃往蜀郡。

随行的军队走到马嵬坡时突然就倒戈了，把奸臣杨国忠杀死了，还逼迫玄宗杀死杨玉环。玄宗抱着玉环好一通哭，随后就赐给玉环三尺白绫让她自尽了。

就这样，杨玉环命丧马嵬坡，唐玄宗每每想到杨玉环就肝肠寸断，老泪纵横。最终这对“比翼鸟”还是没能双宿双飞。

茶神陆羽

茶文化不但在我国历史悠久，还享誉全世界。茶既能解渴，还有提神养性、健身治疾的功效。如今茶已是我们生活当中必不可少的一种饮品。

相传，是远古时期的神农氏最早发现的茶。一天，神农氏带着全家外出游玩来到了山上，出来久了，就感觉口渴得很，他看见不远处有一株郁郁葱葱的小树，上面长满了油亮的叶子。他伸手就摘了一片放在嘴里，瞬间觉得神清气爽，精神了许多。经验丰富的神农知道这就是茶。后来经过世人不断的更新改良就成了现在人们所熟悉的茶了。不过这只是个神话而已，提到茶，我们不得不提到一位和茶有着一生渊源的“茶神”陆羽。

相传，陆羽的一生都是个传奇。就连他的出生都具有传奇色彩。他一生下就是个无父无母的孤儿。一天早上，竟陵龙盖寺里的智积禅师外出回来，正好经过一座小桥，这时他听到大雁的一阵阵怪叫声。他顺着声音走过去一看，原来是一只大雁展开翅膀正在护着一个冻得浑身打战的男婴。智积见这孩子又冷又饿，便心生怜悯，把他抱回了寺里。这座桥被后人称为“古雁桥”。

虽说智积禅师是位远近闻名的高僧，但他不知如何抚养这么小的孩子，就将孩子交于他的一位好友李公代为抚养，李公自幼饱读诗书，是位有名的儒士，做官时正赶上朝廷动乱，就辞官在龙盖山麓开办学堂讲课育人。李公膝下有一女，叫李季兰。李公就把这个孩子当作自己的儿子，排在女儿之下，起名为季疵。一晃季疵就长到了七八岁。这时的李公已经年老了，就想着落叶总要归根，决定带着一家老小回湖州老家。

季疵不愿去，留下来又回到了竟陵龙盖寺，跟随了智积禅师。从此就跟着智积读书识字，学佛法。季疵将所学的东西熟记后还细心地思考。季疵不但聪明好学还很懂事，他为了感谢恩师，每日都把智积爱喝的茶煮好，并送到他的跟前。

一次季疵抽到一个卦辞，上面写着：鸿斩于陆，其羽可用为仪。他仔细琢磨这字上的意思。他觉得说的就是自己，便决定自己姓陆，名羽，字鸿斩，算是为自己起了一个新的名字。

转眼陆羽十一岁了，他一直热衷于烹茶，却对佛法不感兴趣。智积也看出来了，知晓陆羽的心思，就让他下山还俗了。陆羽下山后，也没有生存的本领，为了讨生计只得先在一个戏班子里演小丑。这天，当地的太守李齐物来看演出，发现陆羽机智幽默，演出结束后就想见见他。

他们见面后，俩人经过一番交谈。李齐物发现陆羽不但风趣幽默，还是个才华横溢的人，美中不足的就是他有点口吃。随后李齐物就把陆羽推荐给火门山的邹夫子，做了他的门徒，陆羽就有机会接触到名士人物颜真卿、张志和等人，使他在茶道这方面有了更深的了解。

在陆羽十九岁的时候，他想对茶艺这方面有更深的造诣，就决定四处云游去品尝各地的茶和水，随后还写出了许多有关茶文化的书籍。

这年，陆羽来到了吴兴县抒山品茶。正与当地的人在探讨茶，突然接到要他进宫的圣旨。他心里还一直琢磨着，召自己进宫所为何事呢？他经人打听才知道事情的真相，陆羽是既高兴又担心。

原来是代宗皇帝要召见他，因为代宗是位喜欢参禅品茶的皇帝。他听闻智积禅师不光在佛法上有很高的修为，对品鉴茶这方面也很有见解，便把他请进宫里来，想和智积共同探讨饮茶和参禅之道。

智积进宫后，代宗知道他是品茶高手，就命人上了一壶好茶，想让智积品尝。没想到智积只抿了一小口，就再也没碰过那个茶碗。代宗也感觉出来什么，就问：“此茶不入禅师的口吗？这可是今年新供茶。”

智积答道：“不是茶的问题，是这煮茶的手艺不到位。贫僧以前喝的茶都是我的徒弟陆羽所煮，他走了以后再也没有人能煮出那样的茶了，我也就不再喝茶了。”说完此话智积颇有伤感。

代宗想一个小和尚怎会如此了得，于是又让自己的茶师亲自煮一杯茶来，并告诉智积这是陆羽所煮的茶。智积只是闻了一下便连连摇头说：“这可不是陆羽煮的茶，他煮的茶，闻着就清香扑鼻，此茶不能和陆羽的茶相提并论。”

代宗笑着叫人把茶端走了，转过头便对智积说：“难道这陆羽真如禅师所说？您真的能品出陆羽的茶来？”

智积答道：“陛下，如果您喝了陆羽煮的茶自然就知晓了。”

代宗听了更是对这个陆羽感兴趣了，但他还是不甘心。于是第二天便又请来了京城里有名的品茶大师，让他亲自为智积煮了一壶茶。

智积接过茶，品了一口说道：“这茶倒是比之前的要好一点，但还是不能和陆羽的茶比。”

智积说完，代宗对这个陆羽更是感兴趣了，非要探个究竟不可。便偷偷叫人把陆羽召进宫来，他心想我一定要见见这个叫陆羽的人，看看他到底有没有智积说的这般了不起。陆羽知道了事情的前因后果，喜忧参半。喜的是，时隔多年终于又能见到自己的恩师了，忧的是，他知道代宗是个爱好品茶的皇帝，若是把自己留在宫中，今后就不能再四处品茶了，也不能完成自己的心愿了。

陆羽来到宫里后，代宗见他不过是个普普通通说话还口吃的人，怎么也不相信陆羽能煮出一手的好茶来。不过既然已经来了，代宗还是让陆羽煮了一壶茶，给智积禅师品尝。茶煮好后，代宗又命人请智积来品。

智积从门外就闻到了一股茶香，对于这种茶香他太熟悉了，这就是自己的徒儿陆羽所煮之茶的香味。他高兴地大声说道：“一定是陆羽来了，他在哪里？”

代宗便故意笑着说：“看来禅师真的是太想你的徒弟了，好端端为何要这样问？”

智积没有急着回答代宗的话，而是一口将这茶饮尽。他回味着这茶的清香，自言自语地说；“这才是陆羽煮的茶，不过时隔多年，他的茶道更有长进了。”

代宗见智积如此享用此茶，自己忍不住也想尝尝，于是连忙叫人给自己倒一杯。代宗品尝过后，此茶果真如禅师所说，清香四溢，使人精神气爽。随后就命人把陆羽请出来，让他与自己的恩师智积禅师相见。

陆羽得知自己走后，恩师就再也没喝过茶了，心里很是难过。见到恩师就连忙跪倒在地说："弟子今后愿终身留在您的身边，给您煮一辈子的茶。"

这时代宗说："陆羽，你有一手煮茶的好手艺，还是留在宫里吧！让你的恩师留下来。这样你们师徒也能经常在一起，我们也可以切磋茶艺。"

陆羽知道自己担心的事终于来了，他正不知如何回绝代宗。其实智积早就看出了陆羽的心思，就连忙对代宗说："陆羽这么好的茶艺，若是只为我一人享用，岂不可惜了。那么天下人就不能得以享用，还是让他四处游走，将茶文化四处传播，叫天下人都能享用。这也是陛下您的功德啊。"

代宗实在不想陆羽走，见智积禅师这样说，也只好让陆羽离开皇宫，继续云游四方，品茶鉴水。

之后，陆羽不断来往于各茗茶圣地，了解采茶和制茶的整个过程，精心研究。经过他多年坚持不懈的努力，一本最早也是最完整、最全面的介绍茶的著作终于问世，就是《茶经》。此著作是从茶的种植，采摘，研制，以及茶具，煮茶到饮茶等方方面面的事宜都一一做了详细的介绍，被广大世人所喜爱，也大大推动了茶文化的发展。

陆羽在茶道上有如此高的造诣，与他亲力亲为和多年积攒的经验有关。这在张又新的《煎茶水记》中也有过记载：

说是陆羽这天正在湖州的扬子江边研究茶，恰巧遇到当地的刺史李季卿，二人就一同乘船谈论起茶道。在交谈中陆羽告诉刺史此地的南陵水煮茶最好喝。刺史听了就想尝尝，于是立刻就派人去取南陵水，谁料，派去的人不小心将取的水撒了，又怕回去无法交差，就在江边随便取了一些水回来。陆羽一口就尝出了这是江边的水，而不是南陵水。后来李季卿又派人去取。取回后陆羽尝了一口便笑着说："嗯，这才是南陵水。"取水之人对陆羽的品水能力佩服得五体投地，连忙跪下说出了取水的实情。陆羽的事迹被人们当作神人广泛流传，他的名气越来越大了。

由于他对茶道有着深厚的造诣，就奉他为“茶神”。之后在民间就流传着一个关于茶神的神话故事。

相传，陆羽本是掌管天上的仙茶树和专门伺候玉皇大帝喝茶的司茶童。这仙茶树本是稀有之物，乃千年长一苗，百年长一叶。司茶童的茶艺，天庭里的众仙都知晓。他煮的茶不但使人精神气爽，还有明目的功效，能看清下界的万物。

这一年，司茶童发现人间有瘟疫，人们得了眼疾。没钱看病就变成瞎子了。他见人间的百姓如此遭罪，心生怜悯，就偷偷地撒下一把仙茶树的种子，想着长出茶树叶子能帮助人们治眼病。

王母娘娘知道了此事便大发雷霆，要惩处司茶童。因为她不想让仙界的人和凡间有任何的瓜葛。玉皇大帝为司茶童求情也于事无补。王母娘娘执意要处罚他，就把司茶童投下凡间，他来到河边投胎变成一个男婴。

正巧智积禅师路过此地，见一个相貌丑陋的婴儿正在啼哭，还冻得浑身哆嗦，心生怜悯就把他抱回了寺里抚养。

智积抱着一个婴儿回来，小和尚们都围过来看，有的问：“这是我们新来的小师弟吗？”有的问：“他叫什么名字？”

智积想了想说：“对，他就是你们的小师弟了，以后你们要多照顾他。他是在下雨时捡到的，就叫落雨吧！”

这时有一个小和尚发现落雨的小手里死死地握着一粒种子，小和尚就把落雨手里的这颗种子交给了师父。智积拿着种子看了看也不知道这是什么种子，就让人把它种在了后院。

落雨就和那颗种子长出的小树一同慢慢地长大了。落雨在寺庙里的生活每天都是一样的，他先是念佛经，之后就是到后院照顾那棵小树。

这年的夏天，又闷又热，师兄们坐禅都困得打起了瞌睡。落雨就摘了几片后院的小树上的叶子给他们煮水喝，没想到，这水不但入口清香，喝了还精神气爽，大家顿时都不困了。

师兄们都问这是什么好东西啊？落雨告诉他们这是后院种的那棵小树的叶子，就是茶。自此，每当他们坐禅的时候落雨都给他们煮茶喝。

这天智积发现大家在坐禅的时候个个都很精神，不像以前那样没精打采的，才知道是落雨给大家煮茶喝的缘故。于是也叫落雨为自己煮一杯茶尝尝，智积喝完也觉得神清气爽，很是喜欢。就这样，落雨每天都为寺里的人煮茶喝。

从此，寺庙参禅便有了喝茶的习惯，后人们就把落雨的名字逐渐叫成了“陆羽”。

天池的传说

长白山天池是国家级自然保护区，那里景色优美，风景秀丽。夏天，那里的湖水比天都蓝，冬天，那里冻成冰的湖面比雪都白。相传这天池是天上的仙子梳头时不慎落入人间的一面镜子。之后就变成景色优美的天池湖。

其实，关于天池的由来，还有一个神奇的传说。

相传，以前长白山的山峰一到七月十五就会喷火。火光四射，还伴随着滚滚的浓烟。而且要喷四十九天才会停止。这大山哪里经得住四十九天的烟熏火燎，等火灭了以后，所有的植物都被烧死了，飞禽走兽也都跑光了，变成了光秃秃的大山。生活在这里的人们只能离开此地到别处生存。人们都说这长白山所喷之火是火魔所为。那么这到底是怎么回事呢？

据说之前有一个专门吃火的妖怪，都称他为“火魔”。由于它生性爱吃火，就到处寻找火，只要有火的地方它都去，吃完火的地方就会变得异常寒冷。

这天，火魔来到长白山吃火，这里的人们可是遭了殃，它先是吃了天上的雷火，使这里滴雨不下，花草树木都枯萎了；接着又吃了山上的野火；最后把人们做饭的火也吃了。这样一来，人们也就不能做饭吃了。整座大山都没有了火，这里还变得异常寒冷。人们又冷又饿，好多人撑不住就死了。

人们提到火魔就恨得咬牙切齿。大家就召集在一起，想出了一个对付火魔的办法，他们想既然它这么爱吃火，就一定喜爱热的东西，那么它就会特怕冷的东西。于是大家就决定用雪球、冰块攻击它。没想到还真打败了火魔，还把它抓了起来。

人们想让这火魔彻底消失，不能再危害人间了。就在长白山上挖了一个特别深的大洞，把火魔捆绑结实后直接埋起来了。

谁料火魔不但没有死，在底下吃了许多地下的火，反而功力大增。这地底下的火可是无穷无尽的，让火魔吃了个够，它心里还一直怨恨着人类，决定要报仇。于是它就在每年的七月十五这天，展开他的复仇计划。因为这天是人们把它埋起来的日子。这天它就将积存已久的火都喷出来了，大火喷了四十九天，整座山林里的一草一木都被烧毁了。就这样每年这一天它都要喷火，而且每次都是喷四十九天。

长此以往，这里就变成了一座秃山。所有的生灵都消失了。在喷火的时候，热得都能把人烤熟了，不喷火的时候又冷得像冰窖。方圆百里寸草不生，更没有了人烟。

人们只好远离长白山到别的地方生存，可是时间久了，也经不住火魔连年的喷火，能够生存的空间也越来越小了。族长便召集了全族的人，共同商议怎样对付火魔。商议半天也没有什么可行的方案，正在大家为此事着急的时候。有一个十七八岁的姑娘，叫吉日娜，自告奋勇地说："我想去求神灵帮助，灭了火魔，也好还我们的家园。"

族长很高兴她有这样的勇气，但他担心的是，这么小的一个女孩子怎么能担此重任呢？吉日娜也看出了族长的顾虑。便对族长坚定地说："族长，您就放心吧！我会拼尽全力，就算死，我也要除掉火魔。"族长也没有更好的办法，就答应了她。族里的人既希望吉日娜能够凯旋，又担心她的安危。临行前族人们都来为她送行，还为她准备了一匹最快的宝马。吉日娜告别族人，骑上马就扬鞭而去了。

吉日娜日夜兼程，马不停蹄地跑了几日，最后来到风神所居住的山上。她见了风神立刻下马跪拜，对风神说："小女吉日娜，跪拜风神，求您大发善心救救我们，把那火魔吹跑吧！也好还我们的家园。"

风神见一个弱女子为了族人竟如此的勇敢，就痛快地答应了，就在火魔喷火的时候，他使出了所有的功力，却没有把火吹灭，火势反而更旺了。风神见自己也不是火魔的对手，就叫吉日娜去找雨神帮忙。

吉日娜又马不停蹄地来到海边，可是不巧的是，雨神不在，说三日后才能回来，于是吉日娜又在此地等了三个日夜。雨神回来后，便召见了吉日娜，其实雨神早就知道吉日娜的来意，见了她就直接说："我愿意帮助你，除掉火魔。"吉日娜听了很是高兴，便和雨神一起回来了。

回到家乡，见火魔正在喷火。雨神就使劲地挥舞着自己的袖袍，顷刻间整个长白山就下起了瓢泼大雨，可是落下的雨水遇到熊熊的大火就变成了水蒸气，根本就扼制不了这火。雨神也无能为力了，他对吉日娜说："姑娘，你还是找雪神试试看吧！我的雨对火魔不起作用。"

吉日娜很受打击，但她并没有气馁。为了乡亲们，她一刻也没有停留，又上马扬鞭奔向西北方，一路来到了大冰山，她见到雪神说："雪神，您一定要救救我们的族人，我已经找过了雨神和风神，他们都没能灭了大火。您可是我们唯一的希望了。求您用大雪灭了这大火吧！"雪神听了也很爽快地答应了吉日娜。

就在火魔喷火的时候，雪神施法让整个长白山下起了鹅毛大雪。可是雪刚一落下就被火烤化了。还是不能制止这火。雪神很是无奈地对吉日娜说："姑娘，不好意思我也制止不了这大火，你再找别的神看看吧！"

吉日娜此时的心情很是绝望，三位神仙都不是火魔的对手。想想自己几经周折，又历经艰辛，还是不能灭了火魔。急得大哭起来。哭了一会儿，她的心也冷静了一些。之后她想，我不能就这么放弃。可还能求助谁呢？她突然灵机一动，想到了玉皇大帝，他是众神的首领，一定会有办法的。于是她立刻动身来到了仙鹤所居之处，向它借用一对翅膀，又冲过重重云层飞到了天庭，见到玉帝说明来意，玉帝早就知道人间所发生的一切，就给了吉日娜一件宝物。

吉日娜接过宝物仔细看，也不知这是何物。玉帝看出了她的心思，就笑着对吉日娜说："姑娘，想除掉火魔也不是没有办法，但是会牺牲你的性命，你愿意吗？"

吉日娜目光坚定地答道："我愿意，只要能挽救我们的族人，做什么我都愿意。"

玉帝见她如此坚定，又接着说:“既然你不怕死，我就告诉你这个东西怎么用。它是世上最冷的一块冰，只要你能在火魔喷火的时候，抱着这块冰钻进它的肚子里，就能制伏火魔，大火自然也就灭了。”吉日娜谢过玉帝，便匆匆赶回去了。

又到了七月十五，火魔开始喷火了。就在火魔张开大嘴向上喷火的时候，吉日娜抱着冰块纵身一跃，跳到了火魔的嘴里，这时吉日娜浑身肉皮都被烧破了，她也顾不得许多了，忍着剧烈的疼痛，直接钻进了火魔的肚子里。

随后伴随一声巨响。火灭了，山也塌了。风神、雨神和雪神也先后赶到了，风神吹散了空中的烟雾；雨神降了大雨，灌满了喷火的山口；雪神让满山烧红的热气消失了。顿时花草树木都活过来了，大山又恢复了原来的生机。飞禽走兽也都欢跳起来。人们也激动地流下喜悦的眼泪。后来，人们为了纪念勇敢的吉日娜，把这个填满雨水的山口命名为“天池”。

人们并不知道，勇敢善良的吉日娜并没有死。她制伏了火魔直接飞到天上向玉帝谢恩去了。玉帝也被吉日娜的精神所感动，就收她为义女。她成了王母娘娘的第七个女儿，留在了天庭。

吉日娜虽然做了王母娘娘的女儿，可是她每天都想念凡间的乡亲们，她想知道乡亲们过得如何。于是就在每年的七月十五这天晚上，偷偷地带着姐妹们来到凡间的天池洗澡，借此机会看看父老乡亲们过得好不好。

相传，这日七姐妹正在天池里嬉戏打闹，一个猎人误闯进来了，一眼就认出了吉日娜。他连忙高兴地跑回去将此事告诉了族人们。大家都高兴地跑到天池来看望吉日娜，可是七位仙女听到了猎人的喊声，早就穿上衣服飞回了天庭。

后来王母知道此事后，就不准她们再去天池洗澡了。可是吉日娜还是念念不忘长白山的乡亲们，她想为她们做点事。她偷了天上一袋仙种，撒向长白山，于是长白山上就长出了许多珍贵的药材。直到今日长白山在生态、生物方面都有着得天独厚的自然条件。